孤高のメス
遥かなる峰

大 鐘 稔 彦

幻冬舎文庫

孤高のメス

遥かなる峰

この作品は、著者の実体験をもとに、臓器移植法案成立（一九九七年）以前の時代設定で書かれたフィクションです。但し一部の登場人物は実名のままにさせていただきました。

「当麻鉄彦は、私の永遠のライバルである」

天野　篤

肛門を返して

　患者は田舎には珍しく和装で外来に現れた。四十代半ばかと思われたが、カルテで確認すると四十七歳と知れた。細面で目鼻立ちのはっきりした顔は垢抜《あかぬ》けており、この界隈《かいわい》で見る同年齢の女性とは趣を異にしている。

　初診の患者で問診カードがカルテに添えられている。

「主訴（あなたの主たる訴え）」を一瞥《いちべつ》して大塩《おおしお》は思わず眉《まゆ》を吊り上げた。

「人工肛門《こうもん》を取ってほしい」

　と、ある。

「これまで大きな病気をしたり手術を受けたことがありますか？」

との質問事項では「ある」が○で囲んである。

「あると答えた方に——それはいつのことですか？」

と続く項目では、「半年前」とあっさり書かれてある。質問事項はなお幾項目もあるが、それらには一切答えていない。

「直接先生にお話しするから、て、書いてくれなかったんですよ」

医事課で受け付けを担当していた事務員がカルテを外来のナースに渡しながら口を尖《とが》らしていたのを大塩は垣間《かいま》見ていた。

問診票から目を上げて、憮然《ぶぜん》としたたたずまいの女に向き直った。

「人工肛門は、左の下ですか？　それとも、真ん中？」

「左の下です」

しっかりとルージュの入ったやや厚目の肉感的な唇を開いて女は答えた。

「と、いうことは、大腸の左側、下行《かこう》結腸か、S状結腸に、何かデキモノがあったんですね？」

「癌《がん》だと言われました」

「フム」

投げ槍《やり》な、それにしても率直な物言いに一瞬たじろいで、大塩は思わず目を伏せた。挑むような目つきに気圧《けお》された嫌いもある。が、すぐに見返した。

「癌は、取れたんでしょ？」

「ええ、だから人工肛門を取ってほしいんです」

大塩は頷《うなず》いた。

「でも、どうして人工肛門にしたのかな？　人工肛門にするのは、大腸の一番下、肛門に近い直腸に癌ができた場合に限られるんだが……」

「直腸とS状結腸の境目と聞いてます」

「だったら、人工肛門にしなくても、直腸とS状結腸をつなげたはずなのにね」

大塩は机の引き出しからB５判のプリントを取り出した。大腸の内視鏡や注腸検査の後に患者に所見を説明するためのものだ。盲腸から始まり直腸に終わる大腸の全体像が描かれてある。

「昔は肛門から五、六センチ以下、肛門に近い直腸癌は皆人工肛門にしてましたけれどね、ソ連製の自動吻合器《ふんごう》が開発されて以来、肛門から四センチくらいならつなげるようになったんですよ」

大塩は大腸の絵にボールペンを走らせた。女は前屈《かが》みになってのぞき込んだ。襟足《えりあし》を際立たせてアップにまとめている髪から何かしらの匂《にお》いが立った。不快な香りではない。むしろ芳香に、女が人工肛門をつけていることを一瞬忘れた。

「そんな説明は何も聞かされず、腸閉塞《へいそく》だからすぐに手術をしなければ危ない、腸が破れたらもう手遅れになる、と言われて……入院したその日に緊急手術になりました。目が覚めて気が付いたら、お腹《なか》に、出臍《でべそ》を大きくしたような変なものがあって、びっくりして看護婦を呼んだら、先生から何も聞いてないの？　それは人工肛門よ、そこから便が出て来るのよ、とアッサリ言われ、パニックに陥りました」

「主治医からも、ちゃんと説明……つまり、人工肛門になった理由を聞いたんでしょ？」

「癌で腸が塞《ふさ》がれていて、それより上の方の腸は広がっているけど、下の方は細いままだからうまくつなげない。無理につなげばつなぎ目に綻《ほころ》びができてしまって便がお腹の中に漏れてしまい、それこそ命取りになる、だから人工肛門にしたんだって……」

一理はある。口径の大きく異なる腸管同士をそのまま縫い合わせたら不様な吻合になってしまう。しかし、太い方の腸管を縫い縮めて細い方に合わせればいいはずだ。まして、直腸の下端ではない、上端にできていた癌ならば、自動吻合器でなく手縫いでも充分やれたのではないか？

「失礼だが、手術はどちらで受けたのかな？」

真っ先に聞きたかったことだった。

女は一瞬身を引いて、舌をチロリと出して唇を湿らせた。ルージュが艶《つや》を帯びた。

「雄琴《おごと》病院です」

〃雄琴〃は琵琶湖《びわこ》沿いの南の方、ここから車で南へ三十分程の距離にある地だ。名うての歓楽街があると聞いている。しかし、病院の名は初めて耳にする。

「そこの、何て先生に手術してもらったのかな？」

「言いたくありません」

女はブルブルッと頭を振った。

「二度と、顔も見たくありません」

「どうして？　少なくとも急場は凌《しの》いでくれたんだから、命の恩人、と言ってもいいはずなのに……」

「命？」

女はきっと大塩を見すえた。

「このまま人工肛門をつけて生きなきゃなんないなら、死んだ方がましです。あたしが幾らそう訴えても、その主治医は言葉を濁してまともに聞いてくれない。先生にできないんならどこかできる病院を紹介して下さい、と訴えたら、自分としては最善のことをしたつもりだから、紹介などできない、どうしてもと言うんなら勝手に自分で探して行け、もうここへは来るな、て言われました」

「ふーん……それはちょっとひどいなあ」

女が目尻《めじり》を指で拭《ぬぐ》った。ルージュに劣らぬ真っ赤なマニキュアが爪に施されている。

「じゃ、ちょっと、人工肛門を見せてくれますか？」

潤んだ目をあらぬ方へやって唇をかみしめている女に、カルテに走らせていた手を休めて大塩は言った。

「見せなきゃ駄目ですか？」

「えっ……？」

こちらに戻った視線を受け止めて大塩は訝《いぶか》った。

「人工肛門をこちらの病院で取ってもらえるかどうか、それさえ聞かせてもらえればいいんです」

確かにその通りだ。人工肛門がどういうものかは想像がつく。それを取り除くということは、人工肛門を切り取って、その断端《だんたん》を、残ったまま使われないでいる直腸とつなぐ手術をするということだ。それが可能かどうか、口惜《くちお》しいが大塩には判断できない。人工肛門を造ったことはあるが、この患者の求めるような手術を手がけたことはなかったからだ。

「ちょっと待ってもらえますか。チーフに相談してきますから」

大塩は腰を上げた。

「チーフ……て」

女が追い縋《すが》るように声を放った。

「当麻《とうま》先生ですよね？　肝臓の移植手術を日本で初めて成功させた……」

「ええ、そうです」

「専門は違うかもしれないけど、肝臓移植を手がけられた程の先生なら何でもおできになるだろうと思って……藁《わら》にも縋る思いで来たと伝えて下さい」

大塩はコクコクと頷いて踵《きびす》を返した。

「当麻先生は、どこにおられるの？」

手持ち無沙汰《ぶさた》気味に次の患者のカルテをめくっているナースに女は問いかけた。

「病棟の回診中だと思います」

「当麻先生の診察日に来ればよかったけど、今朝、雄琴病院へ行って、主治医の先生と大喧《おおげん》嘩《か》して……腹の虫が治まらなくって……前から来たいと思っていたので、その足でここへ来ちゃったんです」

「紹介状くらい書いて下さってもいいのにね。少し偏屈な先生なんですね」

「少しじゃない、大分よ。さっき、名前は言いたくないって言ったけど、この人なの」

女はバッグから小さな冊子を取り出した。

「お薬手帳」とある。その一頁《ページ》を開いたところに、調剤薬局で処方された薬の名と共に処方医の印が押されてある。

「ああ……！」

ナースは眼鏡の奥で目を丸くした。

「この先生、ここに勤めていたことがあるんですよ」

「えっ？　そうなの⁉」

女の方がひときわ大きな目を更に大きく見開いてナースを見返した。

十分後に戻って来た大塩に、ナースはカルテの上に重ねておいた「お薬手帳」を差し出し、件《くだん》の頁を開いて見せた。

(荒井《あらい》猛男《たけお》⁉　あの野郎、まだこの界隈をうろついているんだ！)

納　得

数日後、大塩が外来で対した患者水森綾子《みずもりあやこ》が入院して来た。やはり和服姿で来たが、希望通り個室に落ち着いて病衣に着替えると、部屋中に消臭剤をスプレーで撒《ま》いた。

「五人もの先生の名前が書いてあって、大塩先生に○印がついているけど、手術は当麻先生がして下さるんでしょうね？」

オリエンテーションに来た病棟のナースに、水森綾子はすかさず問いかけた。

「手術は大抵三人の先生でして、当麻先生が指導医で責任者ですから大丈夫ですよ。主治医は部下の先生方の誰かになるんです。検査や手術の説明などは主治医からすることになってます」

「当麻先生は診《み》に来て下さらないんですか？」

「診に来ますよ。交代で回診することになってますから」

「日曜や祭日は？」

「それも交代で……」

水森綾子の眉間《みけん》の険が失《う》せた。

「ねぇ、あたし、臭《にお》わない？」

脈拍、体温、血圧を測り終えてベッドサイドを離れようとしたところでナースは呼び止められた。

「えっ、何が……？」

「人工肛門よ。便が多少とも出てるでしょ？　こんな薄着になったら余計臭うような気がして……」

「だから消臭剤を？」

ナースは床頭台に置かれたスプレーを指さした。

「人工肛門はきちんと蓋《ふた》ができるようになっているはずだから、臭わないと思いますよ。それは、余り撒かないように。私たちの嗅覚《きゅうかく》にも影響しますし、アレルギーのあるスタッフもいますから」

「だったら、一日も、一刻も早く人工肛門を取って下さることだわ。手術はいつになるのかしら？」

「それは、後で主治医から説明があると思います」

ナースは病棟主任の尾島章枝《おじまあきえ》で四十五歳、対岸の湖東《ことう》日赤の高等看護学校を出ている。出身は地元湖西《こせい》町で、一年前、八十歳になったばかりの父親が脳梗塞《こうそく》で半身不随となった。二歳下の母親も変形性膝《しつ》関節症で歩行もままならない。弟と妹は他県で所帯を持っている。長女で独身の自分が面倒を見なければと、実家に戻って来た。

異性には縁遠い生活を送って来た。看護学生の頃、解剖学を教えてくれた若い外科医に憧《あこが》れたが、二年後、晴れて国家試験に受かり正看護婦として勤めた頃にはもう彼の姿はなかった。

　数年後、配属となった放射線科部で、部長として西日本大学から赴任していた遠山《とおやま》に淡い恋心を覚えたが、何も言えないうちに遠山は大学に戻ってしまった。気の合う高看時代の仲間、それも自分と同じ独身者かバツ一のナースと語らってたまに旅行に出かけるくらいが唯一の楽しみになっていた。

　年齢の近い、しかも自分より年長の水森綾子が漂わせている女の〝色香〟に、だから尾島章枝は当初から好感を抱けなかった。独身には違いないが、歓楽街の雄琴で水商売に従事しているのだろう。人工肛門を是が非でも取ってくれと言うのは、男がいるからだ、と章枝はにらんでいた。人工肛門のついた腹を見れば男は興冷めとなる、女はそれを恐れているのだ、と。

　水森綾子の術前検査は一週間に亘《わた》った。胸部ＸＰや心電図、腫瘍《しゅよう》マーカーを含めた血液検査等のルーチンなものは言うまでもなかったが、ＣＴでの転移巣の有無のチェック、そして何より重要なのは、人工肛門と腹腔《ふくくう》内に残された直腸の上端との距離を測るために口と肛門から造影剤を流し込んでの挟み打ち検査だ。

　毎週月曜、午後二時からナースセンターで外科のスタッフが集ってカンファレンスが開かれる。

当麻、矢野、大塩、それに新たに加わった二人の若い外科医はもとより、麻酔科の白鳥《しらとり》、病棟の日勤のナースも加わっている。

白鳥は妻の礼子《れいこ》と共に退職して古巣の成人病センターに移っていたが、当麻の要請で非常勤医として復帰していた。妻の礼子は二人目の乳《ち》呑《の》み子を抱えていて、当分主婦業に専念したいと白鳥に告げていた。

移動式のシャウカステンに水森綾子の注腸X線検査やCTのフィルムを大塩が並べた。

「人工肛門の根元と残存直腸の上端との間隔は一五、六センチあります」

大塩がスケールをフィルムの一枚にあてがった。

「つなげるでしょうか？」

当麻がコクコクと頷いた。

「大網《だいもう》の横行結腸付着部を切り離し、脾《ひ》彎曲部《わんきょくぶ》を遊離して、大腸の左半を引き下げることになりますよね？」

大塩が今度はこれも移動式のホワイトボードに絵を描き出した。

「この操作で一五センチも直腸側へ寄せられますか？」

「寄せられなかった、では済まされないよね」

当麻が答えた。それこそ一大事だ。開腹する限り、何としてでも患者の希望を叶《かな》えてやらなければならない。人工肛門をまた戻しておしまいでは患者は切られ損だ。その点は誰にでも分かる。一同が相槌《あいづち》を打ったところで当麻が二の句を継いだ。

「万が一寄せられなくても、次善の手はあるから大丈夫」

当麻は立ち上がって大塩の傍《かたわ》らに寄り、ボードに絵をつけ足した。

「ああ、小腸のインターポーズ！」

矢野が嘆声を放った。

「“Ileal Conduit”（以下IC）の要領ですね？」

記憶が蘇《よみがえ》っていた。台湾の高雄博愛医院《カオシュンボーアイ》にいた頃のことだ。婦人科医の林栄周《リン・ロンツォー》がある日、当麻に相談を持ちかけた。子宮癌の患者だが膀胱《ぼうこう》にまで食い入っている、僕の手には負えないから大学病院に送ろうかと思うが、ひょっとして先生なら骨盤内臓全摘出術《PE》もやってのけられるかもしれないと思ったので、と。当麻は患者を触診し、CTの画像を念入りに見た上で、「ここでやれますよ」とあっさり引き受けた。

直腸は温存できたから、厳密な意味でのPEにはならなくなったが、それにしても子宮もろとも膀胱を全摘し、代用膀胱として小腸の末端の回腸を一五センチ程、栄養血管をつけたまま遊離し、一方の断端は閉じ、一方の断端を右下腹に人工肛門のように出す、元の膀胱が無《な》くなるから両側の尿管も膀胱から切り離して代用膀胱である腸管につなぎ直すという、相当に手の込んだ大手術となった。

しかし、当麻は事も無げにスイスイと手術を進め、四時間程で終えてしまった。PEに二十時間をかける泌尿器科医がいるとどこかで読んだか耳にしたことがあったから、矢野は当麻のスピーディーな動きに改めて感服させられた。PEはもう一つ直腸の切断と吻合が加わるが、それが加わったとしても当麻なら一時間程延びるくらいだろう。

その時見た〝代用膀胱〟こと〝回腸導管〟がICであった。

「ああ、なるほど！」

大塩も感嘆の声を上げた。新参の若い外科医二人はキョトンとしている。

「安心しました。そういう手があったんですね」

水森綾子を待たせて病棟に駆け上がり、当麻の判断を仰いだ時、「すぐに入院させていいよ」と即答が返って驚いた瞬間が大塩の脳裏に蘇っていた。当麻に引き受けられない手術はないのだとその時思ったが、いざとなれば〝IC〟でと聞いて合点がいった。

「それにしても、これは人工肛門を造らなければならない症例だったんでしょうか。術前の説明も陸《ろく》にしないままオペに踏み切ったらしいですが……」

「人工肛門になるかもしれないが、と、一言言うべきだったですよね」

矢野が発言した。

「この患者は多分、それは困る、絶対につないでほしい、と言ったでしょうから、そこで雄琴病院の主治医はどうしたか、ですよね。できるだけそのように努力する、という曖昧《あいまい》な返事だったら、この人はセカンドオピニオンを他医に求めたでしょうから」

「荒井なんかの所へ行ったのがそもそもの間違いですよ」

白鳥がクールに言い放った。

「前にも似たようなケースがありました。肛門縁から一〇センチ程の直腸癌で、患者にも家族にも、人工肛門をつけないでも癌は取れるのだろうから、と説明《ムンテラ》して納得させました。患者は〝エホバの証人〟で、無輸血でやってもらえる、というので当麻先生を頼って来たんですが、生憎《あいにく》先生は台湾に行ってしまっていたので、本人も家族もガッカリしてどうしたものか悩んだようです。荒井は何かと当麻先生と比較されるのが癪《しゃく》だったのでしょう、本当は五分五分かそれ以下の勝算しかなかったくせに、自分に任せれば大丈夫、みたいなことを言ってのけたので、本人も家族も安堵《あんど》してオペを受ける決意をしたのですが、結果は惨憺《さんたん》たるものになりました。直腸をはがす段階で後腹膜の静脈を傷つけ、どんどん出血、本人や家族との約束を破って輸血をしてしまい、裂けた血管はガーゼを束ねて強引に押さえつけてタンポンの形にしたんですが、そのために直腸とS状結腸をつなげなくなって、S状結腸の断端を人工肛門にしてしまったんです」

「その一件は裁判沙汰《ざた》になってますよね」

大塩が白鳥の長舌を遮《さえぎ》った。

「僕は当事者でなかったから知りませんでしたけど、新聞で知って、荒井の奴《やつ》、いつかやらかすだろうと思っていたので、思わず手を叩《たた》きましたよ。もっとも、当麻先生が折角《せっかく》築いた実績が荒井の失敗で汚されたことを悲しく思いましたけどね。何でも、その前に虫垂炎のオペ《アッペ》でも訴訟沙汰になっているようだし……」

後に妻となった浪子《なみこ》も巻き添えになりかかった武藤瑞江《むとうみずえ》の麻酔事故の一件がその後訴訟沙汰に発展したことを、大塩は新聞の記事で知った。結婚してから浪子に問い質《ただ》すと、証人として一度出廷を求められたが拒絶した、以後は与《あずか》り知らぬとのことだった。

「僕が思うのは」

当麻がやっと口を開いた。〝エホバの証人〟の輸血事件のことも虫垂炎にまつわる一件も初めて耳にすることだったから、聞き役に回る他なかったのだ。

「命さえ助ければ何をやってもいいというのは医療者の一方的な驕《おご》りで、患者の中には、こんな手術になるのだったら死んだ方がましだったと悲嘆に暮れる人もいるということを常に頭の中に入れておかなければならない。〝エホバの証人〟などは、輸血を受けたら神の掟《おきて》に背いたとの罪意識に生涯苛《さいな》まれるようだし、そんな大罪を犯した以上もう天国に行けないと思い込んでしまう。神も仏も信じない、来世もない、この世がすべてと思ってる人間から見れば、何という馬鹿げたことを、と思うかもしれないが、彼らにとってはそれこそ命がけのことなんだね。

この水森さんにしても、人工肛門をつけたまま生きるくらいなら死んだ方がまし、と思い詰めていた。〝エホバの証人〟と同じで、人工肛門を取ってくれる医者が見つかるまで、諦《あきら》めなかっただろうね」

「この人がもし既婚者で、夫が、そのままでもいいよ、と言ってくれていたら、どうだったでしょうね？」

病棟婦長の長池幸与《ながいけさちよ》が言った。甦生《こうせい》記念病院が鉄心会の傘下に入った時点で、宇治の鉄心会病院から回って来た人物だ。主任の尾島の二歳年長だ。鉄心会生え抜きの看護婦で、徳岡《とくおか》鉄太郎《てつたろう》の創設した大阪の病院から勤務歴が始まっている。徳岡の医療理念に共鳴して何人かの若い医者が集《つど》い来《きた》ったが、その中の一人と恋仲になり、結婚した。二人の子供を儲《もう》けたが、数年前に夫と別れている。夫の浮気が発覚したからだ。原因は、幸与が片方の乳房を失ったことだ。

乳癌と分かった時点で、夫婦生活が無くなった。夫の方から求めなくなった。セックスすれば女性ホルモンが出る、乳癌にとって良くないから、と気遣っているように見せかけながら、その実、乳房を失った自分の体に夫が〝女〟を感じなくなったのだと幸与はいきなり悟った。

やがて、夫は自分から志願して鉄心会の離島の病院に単身赴任し、そこで早々と若い看護婦に心を移した。二年程して、折入って話があると言って久々に夫が戻って来た。鉄心会から身を引いてくれないか、と切り出した。君が辞めないなら僕が身を引く、いずれにしても離婚してほしい、と。

私は徳岡先生の医療理念に惹かれて鉄心会に来た人間だから、辞めません、と幸与は答えた。何か重大な過失を犯して病院に迷惑をかけるようなことをしでかしてしまったなら止《や》むを得ないけれど、同じ鉄心会にお前がいるのは目障りだから辞めてくれ、などと、それこそ一方的で身勝手な言い分には承服できません、と。

「分かったよ。じゃ、僕が出て行く。その代わり、慰謝料も仕送りもなしだよ。僕はこれから勤め先や家を探さなきゃならんし、下手《へた》すれば暫《しば》く浪人生活を強《し》いられるかもしれないからね」

「子供は置いていくのね？」

息子二人は中学三年と一年で、長男は高校の受験を控えていた。

「僕にはついて来ないだろう。よろしく頼むよ」

「子供達にはこれから手が掛かるのよ。今でも塾に通っているし、高校や大学の受験もある。わたしの今のお給料ではとても満足なことはしてやれないわ」

　幸与は「離婚届」を夫の方に押しやった。

「相手の女もナースなんだから相応の給料をもらってるでしょ。あなたのお給料の半分とまでは言わないけど、月々少なくとも十万はもらわないと。子供達の養育費として……。それと、わたしへの慰謝料として、五百万。それだけの条件を呑み込んでくれなければ、判は押さない。納得できないなら家庭裁判所にでも訴えるといいわ」

　夫は唇をかんだまま押し黙っていたが、やがて意を決したように顎《あご》を落とした。


「それでも人工肛門というのは、やはり厭《いや》でしょう」

　長池幸与の発言で暫時静まり返って淀《よど》んだ空気を吹き払うように大塩が言った。

「肛門は、人間の体で一番見えない所にあるでしょ？　無論、自分でも見えない。汚い排泄《はいせつ》物の出所だから、造化の神が工夫してそういう風にこしらえたんですよ」

　哄笑《こうしょう》と共に一同がコクコクと頷いた。

「そうですね。そう言われてみれば、確かに……」

　長池はあっさり引き下がった。スタッフに合わせて自分も笑おうとしたが、不覚にも涙がこみ上げて来たからである。

水森綾子の手術は当麻が執刀し、大塩が第一助手、研修医の高橋《たかはし》が第二助手について行われた。矢野ともう一人の研修医塩見《しおみ》は見学に回った。浪子が器械出しの役についた。

前回の切開創は臍の上下一五cm程だったが、更に上下に五cm程足すものになった。人工肛門はS状結腸の断端に造られてあったが、これを腹腔内に引き戻して切除すると、骨盤底《ダグラス》に潜んでいる残存直腸の断端との距離は術前の予測よりやや上回って一七cmと計測された。

当麻は鋏《クーパー》ですいすいと横行結腸と胃をつなぐ大網を前者の上縁で切り離し、下行結腸に移行する脾彎曲部を後腹膜から剝離《はくり》して大腸の左側をブラブラの状態にした。その操作で人工肛門の切離《せつり》された下行結腸の断端は七、八cm下方に遊離されたが、そのままでは直腸断端に届かない。

「次善の策で行くよ」

当麻は事も無げに言って、小腸の末端部を大塩に持ち上げさせ、スケールを当てた。

「ゆとりを持たせて一二センチのICとしよう」

回腸末端から一〇と二二cmの腸壁に色素液でマーキングを入れると、回腸間膜を電気メスで切離していった。

扇形の腸間膜のついたICは、下行結腸と直腸間の欠損《ディフェクト》部に移行された。

「ああ、ピッタシですね」

大塩が感嘆の声を放った。

精神科医

農協職員武藤瑞江が麻酔事故で敢《あ》えない最期を遂げたのをきっかけに病院を辞めた浪子は、傷心も手伝って暫く家に引っ込み、父親の世話に終始していた。父親のアルツハイマー病は一進一退だった。湖東日赤の精神科に月に一度連れて行った。

「ついでにあなたも戻ってらっしゃいよ」

精神科の外来に勤務しているかつての仲間がある日こう言った。

外科病棟と手術室は慢性的な人手不足で、浪子のように独身でバリバリのナースは大歓迎、精神科もナースの出入りが激しいから来てくれるなら有り難いそうよ、と友人は情報をくれた。

一番欲しいのは外科でも精神科でも夜勤をこなしてくれる常勤の病棟ナースだという。体力に自信がなくはないが、いきなり月に七、八回の夜勤はきついかな、と気後れがした。とどのつまりは日勤に終始する手術室勤務ということになるが、当麻の手術に慣れ親しんできた自分が日赤の外科医達の手術には物足りないものを覚えるのではないだろうか、との危惧《きぐ》もあった。一方で、以前とは違う、一段と素早くてきぱきと器械出しができるようになって進化した自分を見てもらえるだろう、との自負もあった。

最後の迷いをふっ切ってくれたのは、手術室のナースが出産間近で、その後暫く産休に入るから人手を求めている、との情報だった。

一カ月待って古巣に戻った。

外科医の顔ぶれに変わりはなかった。四十代半ばの部長と、若い外科医が二人だった。手術は相応にあったが、やはり物足りなかった。最もメジャーな手術で胃癌に対する胃の全摘術くらいで、当麻が手がけていたような膵臓《すいぞう》や肝臓の手術は皆無だった。

物足りなさもさりながら、ややにして浪子は以前と手術室の雰囲気が違っているのを感じた。それは自分のせいだとすぐに悟った。

浪子は執刀医の横に付いたが、器械台を平行に置かず、ほぼ直角に据えた。

三人の外科医が「おや⁉」とばかり見咎《みとが》め、

「台、その向きでいいの？」

と執刀医が言った。

「ええ。この方が先生方の手の動きを見て取れますから」

「湖西の病院ではそうしてたの？」

「はい、こうすべきだと教えられて……」

「誰に？」

「当麻先生です」

「フン」

執刀医は鼻を鳴らし、

「だ、そうだ」

と皮肉っぽい笑いをたたえた目を外回りの主任看護婦に振り向けた。こちらは困惑の体《てい》で目を逸《そ》らした。浪子は外科医の手の動きから次に求められるのが長目の糸か短目のそれか、太目か細目か逸早《いちはや》くキャッチして先回りした。

「術者の指示を受けてから糸を付けているようでは駄目だよ。術者が深い所を操作していれば長目の糸が要求されるし、浅目の所だったら短目でいいな、と素早く見て取って糸付けをすることが肝要だ。そのためには術者の手の動きを直視できる位置に立つ必要がある。術者の横に平行に台を置いて並んで立ったら術者の肩が視野を妨げて手の動きが見えない。術者と直角に並ばないとね」

甦生記念病院に勤めていきなり当麻にこう言われて目から鱗《うろこ》が落ちる衝撃を受けた日のことを懐かしく思い出していた。

だが、湖東日赤の執刀医の手は遅かった。先回りして用意しておいても、浪子の方が手持ち無沙汰になる時間が多かった。当麻が執刀医の時は流れるように淀みなく手が動いているからこちらの目と手も忙しく動かさなければならなかったが、勝手が違った。

医者も勝手が違うものを感じたようだ。

「何かさあ、監視されてるようで、あんまり気持良くないよね」

ざっと四時間半かけて漸《ようや》く手術が終わったところで、術衣を脱ぎながら執刀医が苦笑気味に言った。

「君の視線がずっとここに突きささってるもんだから」

医者は自分の右の頬骨《ほおぼね》をちょんちょんと指でつついた。スタッフ達も苦笑した。

「いえ、先生のお顔はそんなに見てません。手先を見すえてました」

「ま、そうだろうけどね」

部長は素っ気なく言ってさっさと部屋を出た。

浪子は範を垂れたつもりだったが、他のナース達は相変わらず執刀医と並んで立った。手術が捗《はかど》らず手持ち無沙汰になると術野を流し見るが、先回りしての糸付けには及ばず、医者が指示して初めて台の上の持針器に手を伸ばす。

いつしか主任は浪子を外科部長の手術から外すようになり、自分が付くか、浪子より若いナースを器械出しに指名した。

外科以外の手術では主任は浪子を器械出しに当てた。外科部長が中村を自分のオペには付かせるなと主任に言い含めたに相違ない、と察した。

浪子が付くのは専《もっぱ》ら整形と婦人科の手術に限られ、満たされないものがうっ積し始めた。いっそ辞めたいとも思ったが、父親が精神科に世話になっている弱味があった。

父親のアルツハイマー病は徐々に進みつつあった。向後の見通しを含めて、主治医の石井が言った。

「こう言っちゃ何だが、お父さんは家庭人なり社会人としての役割はもう果たせなくなって、確実に人生の終局に向かいつつある。一方君は、前途有為な現役バリバリのナースだ。廃人となって行く人のためにエネルギーのすべてを注《つ》ぎ込むことに、僕はどうしても賛成できない。

助けてあげることはできないが、お父さんのことは我々に任せ、君は自分の務めに専念してほしい」

「治る見込みは、ないんですね？」

「フム……」

石井は胸に腕を組んだ。

「そのうちいい薬が開発されるかもしれんが、目下の段階ではね。君は、高村光太郎、て知ってる？」

「あ、はい、名前だけは……。確か、彫刻家ですよね？」

「うん。で、彼の奥さんになった智恵子のことは？」

「それも、名前ばかりは……」

「智恵子は光太郎の弟子で洋画家だったが、精神を病んでね。当初は暴れ回って随分光太郎の手を焼かせたらしい。けれど、晩年、と言っても四十代の後半だったが、智恵子は切り絵を始めてね、それと共に落ち着いてきて、暴れなくなった」

「良くなったんですか？」

「彼女の病気は認知症とは違う、精神分裂病（統合失調症）で、これは治らなかったが、素晴らしい作品を残した。その意味では、病気は良くなっていた、と言えるかもね。光太郎は彼女を慈しんで、亡くなった後『智恵子抄』という詩集を出している。智恵子は東京に空が無いといふ、ほんとの空が見たいといふ。阿多多羅山《あだたらやま》の山の上に毎日出てゐる青い空が智恵子のほんとの空だといふ……」

石井の口からスラスラと「智恵子抄」の一節が流れ出た。

熱い塊が浪子の胸を突き上げた。

「それ、読んでみたいです。今でも手に入りますか？」

「ああ、大丈夫と思うが、でも、僕の持ってるものを貸すよ」

「そんな、先生の大切な御本でしょうから……」

「うん。まあ、すぐ読めてしまうだろうから、一週間くらいで返してくれたらいいよ。気に入ったものを抜き書きでもして……」

「あ、はい……」

石井は翌日早速「智恵子抄」を持って来た。古い文庫本で、表紙はセピア色になっている。相当に読み込まれたことを窺《うかが》わせ、石井がその一節を諳《そら》んじてみせたことにも頷けた。

一晩で読み切った。言われた通り、気に入った詩をノートに抜き書きした。

翌日、父親の様子を窺いがてら返却に行くと、

「もう読んだの？」

と石井は驚いた。

「引き込まれるように読みました。父の病気を呪《のろ》うばかりの自分が恥ずかしくなりました」

「そう？」

石井は目を細めた。

「よかった。実は、僕もね」

石井はデイルームに浪子を誘い、椅子に腰を落としたところで、やおらという感じで二の句を継いだ。

「この詩集で精神分裂病に対する認識を改めさせられた。大体この病気は頭のいい人がなるんだが、それにしても独特の感性を放つ患者がいるってことを思い知らされたんだ。〝東京に空が無い〟なんて、普通の感覚では出て来ない発想だよ」

「本当に」

「僕らは一生懸命治そうとするけど、別次元の世界に入って行って、それはそれなりに幸せを覚えている人を敢えて元の世界、それも大抵厳しくって彼らの感性に合わない、だから適応できない世界に引き摺《ず》り戻すことが正しいことなのかどうか、時々疑問に駆られるんだよ。智恵子だって、切り絵に夢中になり出してから精神が安らいで、とても平穏な日々を送ったんだよね。無論、こういう施設でだけどね」

「智恵子はのめり込めるものがあったからよかったんですよね。山下清のように。それも元々の才能があってこそですよね。何も持たない、平凡な人間はどうしたらいいんでしょ？　やっぱり人様に迷惑をかけるばかりですよね」

「確かにそうかもしれない。だからヒトラーは精神病者も社会の重荷、有害無益な人種だと言って、寄生虫扱いしたユダヤ人と同じようにガス室へ送り込んでしまったんだが……最近僕は、人に迷惑をかけるばかりで厄介者扱いされるけれど、精神分裂病もアルツハイマーなどの痴呆症（認知症）も、ひょっとしたら神様の贈り物かもしれない、て考え出したんだよ」

「どういうことですか？」

「だって、中村さん、あなたが一番恐れていることは何？　いや、あなたばかりじゃない、僕も、人間すべてが……」

「死ぬこと、でしょうか？」

「そう、死だよ。生まれて来る時は、母親の狭い産道を一生懸命に這《は》い出すわけだから本当は苦し紛れなんだろうが、幸いなことにそれは胎児《たいじ》には認識されない。

でも、死はそうじゃないよね。いつか死ぬということを誰しも知っているし、病気や高齢になってそれが目前に迫れば恐ろしくなる。僕なんかも、考えれば考えるほど死が恐《こわ》くなる。

けれど、精神分裂病や痴呆症の患者は、死ぬことがどういうことか分からなくなっている。必然、それはもう恐怖の対象になっていない。たとえば癌が神経に食い込んで痛みをもたらしても、それだから死期が近い、恐い、という感覚もなくなっていくんだね。だから僕はこの頃、人間惚《ぼ》けるが勝ちだな、て思うようになったよ。お父さんのことも、そう思ってみてあげたらどうかな？　治らなくってもいいんだって……」

浪子は肩の荷が軽くなるのを覚えた。この人には何でも話を聞いてもらえる、という気がした。手術室の勤務に耐えられなくなったら、精神科病棟への転科を願い出て石井の下で働きたいとさえ思った。いざとなればそういう手だてもあると考えるだけで気持ちが和《やわ》らいだ。

父親の外来診療日に石井と話をするのが楽しみになった。密《ひそ》かに思い焦がれた当麻が遠くに去って行った寂しさ、他ならぬ失恋の痛手も次第に薄らいできた。

石井はこんな話もした。

「精神分裂病の患者で五十歳、前途を嘱望された若手の歌人だったが、三十代に発病してもうかれこれ二十年近く入っていてここの主みたいな女性がいるんだが、この人は実に明るくてね、主治医となる医者を皆恋人だと思い込んでしまうのがちょっと困るんだが、それにしても、驚く程記憶力に富んでいて、昔詠んだ歌が幾つもすらすらと出てくるんだよ。彼女がかつて出した歌集を手に入れて見比べてみたが、一字一句間違っていない」

石井は、「あ、ちょっと待ってね」と言って席を外し、すぐに戻って来ると、手に携えて来た一冊の本を浪子に差し出した。

「彼女の処女歌集だよ。解説を読むと、当時は相当評判になって、天才歌人現る、とまで言われたらしい。しかし、その後間もなく発病してしまって、この歌集が最初で最後のものになった。彼女の栄光の日々は束《つか》の間で終わってしまった。このタイトルは、まるで自分のその運命を予言したかのようだが……」

「たまゆら――て、そういう意味ですか?」

「うん。〝たまゆらの幸せ〟〝たまゆらの青春〟て言うよね。束の間、短くはかないもの、て意味かな」

「この花は、何かしら?」

「たまゆら」と草書体で書かれたタイトルの脇《わき》に青紫色の筒状の花が描かれている。

「りんどう、らしいよ」

「りんどう?」

「一般の家では見かけない、山や野に咲く草花らしい。島倉千代子、て歌手、知ってる?」

「はい。〝紅白〟にもまだ出てますよね?」

「彼女の持歌にね、〝りんりんりんどうの花咲くころサ……〟てのがある」

石井が節回しよろしく歌い出したので驚かされた。

「あ、聴いたことはあります」

自分も一緒に口ずさみたい衝動を覚えた。さすがに思い止《とど》まったが、いつしか首を振ってリズムに合わせていた。

「お父さんに歌ってあげたらいい。痴呆症の人もね、いわゆる懐メロには結構目を輝かせて耳を傾けてくれるし、歌詞も覚えていて、一緒に歌い出してくれることもあるんだよ。これは僕の発案だが、ナース達の協力も得て、月に一度〝懐メロを歌う会〟を開いているんだよ。ピアノの伴奏がいいからいっとき置いたんだが、ここはオープンシステムを取っているから夜中にのこのこ出て来て一晩中でも弾いている患者が出て来てね、幾ら何でも安眠妨害になるというんで引っ込めちゃったんだ。代わりに僕が、昔取った杵柄《きねづか》でハーモニカを少々心得ているんで、それで伴奏して歌ってもらってる。時間が取れたら一度見に来ないかな。お父さんも楽しそうに歌ってるよ」

「ぜひ、お邪魔させて頂きます」

石井と再々話を交えるうちに、かつて抱いていた精神科医のイメージが大きく変貌《へんぼう》していくのを覚えた。


「精神科医は変わった人が多いわよね。頭のおかしくなった患者と四六時中接しているんだから、自分も少しばかり正規分布から外れた人でないと患者の心理を理解できないわよね」

「青地《あおち》先生も、何か少しいびつな感じがするものね。突如怒り出したりして。男のヒステリーじゃない？」

クラスメートがこんな風に囁《ささや》き合うのをよく耳にした。

青地とは浪子が湖東日赤の看護学生時代「精神医学概論」の講義を担当していた精神科医で、石井の前任者だった。

不見識な学生がいて、講義中、青地が黒板に向かってこちらに背を向けた時、スルスルッと前方の席を抜け出した彼女は、青地の背に一枚の紙をセロテープで貼《は》りつけた。青地の似顔絵で、彼の受け口を強調し、アントニオ猪木に似せたデフォルメだった。青地の顎や、やや飛び出し気味の目も強調されている。

青地が気配を察してこちらに振り返るまで、教室に哄笑が沸いた。おふざけをやってのけた生徒は素早く席に戻っていた。青地が向き直った途端、学生達は一斉に口を噤《つぐ》んだ。が、二、三の者の笑い声が尾を引いた。

青地はそれを見逃さなかった。顔を強張《こわば》らせると、その一人を指さした。

「何がおかしい!?」

学生は目を伏せ、押し黙った。

「お前も笑ってたな、何がおかしいんだっ!?」

その女子学生も同じように目を伏せて答えない。刹那《せつな》、セロテープが剝《は》がれ、イラスト画が青地の足もとに舞い落ちた。

「うん……？」

青地が腰を屈めた。教室は静まり返った。青地は拾い上げた紙をにらみすえた。普段は青白い顔がみるみる赤くなった。

「誰だ、こんなものを描いたのは⁉」

壇上に紙を投げやると、青地は仁王立ちになって生徒達をねめ回した。

「お前か？」

最初に笑った女子学生を指さした。

「違います」

「じゃ、お前か？」

詰問した二人目の生徒を青地は指さした。彼女も首を振った。

大方の女生徒が目を伏せて、極《ご》く一部の生徒が赤鬼のように変貌した青地の顔を上目遣いに盗み見やっていたが、青地の視線が注がれると慌てて机に目を落とした。

「よし、犯人が名乗り出ないなら、こっちにも覚悟がある。その前に言っておく。こんな悪ふざけをする奴は、看護婦になる資格はない。即刻、退学しろっ！」

言うが早いか青地は壇上に投げやったイラスト画を鷲摑《わしづか》んで荒々しく教室を出て行った。

　青地は翌週も翌々週も講義に姿を見せなかった。代わりに教務主任の和田《わだ》が現れ、「精神医学の講義は前々回で終わりにするそうです。今日は試験をやって下さいとのことなので、問題用紙を配ります」

　と言った。

　学生達から悲鳴に近い声が上がった。

「予告もなしにひどーい！」

「陰湿っ！」

「敵討《かたき》ちよ、これ！」

　三々五々顔を寄せ合って呟《つぶや》いたが、和田は背を向けて黒板にチョークを走らせた。

「『精神病者に関わる者の心構えを八百字以内にまとめよ』問題はこれです。時間は九十分。では始めて」

　普通、採点にはどの教師も一週間はかける。日頃は病院での診療に追われているからだ。中にはこちらから再々催促しないと返して寄越さないズボラな講師もいる。

　だが、青地は翌日に答案を返して寄越した。採点を見て和田は「あっ」と息を呑んだ。三十名の生徒の点数は、一〇点か二〇点になっている。合格ラインは六〇点だから全員落第ということになる。こんな乱暴で理不尽な採点は見たことがない。追試をするのを面倒がって、大抵の教官は最低でも六〇点をつけて返す。

「どういうことでしょうか？　このまま学生に返すわけにはいきませんが」

和田は精神科病棟を訪れて青地に詰問した。

青地は机の引き出しからクシャクシャになった一枚の紙を取り出して和田に突きつけた。

青地の特徴を巧みにデフォルメしたイラスト画に、和田は思わず噴き出しそうになり、慌てて口を押さえた。

「これを講義中私の背に貼りつけた者がいる。問い詰めたが犯人は名乗り出ない。こんなふざけた学生に講義をする気がなくなったから授業を打ち切った。この採点が不満なら、あなたが犯人を突きとめて私の所に引っ張ってきなさい。そうしたら、その学生だけを一〇点にし、後は採点をやり直す」

和田は青ざめた。青地の言い分はもっともだと思えたからすごすごと引き下がった。

教務室に戻った和田は、委員長の中村浪子を呼び出し、持ち帰った件のイラスト画を見せた。

「あなたは勿論《もちろん》これを描いた学生を知ってるわよね？」

「あ……はい」

「誰なの？」

「…………」

「前田《まえだ》かなえでしょ？」

唇を湿らせ、今にも開くかと思われたが、浪子の口は開かない。

和田は青地が持ち去った採点表を浪子に差し出した。答案用紙とは別に、全員の氏名と点数が列記されている一枚のプリントだ。

浪子は問いたげな目を和田に返した。

「もう、ほんと、びっくりしたわ。幾ら腹が立ったからと言って、一人の生徒の不祥事にこんな形でシッペ返しをするなんてね。青地先生は、連帯責任だ、て言うのよ。だから犯人が名乗り出るまで何度でも追試をする、て」

「それで、私をお呼びになったのは……？」

「この状況を、これを描いた子に話して、青地先生に謝りに行くよう説得してほしいの」

浪子は採点表を見直した。見事に一〇と二〇の数字のオンパレードだが、よく見ると二〇はほんの数名だ。浪子はその一人だった。早々と一日で答案を返して来たから青地は陸すっぽ内容には目を通していない、適当に一〇と二〇を振り分けたのだろう、と和田は言ったが、斜め読みでも内容を読み、甲乙をつけているのだろう、と思われた。二〇点を付されているのは、クラスでもよくできる学生だったからである。内容にはまるで目を通していないのなら、全員一〇か二〇、あるいは半々にしてもよいはずだ。

「どう？　引き受けてくれる？」

浪子の思惑をよそに、和田は貧乏ゆすりを始めた。

「できるかどうか分かりませんけど、やってみます」

「そう、ありがと、恩に着るわ」

和田は相好を崩して浪子の手を握りしめた。

委員長は選挙で選ばれたわけでも、学校側が指名したのでもない。立候補者があれば自動的に決まるが、手を挙げる者はいない。とどのつまりは学生間の話し合いで決まっていた。よくできる学生は自ずと知れてくるから、学生同士が名指し合うことで決まっていた。

浪子は一年の時から成績は終始三番以内に入っていたが、委員長に推されたのは二年目だった。

和田に呼び出されたのは昼休みだったが、放課後浪子は早々と帰り仕度を始めた前田かなえを呼び止めた。日頃は余り言葉を交わしたことがない、自分とは肌の合わない子だ。成績は中の下だが、絵の才能があって、授業中もノートに漫画を描いている。同級生はおろか、教務のスタッフや講師達の似顔絵も巧みに描き、気の合う仲間に見せて笑いを誘っている。文化祭のポスターなどでもイラスト画を引き受けている。

一年の時にはさほど目立たなかったが、二年になって髪型や服装が派手になって来た。時々講義をさぼったりもする。ボーイフレンドとデートしている現場を見かけたという噂《うわさ》も時々耳にしていた。

「急ぐんだけど、何？」

肩にかかった浪子の手を振り払うように前田かなえは半身の姿勢で振り向いた。

「ちょっと、ここでは何だから校庭で……」

教室は居残りの当番が掃除を始めている。右往左往する数人の学生の間を抜けるようにして浪子はかなえを外に連れ出した。

浪子は和田に託された採点表のコピーをかなえに示した。

「あの野郎、こんな汚い手で仕返しを⁉」

かなえはアイラインの入った険しい目をプリントに注いで吐き捨てるように言った。

「素直に青地先生に謝って。このままだと皆が何度でも追試を受けさせられることになって、結局あなたの立場が苦しくなるだけよ」

かなえはコピーを浪子に突き返した。

「厭よ！　謝らない。今更名乗り出られない」

「だったら、誰かが告げ口することになるわよ」

「いいわ。あたし、どうせ、学校をやめるつもりだもの」

「えっ、ほんと？」

「漫画家になりたいの。そっちの道を色々当たってる」

かなえはにんまりと笑った。嘘《うそ》ではない、本気だと知れた。

「だったら、尚更《なおさら》じゃないの」

「何が……？」

「やめるにしても後腐れのないようにしなければ。このままだと皆の恨みを買ってやめることになるわよ」

「そんな、大丈夫よ」

かなえは不敵に笑うと、

「こんなこと」

と浪子が手にしたコピーを薄くマニキュアの入った指でパチンと弾《はじ》いた。

「単なる厭がらせよ。だって、全員を落第させるなんてこと、一講師の分際でできるわけないじゃん。そんなことをしたら、教育委員会でも大騒ぎになるし、それこそマスコミ沙汰になるわよ」

なるほど、言われてみればその通りだ。返す言葉を見失った。

「委員長さんは大変ね。青地には、ノートばかり取らせないで、もっと面白い講義をするように言っといて。じゃあね。彼氏が待ってるから」

かなえは有無を言わさず踵を返した。

翌日の放課後、浪子は精神科病棟に出向き、青地に面会を求めた。

青地は怪訝《けげん》な顔で浪子を迎えた。

「似顔絵の犯人は、私です。申し訳ありませんでした」

浪子は深々と頭を垂れた。顔を上げると青地がうすら笑っている。（嘘を見抜かれた！）と思った刹那、青地が便箋《びんせん》を引き寄せ、浪子の前に押しやった。

「じゃ、ここに、もう一度、この前とそっくりの僕の絵を描いてみて」

青地はご丁寧にボールペンまで差し出した。

浪子の脇の下に冷たいものが流れた。青地は胸に腕を組み、じっと浪子を見すえている。

浪子は便箋とボールペンを手に取った。指先が震え出したが、前田かなえの描いた青地の顔を思い出しながら何とか描き上げた。

青地は浪子から便箋を受け取ると、机の引き出しからまだセロテープがくっついたままのかなえの絵を取り出し、見比べた。

「君は絵の才能もまあまあだ。でも、よく見てご覧」

青地は便箋とかなえの絵を裏返して浪子の目の前に突きつけた。

「およそ同一人の絵ではないよね」

浪子は視線を落とし、唇をかみしめた。

青地は便箋とかなえの絵を机に放り出し、浪子の胸もとの名札に改めて目を据えた。

「君の名前は覚えとこう。しかし、真犯人が名乗り出て、土下座して僕に詫《わ》びるまで、追試は全員に課す」

数日後、青地は教務主任の和田を呼びつけ、追試問題を手渡した。

「精神分裂病について知る限りのことを八百字以内にまとめよ」

学生達はぶつぶつ言いながら原稿用紙に向かった。

青地は翌日答案用紙を和田に戻した。和田は採点表を見て驚いた。中村浪子だけが一〇〇点、他は一〇点と二〇点の羅列で、二〇点以下は再々追試を課すと但《ただ》し書きが添えられてあった。

浪子は和田に呼び出された。

「これ、どういうことなの？」

採点表を見せつけられて浪子は唖《あ》然《ぜん》とした。青地の所に行ったことを和田には告げていなかった。前田かなえ――と名指しはしなかったが――と話し合ったが説得はできなかったことだけを報告していた。

浪子は答えようがなかった。

「分かったわ」

ややあって和田が重苦しい沈黙を破った。

「このまま答案を返したら、暴動が起きるかもしれない。少なくとも保護者の間からクレームが寄せられるでしょうね」

和田の不安は杞憂《きゆう》に終わらなかった。学生達が騒ぎ出し、徒党を組んで青地の所に押しかけると、前田かなえが犯人であることを告げ、自分達がそのとばっちりを食らう理不尽さを訴えた。

青地は答案用紙と採点表を回収するように和田に命じ、一週間後に採点し直したものを戻した。前田かなえだけが〇点で、他は六〇点以上になっていた。

前田かなえは三度目の追試に応じなかった。

「素直に謝ったら先生は許して下さるわよ」

和田はかなえを呼んで説得に努めたが、「一週間考えさせて下さい」と言って引き下がった。

一週間後、かなえは和田に退学届を提出し、そのまま下校して、二度と姿を現さなかった。

青地もそれから間もなく姿を消した。学生達は歓声を上げたが、浪子はそれに和せなかった。一〇〇点と付された二度目の答案用紙を後生大事にしまっておいた。

程なく、青地の後任として石井が着任した。浪子は折々の石井の言葉に気を取り直して何とか勤めていたが、湖西から車で一時間かけて通うのが大儀になったのと、手術室に夜更けまで縛られたり、時に夜、一旦帰ったところを呼び出されたりすることもあり、出て来るのが億劫《おっくう》と感じ出したこと、父親を一人家に残して勤務に出るのが心配になったこと、等、心身のストレスを少しでも軽減したいとの思いから、湖東日赤の近くにマンションを借りて父親と移り住んだ。湖西には時々帰って家の掃除や庭の草取りをした。

やがて、甦生記念病院が倒産し、鉄心会に買収されたこと、荒井や、その息がかかった嘉《か》藤《とう》、丸橋《まるはし》が次々と辞めて行き、当麻が矢野と共に復帰したとの噂がどこからともなく耳に入った。懐かしさがこみ上げた。当麻への叶わぬ思いに人知れず泣いたことよりも、傍らに立って当麻のスピーディーな手の動きに遅れを取るまいとひたすらその手もとを見つめた器械出しの日々の緊張感、昂揚《こうよう》感、一体感が昨日のことのように思い出された。

当麻が新妻大川翔子《おおかわしょうこ》を伴って来たと知っても、かつて当麻が遠く去って行った時のような喪失感、失望、落胆は浪子の胸に来《きた》さなかった。むしろ、翔子が当麻への愛を貫き、当麻もまた、一見クールに見えながらその実じっくりと翔子への愛を醸成していたのだと悟って、二人の新たな門出を祝福できた。

当麻の父親が、自分の父親と同じアルツハイマー病が昂じて徘徊《はいかい》の涯《はて》に溺死《できし》したと紺野《こんの》から伝え聞いた時、浪子は他人事《ひとごと》と思えず葬儀に出た。その頃には、もう一度当麻の下で働きたいとの思いが極まっていた。

葬儀の場で見かけた翔子は相変わらず美しかったが、数年前に見た時よりひと回りも細くなったように感じた。しかし、その華奢《きゃしゃ》な体に宿痾《しゅくあ》が宿っているなどとは夢にも思わなかった。当麻の口からもそれらしきを匂わせる言葉は吐かれなかった。甦生記念病院に復帰し、翔子がホスピス病棟で「平家物語」の朗読を始めたと聞いて、痩《や》せたように見えたのは目の錯覚だったかと思った。それだけに、一年半程して手術室に横たわった翔子を見た時は目を疑った。浪子はこの時、大塩謙吾《けんご》と密かに婚約を交わしていた。

積極的だったのは大塩の方だった。手術日は大抵大小併せて四、五件の手術が入る。メジャーの手術が重なれば、終わるのは八時九時となり、遅い夕食を地下の職員食堂で摂ることになる。当麻と矢野、紺野は世帯を持っていたから家に帰る。地下に下りるのは大塩と、後から来た高橋、塩見、それに丘《おか》、浪子の独身組だ。

しかし、浪子はいつもこのグループに入っているとは限らなかった。八時前に退出できれば急いで家に帰り、父親と食事をした。手術の予定表を見て、どう考えても九時は過ぎる、ひょっとして十時十一時になるかもしれないと思われる時は、昼休みに一旦家に戻り、父親の夕食の仕度を整えて戻った。

「お父さんと二人暮らしなんだって？」

大塩が初めてかけて来た言葉がこれだった。たまたま同じ当直の夜、急患の処置を終え、縫合に使った器具を浪子がオスバン液に浸している時だった。

外来診察室で、浪子が淹《い》れたお茶を飲みながら、お互いの身の上話が始まった。大塩の母親もアルツハイマー病で父親を手こずらせていると知って、浪子は大塩に親近感を抱いた。

「但しウチの母親は陽気な痴呆症だからまだ救われている。痴呆症が昂じると、やれ自分の財布から金を盗んだろう、陰で自分の悪口を言っているだろう、なんて被害妄想《もうそう》が始まるようだけど、母は逆に太っ腹で、自分の物も父の物も見境なく人にやったりする。もらった方がびっくりして父にかくかくしかじかと申し出て事がばれるんだが……。作家の丹羽文雄って知ってる？」

「あ、名前だけは……」

「僕も作品を読んだことはないけど、この前新聞に大きく出ていてね、ここ暫くマスコミに出て来ないな、と思っていた謎《なぞ》が解けた。アルツハイマーになって、娘さんが付きっきりで看《み》ているらしい。娘さんは料理研究家の本田桂子さんと出ていたけどね。大変だけど父は全然悲愴《ひそう》感がなくあっけらかんとしていて、時々奇想天外なことを言って笑わせてくれる、て書いてあった。写真を見ると、丹羽文雄は本当に屈託のない表情をしていてね、僕の母と似ているところがあって親しみを覚えたよ」

「ウチの父は駄目です。屈託がないと言えばないんだけど、どちらかと言えば被害妄想が強くて、私を盗っ人扱いすることもあるんです」

「一度、お会いしてみたいな」

「えっ……？」

「お宅にお邪魔していい？　この週末にでも」

浪子はたじろいだが、大塩は有無を言わさぬ気迫で、厭と言わせなかった。

これを皮切りに大塩は積極的に浪子をデートに誘うようになった。北は今津から湖東へ、南は大津から比叡山道を抜けて京都に入ることもあった。途中のレストランで職員と出くわすこともあったから、二人の仲は院内でも取り沙汰されるようになった。

「気にすることないよ」

と大塩は事も無げに言ったが、浪子は楽天的になれなかった。うまく行けばいいが、まかり間違うとどちらかが病院におれなくなる。うまく行ったとしても、お互いに問題を抱えている。浪子は父親を残して家を出るわけにはいかない。大塩も、目下のところは父親が健在だからいいものの、七十歳を過ぎた父親がいつ何時倒れるかしれない。そうなればアルツハイマー病の母親を大塩が引き取らなければならないだろう。お互いに一人っ子であることが大きなネックだ。

そんな思惑も手伝って、浪子は大塩との距離を少し置かなければと自戒した。鉄心会に買収された病院は当分安泰《あんたい》だろう、当麻がいる限り大塩も辞めることはないだろう、二、三年のうちには浪子の父親や大塩の母親のなりゆきも変わり、恐らく然《しか》るべき施設に入ることになるだろう。そこまで見届けてから自分達のことを真剣に考えた方がいいのでは？

今度の日曜日、僕の両親に会ってくれるか、と大塩が言った時、浪子は思い切って胸の裡《うち》に繰り返していた日頃の自問自答を吐露《とろ》した。だから、ご両親にもまだお会いしない方がいいのでは？　と締めくくって——。

「いや、あんまり悠長《ゆうちょう》なことは言っておれないんだよ」

大塩は真剣な眼差《まなざ》しを返した。

「あなたのお父さんと同様、僕の母の病気も徐々に進行している。でも、まだ僕が息子であることは分かっているし、途中でとんちんかんなやり取りになるけれど、何とか電話でも話せる。けれど、そのうち父のことも僕のことも誰だか分からなくなるだろう。だから、今のうちに浪子さんを紹介しておきたいんだ。僕の彼女、多分、一緒になる人だよ、とね」

浪子の胸を熱いものが突き上げた。

（自分は距離を置かねばと思っているのに、この人は逆に縮めようとしている。それも、一挙に）

「でも、私は、すぐには、家を出られません。父を一人にはできないから」

「うん、ま、そのことも解決策を考えている。ともかく、両親に会ってほしい」

大塩の強い押しには抗《あらが》えなかった。

次の日曜の朝早く、大塩のコロナマークIIに乗って浪子は静岡に向かった。

浪子を引き合わせると、大塩は席を外して父親と話し込んだ。浪子は母親と取り残されたが、会話は何とか成り立った。多少ピントが外れ、繰り言が多かったが、大塩が戻って来て、「お母さん、この人は誰？」と浪子を指さして尋ねた時、「あんたのお嫁さんだろ」と答えた。

父親は中高《なかだか》の上品な初老の紳士で、息子よりもハンサムだと思った。自分は母っ子だと言う通り、面立ちも大塩は母親似だった。

帰途、ファミリーレストランに立ち寄って四人でテーブルを囲みランチを取った。

「父もあなたを気に入ってくれたようだし、母はもう僕の嫁さんだと脳にインプットしたようだから、山場の一つは越えた」

両親を家まで送り届け、名神高速に入ったところで、大塩が快活に言った。

「後はあなたの方の問題だが、もし差し支えないなら、僕があなたの家に行くよ」

「えっ、どういう意味？」

不意討ちを食らった恰好《かっこう》で、浪子は大塩の横顔を見やった。

「養子に入るわけじゃないが、あなたと、お父さんと、僕と、三人で暮らせばいいんじゃないかと……」

浪子は耳を疑った。思いも及ばぬことだった。

「そういうことで、どうだろう？」

大塩が前方を見すえたまま二の句を継いだ。

浪子は答えられなかった。こみ上げて来るものに胸を塞がれていた。

数日間の思案の果てに、浪子は、大塩と結婚してこの家に住み続けると父親に伝えた。

乳房よ永遠に

水森綾子が雄琴のクラブの名刺を一枚差し出して、「ぜひ息抜きにいらして下さい。お返しがしたいですから」と、艶やかな笑みと共に退院の挨拶《あいさつ》に来た翌日、昼時に当麻は長池幸与の訪問を受けた。

「折入ってご相談したいことがありまして……」

当麻が勧めたソファに浅く腰をかけると、長池はおずおずと切り出した。

「わたし自身のことなんです」

思い詰めた顔だ。

「どうしました？」

一呼吸置いてから当麻は返した。

「お気付きかと思いますが、わたしのこちらの胸」

長池は左手を白衣の胸もとにやった。

「張りぼてなんです」

「と、言うと……？」

「パッドとブラでごまかしてますけど、乳房が無いんです」

気が付かなかった。見た目は胸の膨らみに左右差はほとんどない。

「手術は、いつしたのかな？」

まだ左の胸にあてがわれている手もとから顔へ視線を移した。長池幸与は左手を膝《ひざ》に戻した。

「あとひと月で五年になります」

「他の癌ならお赤飯を炊けるけど、乳癌は十年経過を見ないとね」

「らしいですね。でも、そこまでは待てないのです」

「待てない、と言うのは、何が……？」

「人前にこの胸をさらけ出せないままもう五年はとても……五年経って再発するようなことがあっても、オッパイが欲しいのです」

「つまり、乳房の再建術がしたい、てことかな？」

「はい……それを、先生にして頂きたいんです」

甦生記念病院に復帰してから、数名の乳癌患者が見つかっており、八十代の老女以外は、胸筋を残した胸に同側の広背筋を皮層と皮下脂肪をつけたまま脇の下をくぐらせて移行する「一期的乳房再建術」を行ってきた。矢野はそれまでも見ているから驚かなかったが、大塩と新しく来た高橋と塩見は目を丸くした。

「先生が台湾に行ってしまわれた直後、僕はここへ来て以前の島田院長にオペ記録を見せてもらい、先生がありとあらゆるオペを手がけておられるのに驚嘆したのですが、中に乳癌も数件あって、しかも再建術まで手がけておられるので、本当かな、どこか大学病院の形成外科医を呼んで来たんじゃないのかなって思いました。でも、執刀医は先生で、助手は矢野さんになっているので、やっぱり先生がやられたんだ、一度この目で見たい、と思っていたんです。いやあ、感激です」

四十代前半の乳癌患者の「乳房切除及び広背筋皮弁による一期的乳房再建術」の手術が終わったところで大塩がこう言った。

（そういえば長池幸与もオペ室に見に来てたな、一度ならず、二度三度）

と当麻は思い出した。

「婦長さんは、手術をどこで受けたんでしたっけ？」

長池は一瞬言い淀んだ。

「申し上げ難《にく》いんですけど、先生の母校の西日本大学です」

当麻は苦笑した
「僕は確かに西日本大の卒業生だけど、親しい同級生が一人二人いるというくらいで、母校という程の感慨を西日本大には持っていないんです。むしろ、母校と呼べるのは関東医科大かな」

「でしたら、少し西日本大の悪口を言ってもいいですね？」

「ああ、どうぞ」

「わたし、乳癌が見つかった時はまだ四十代前半でした。夫とも、まずまずの夫婦生活を送っていました。それでも医療者の端くれですから、オッパイを切り取ってしまうだけでなく、背中やお腹の筋肉と脂肪を利用して再建する手だてがあることを何かで読んだか見たかで知っていました。

わたしの勤めていた宇治の鉄心会病院では昔ながらの筋肉もろともオッパイを取ってしまうオペしかしておらず、あばら骨が浮き出して湯タンポみたいになるのを見てぞっとしていましたから、ここでは厭だ、西日本大ならもう少しましなオペをしてくれるだろうと期待して行ったんです。

でも主治医は、あなたのは残念ながら進行癌で脇の下のリンパ節にも転移がありそうだ、術後に放射線を当てた方がいいから、筋肉だけは残すが、再建術のことは考えない方がいい、少なくとも二、三年見て再発の兆しが全くなかったら考えたらどうか、と言われ、渋々承諾しました」

「今はどうか知らないが、その頃、西日本大で乳房再建術はしてなかったと思うよ」

「そうなんです。後からそれを知って地団太踏みました。なぜ最初からそう言ってくれなかったのか、ここではできないと分かったら他を当たってみたのにと。

わたし、ある事情があって、二、三年も待てません、て、一年程経った時に申し出たんです。そしたら、ウチじゃそのオペはやってないから、て……」

「ある事情とは……？」

長池幸与がポッと顔を赤らめた。

「乳癌と分かった時から――」

顔の朱が引けたところで長池は当麻に目を返した。

「夫はわたしを求めなくなりました。夫婦生活は病気に悪いから、とか何だかんだ理屈をつけて。わたしも、術後は放射線治療や抗癌剤の副作用で食欲はもとよりその方面の欲望も薄れていましたけど、一年程したら体調も良くなったんで、夫婦生活が戻ることを期待したんです。でも、夫は、オッパイがないのは寂しいよな、て、ボソッと言ったんです。わたし自身、鏡を見る度に落ち込んでましたから、こたえました。オッパイさえ戻れば夫の気も変わる、と思って、それで西日本大の主治医にかけ合ったのです。ウチではしていないと言うので、それならどこかできる所を紹介して下さいって言ったら、心当たりはないから、悪いが自分で探してくれ、てケンもホロロの答えなんです。

仕方がないから新聞社なんかに問い合わせて、探しました。圧倒的に関東方面なんですね。再建術を手がけているのは」

当麻は頷いた。かつて武者修行の折、乳癌手術の国手を物色した日々が思い出された。

「でも、オッパイを取り戻せるならどんなに遠くてもいいと思い、一、二の施設にしぼり込みました。

ところが、そう決心した矢先、夫が突然、鉄心会の離島の病院に行くよう言われた、て言い出したんです。あ、夫は、同じ病院に勤めている内科医でした」

鉄心会の人事異動の激しさは耳にしている。ことに僻地《へきち》の離島は二、三年で辞めてしまう医者が少なくないから、急拠マンパワーに比較的ゆとりのある都市部の系列病院から補充されることになる。理事長の徳岡鉄太郎は自身がその出だけに、格別離島への思い入れが深い。診療所では駄目、入院も手術も都会並みにできる病院、それも、あらゆる患者を受け容《い》れられるような総合病院が必要だ、と謳《うた》い、二百床、三百床規模の病院を建てて来た。しかし、現実は理想通りにはならず、志願してくるのは内科系の医者が圧倒的で、外科系、中でも産婦人科や脳外科の医者は皆無に近く、都市部の鉄心会から交代で医者が月に二、三日ずつ派遣されていた。しかし、お産は時を選ばないから非常勤医では勤まらない。徳岡のお膝元の徳之島に建てた病院は三百床余の大病院だからさすがに産婦人科医の志願者もいたが、近隣の小さな島の百床規模の病院には人が来ない。婦人科系の手術を要する患者は徳之島の病院に送って事なきを得ていたが、お産には対処し得ないから産科は標榜《ひょうぼう》していない。

「ところが」

一息ついて長池は続けた。

「後でばれたんですが、夫は命じられたんじゃなくって、自分から志願して離島へ行ったんです。つまりは、わたしから逃げるために……」

笑いかけた顔が不意に歪《ゆが》んで目が赤くなった。と、見る間に、大粒の涙が目尻から溢れ出た。

当麻は長池が手巾《ハンカチ》を取り出して涙を拭うのを待った。

「すみません。お恥ずかしい内情をさらけ出してしまって……」

「それで、結局離婚したんですね」

長池がひとり身であることは誰からともなく耳にしている。

「ええ。向こうから言い出して来ました。転勤してからまるで帰って来ませんでしたし、わたしが行くのも拒んでいましたから、予感はあったんですが……」

また長池の目が潤み出した。手巾は手に握りしめたままだ。

当麻の脳裏にかつてこの病院に勤務していた野本六郎《のもとろくろう》の顔が蘇った。夫の在不在を問い合わせる電話が野本の妻からよく病院にかかり、職員がとかくの噂をしていたことと共に。

「ですから、オッパイを、取り戻したいんです」

長池は〝張りぼて〟だと言った左の胸にまた手をやった。

「子供達にも手がかからなくなりつつありますから、いい人を見つけて、夫を見返したいんです」

「それで、僕に、乳房再建術を……?」

「はい。時間は経ってますけど、できなくはないですよね?」

「胸筋が残っていれば」

「ぺちゃんこですけど、筋肉は残してくれていると思います。診て頂けますか?」

当麻は頷き、立ち上がってドアをロックした。その間に長池は素早く白衣を解き、胸をはだけた。

右の乳房は長池の年齢にしては垂れておらず、丸みを保っている。それだけに、パッドをはずすと左の胸の平坦《へいたん》さがいかにもアンバランスで美観を損ねている。長池の顔よりも雄弁に、その痛々しい胸が、辛《つら》い、悲しいと訴えている。

当麻はひと通りの触診を終え、右の乳房にはしこりがないこと、両の脇の下に転移を疑わせるリンパ節もないことを確認した。

長池は身繕いを整えたところで、改まった面持ちで向き直った。

「わたしがオッパイを欲しいと思うようになったキッカケは、この前人工肛門を取り除く手術を先生がなさった水森さんなんです」

「ああ、雄琴の……？」

「ええ。彼女、水商売の人だけに外見は華やかでしたけど、入院して来た時の顔は険が立って、目に落ち着きがありませんでした」

「疑心暗鬼に捉《とら》われていたんだろうね。本当に人工肛門をなくしてもらえるのかどうか……」

「わたし、手術前の彼女の剃毛《ていもう》を買って出たんです。それまではどういうわけか男の人の人工肛門しか見たことがなくて、男の人はそんなに深刻に悩んでいたような記憶がなかったので。

　彼女はとても色白で、子供を産んだことがないからか、妊娠線もなく、本当に綺麗《きれい》なお腹をしていました。それだけに、人工肛門がいかにも不似合いでグロテスクなものに映りました。周りの皮膚も少し糜《ただ》れ気味で……それを見た瞬間、彼女をとてもいとおしく思いました。正直言って、入って来た時から余り感じが良くなかったのです。無愛想でつっけんどんでしたし、陸《ろく》に挨拶もしませんでしたから。でも、剃毛しながら人工肛門を見ているうちに、彼女の苦しみ悩みはわたしと一緒だ、と思ったのです。

　剃毛が終わった時に、婦長さん、これさえなくなったら、あたしの人生変わりますって、人工肛門を指さした時、ひとしお、そう思いました。乳房を失ってどんなに辛い思いをして来たか、自分の悩みも彼女にさらけ出したい衝動にさえ駆られました。

わたしのそんな気持が伝わったのか、それまであれ程無口だった彼女が、急に話し始めたんです。付き合っていた男性がいたけれど、人工肛門をつけた時点で、暫く会えない、体調も勝《すぐ》れないからと言い出したかと思ったら、そのうち店から足が遠退《とおの》き、連絡が取れなくなった、自分としては諦め切れない、何とか元の体に戻してよりを戻したい、もう手遅れかもしれないけれど、等々、ざっくばらんに打ち明けてくれたんです。

その彼女が、退院間際にはかげっていた目が活《い》き活きと輝き、人が変わったように明るくなって、一段と綺麗になっていました。

ショックでした。彼女はわたしと同い年だったんです」

退院の挨拶に来た時の水森綾子の勝ち誇ったような顔が思い出された。

「分かりました」

当麻は長舌を終えた長池を見すえた。

「手術は引き受けましょう。でも、ここでいいのかな？」

「できれば――」

長池は言い淀んだ。

「他でして頂けたら有り難いんですが。ここの職員は、わたしの胸が張りぼてだってこと、ほとんど気付いていないと思いますから」

「そうだね。どこがいいかな？」

鉄心会の系列病院は全国に幾つもある、そのうちのどこかで、という考えが当麻の頭に閃《ひらめ》いた。

「わたしとしてはできるだけ遠い所がいいんですけど……外国ででも構いません」

「外国？」

「先生は台湾の大きな病院にいらしたんですよね？　そこへ連れて行って頂くことはできませんか？　夏休みにでも……」

王文慶《ワン・ウエンチン》や妻の美麗《メイリー》、張博英《チャン・ボーイン》、林英周の顔がよぎった。

「遠いですね」

長池の発想に驚きながら当麻は答えた。

「無理ではないだろうけど、生憎、僕が懇意にしていた病院長は故人になってしまったので……」

「でしたら――」

語尾を引いて一瞬言い淀んだが、長池はすぐに二の句を継いだ。

「日本で一番遠い所の鉄心会の病院でお願いできませんか？」

「と、言うと、鹿児島か離島になるかな？」

「はい。わたしは徳岡先生の『母は永遠なり』という自叙伝を読んで、感激して、鉄心会の病院で働こうと思い立ったんです。先生の生まれ育った徳之島がどんなところか、見てみたいとも思っていました。皮肉なことに、別れた夫の方が先に行ってしまいましたが」

「じゃ、ご主人は徳之島に……？」

「いえ、もうおりません。同じ病院のナースとできてしまって、居辛くなったんでしょう、鉄心会も出てしまいました」

「じゃ、今はどちらに？」

「分かりません。開業でもしないと養育費を仕送りできないな、なんて言ってましたから、どこかで開業しているかも……」

「じゃ、徳之島でするのは厭だよね？　たとえ彼がいなくなったとしても」

「そうですね。奄美大島はどうでしょう？」

「僕は構わないが、向こうの病院長と外科のチーフに了承を得なければならないね」

「わたしからお願いしてみます。当麻先生がして下さると言えば、二つ返事で許可して下さると思います」

二日後、長池は憑《つ》きものが落ちたような晴れ晴れとした顔で現れた。

「驚きました。院長が外科のトップの先生だったんです。いつでもどうぞ、ということでした。手術室が二つあるからどちらかは空けられるそうです。院長先生は喜んでお手伝いをさせて頂く、と仰《おっしゃ》ってくれました」

職員に割り当てられる夏の休暇は一週間で、それ以上取る場合は有給休暇を使うことになる。長池はお盆を含めて二週間を取った。

当麻は「僕もお盆休みをもらうよ」と告げて八月中旬の三日間の休暇を申請した。

離島の医者

当麻が関西空港から鹿児島に飛び、プロペラ機に乗り継いで奄美大島に降り立ったのは八月の半ば、マスコミがお盆休みを記事にする時期だった。矢野や大塩には、北里に父母の墓参りに帰省する、二泊三日の休暇をもらうよ、とだけ告げた。長池幸与のことには一言も触れなかった。もとより本人のたっての希望に則《のっと》った配慮である。

長池は三日前に先に旅立っていた。

「向こうの院長先生は、用意万端整えておきますから当麻先生は手ぶらでお越し下さい、何かご指示頂くことがあったらご一報下さい、とのことですが……」

旅立つ一週間程前に長池が来てこう言った。

「それはよかった。でも、一言挨拶しておいた方がいいだろうね」

当麻が返すと、「では、これをお使い下さい」と、長池は購入したばかりの携帯電話を白衣のポケットから取り出した。

「今度、行くに当たって買いました。万が一の時は直接お電話できるので便利と思いまして」

長池は既に登録済みという奄美大島の鉄心会病院をクリックした。

相手の声が当麻の耳にも届いた。女性の声だ。

少し待って男の声に変わった。長池が二言三言やり取りしてから当麻に代わった。

落ち着いた張りのある声だ。自分も「広背筋皮弁による乳房再建術」を手がけたことがあるのでお手伝いできると思います、と言った。

当麻は出かける前に長池と同じタイプの携帯電話を購入した。

空港には病院の若い事務員が迎えに来てくれた。

病院は想像以上に大きく広々としていた。甦生記念病院とどっこいどっこいの規模だ。

手術は午後二時に予定されている。一時間以上ゆとりがある。手術棟の医師控え室に昼食を用意しております、と事務員が言ってくれたが、スーツケースだけ置いてまず病棟に赴いた。

当麻を見て長池幸与は涙ぐんだ。

「夢みたいです。本当にこんな遠い所まで来て下さったんですね」

「いやあ、立派な病院でびっくりしたよ」

当麻が返すと、長池は相好を崩した。

「わたしも驚きました。僻地医療に賭《か》ける徳岡先生の執念を改めて垣間見た思いでした」

「そうか、あなたも初めてだったんだね」

屈託なくくつろいでいる様子からは、長池がもう長くこの地に居ついている人間であるかのような錯覚を覚えていたのだ。

「院長の佐倉先生はこんな田舎の病院には不似合いな素敵な方ですよ。ここへ来て初めて知ったんですけど、何人かの乳癌の患者さんに再建術をされたんですって。わたしのように、五年も経ってからの患者は初めてだと笑っておられましたが」

「いや、それだったら佐倉先生に執刀してもらって僕が前立ちをさせてもらってもよかったな」

「いえ、執刀はやはり先生がなさって下さい。そうでないと、わざわざこんな遠くまで来て頂いた甲斐《かい》がありませんもの。佐倉先生は感激しておられましたよ。当麻先生と一緒にオペをさせてもらえるなんて光栄のいったりきたりだって」

「あはは」

「当麻先生がもしまた肝臓移植をされる場合は湖西に出向いてお手伝いさせてもらいたいと思っている、とも仰ってました」

ドアのノックと共に三十歳前後かと思われるナースが入って来た。島の人間なのだろう、色が浅黒く健康そうだ。

「長池さん、入室一時間前ですので、プレメディを打たせてもらいます」

「あ、お願いします。こちら、執刀して下さる当麻先生です」

南国の女性特有の黒目がキラリと光った。何か言いたげに口が半分開いたが、当麻の会釈に返したのは黙礼だけだった。

「じゃ、後ほどね」

長池が腕をナースに差し出すのを見届けて当麻は退席した。

手術棟の医師控え室には弁当が用意されていた。朝食は牛乳を飲んだだけであたふたと出かけて来たから、空き腹に喉《のど》も渇いている。茶器の蓋を取ったが中身は空っぽだ。

さてどうしたものかと訝りながら箸《はし》に手をかけた時、ドアにノックの音がした。控え目なノックだった。先刻長池の個室のドアを叩いたそれとは大分違う。

「どうぞ」

当麻は少し声を張り上げた。

「失礼します」

澄んだ声と共に、淡いグリーンのワンピースの術衣をまとい、同色の帽子を被った若い女性が楚々《そそ》として入って来た。

「お疲れ様です。冷たいお茶をお持ちしました」

「ああ、ありがとう」

当麻は中腰になって礼を言ってからソファに腰を戻した。

「失礼します」

ナースは当麻の真向かいに移って腰を落とし、先刻当麻が蓋を取りかけたカップにポットを傾けた。

半袖の術衣からむき出しになった二の腕から指の先まで、白磁のような白さに目を奪われた。目鼻立ちのくっきりした顔から首筋も、若さを誇るかのようにすべすべとして白く、頬はうっすらとピンク色に染まっている。化粧っ気はほとんどない。

中肉中背の体つきだが、胸もとはまろやかで、名札を突き上げている。

「ちゅうじょうさん、て仰るのかな？」

「中条」と書かれた名札を見すえて当麻は尋ねた。

「いえ、なかじょう、と申します」

ナースはにっこり微笑《ほほえ》んで上目遣いに当麻を見た。

「なかじょう？　珍しいお名前だね。こちらの方ではなさそうだが……」

「はい、生まれも育ちも東北です」

「道理で、色白のはずだ。外科部長の佐倉先生も、東北のご出身じゃなかったかな？」

全国鉄心会の系列病院の名簿を出かける前に見て来ている。佐倉周平《しゅうへい》は「東北大医卒」とあった。

「そのようですね」

「佐倉先生は、こちらへ来られる前は、どちらにおられたのかな？」

「確か秋田の病院、と伺ってます」

「鉄心会の系列の病院かしら？」

「いえ、そうでは……その前には鉄心会の病院におられたようですけど」

「どちらの？」

「すみません、そこまでは……」

ナースは立ち上がっていた。

「ポット、置いておきます。オペに付かせて頂きますので、よろしくお願いします」

「あ、中条さん」

一礼して半身の姿勢からドアに向かったナースを、当麻は慌てて呼び止めた。

「オペ記録、ありますよね？」

「あ……はい……」

「見せてもらえませんか」

「はい、婦長に伝えます」

再び深々と一礼してナースは部屋を出た。

当麻はカップのお茶を一気に飲み干した。

弁当を平らげるのに十分とかからなかった。箸を置くと同時に、今度は中年のナースが姿を見せた。

「遠い所をご苦労様です。オペ室の責任者の泉《いずみ》です。私共のつけている手術記録でよろしいんでしょうか？　先生方は先生方で詳しいオペ記録をファイルしておられるようですけど」

黒いカバーの部厚い台帳を受け取り、当麻は頁を繰った。

五年前の記録から始まっている。

「一番新しい記録簿です。少し古いものもありますが……」

「いや、これで結構です。有り難う」

泉は空になった弁当パックを手に引き下がった。

当麻はおもむろに記録簿を繰った。手術年月日、患者名、病名、手術術式、麻酔の種類、麻酔者、術者、所要時間が列記されている。甦生記念病院のそれと変わりはない。

術者の項に、佐倉の名前を探した。三年前の記録から出て来る。それまでは術者が二人になっているが、佐倉が登場してからは三名になっている。目を引くのは、それ以前の二年と以後の三年の内容の違いだ。まず、手術数が断然違う。後半三年が前半二年の倍近くを占めている。前半は局麻での手術が圧倒的に多いが、後半は全麻が半数を数えている。

病名も多岐に亘っている。消化器系が大部分だが、前半にはほとんど見受けられない癌も少なくない。胃癌、大腸癌が多いが、中に食道癌、肝臓癌、腎癌《じんがん》も含まれている。更に、乳癌も数例見出され、術式は、「乳房切断術＋一期的再建術（広背筋皮弁による）」となっている。長池の言葉を裏付ける記録だ。

手術時間も、前半二年のそれは平均的かやや長いが、後半三年間のそれは平均より三十分から一時間は短い。佐倉は並の外科医ではないと知れた。

不意に周囲が騒がしくなった。患者が入室したらしい。病棟ナースが手術棟のナースに患者のバイタルを申し送っている。

時計を見ると一時半だ。

「よろしくお願いしまーす」

「ご苦労様」

明るい声が飛び交い、次いで何人かの足音が響き、更衣室からだろう、ロッカーを開けしめする音が続いた。

当麻は腰を上げた。

刹那、ノックの音がし、間髪を容れずベンケーシースタイルの中年の男が姿を見せた。

「当麻先生ですね。ご苦労様です」

眼鏡がよく似合い、七、三に分けた髪に清潔感が漂っている。

「佐倉です」

名刺が差し出された。「院長」の肩書きの下に「佐倉周平」とある。当麻は名刺を持って来ていないことに気付き、詫びを入れた。

「いや、先生のことはもう充々存じ上げておりますから。こんな僻地にわざわざおいで頂いて恐縮です」

「こちらこそ。今手術記録を拝見して、私がわざわざ来ることもないな、先生にお任せすれば済んだのにと思わせられた次第です」

「いえいえ、長池さんからお申し出を受けて先生のお名前が出た時は耳を疑いました。ぜひお目に掛かりたいと思い、この日を待ちかねていました」

寸時のやり取りで、当麻は佐倉と気心の通じるものを覚えた。これだけ広いレパートリー、都会の大病院でも通じる力量を持った外科医が離島にいることを知っただけでも来た甲斐があった。

佐倉と共に更衣室に赴いた。

着替えて手術室に入ったところで、三十歳前後かと思われる外科医二人とナース三人をウチのスタッフですと佐倉が当麻に紹介した。

外科医の一人が麻酔を始めている。月に二十件前後の手術があるが、気管内挿管による全身麻酔例は七、八件なので専属の麻酔科医師を置いていない。外科スタッフが回り持ちでやっている、挿管して後は人工呼吸器《レスピレーター》につなぎ、ナースに管理してもらっています、しかし今度のオペは外科医一人に麻酔を担当させ、もう一人は鉤引《こうひ》きをさせます――長池幸与の携帯でやり取りした時の佐倉の一言一言を当麻は思い出していた。

気管チューブの挿管に、若い方の外科医沢田《さわだ》はやや手間取った。長池幸与は少し上の前歯が出ている。胃カメラの挿入もこのタイプの口は難渋することがある。胃カメラは食道に入れるからまだしもだが、食道の前にある気管にチューブを挿入するには入口の声帯を見届け、それをしっかり展開しなければならない。声門を確認しないままやみくもに挿し入れると、チューブはえてして食道に入ってしまう。

沢田はチューブを挿し入れたが、長池の喉に手をあてがっていたもう一人の外科医久松《ひさまつ》が首を振った。気管に入っていないという合図だ。沢田はそれでもチューブを手押しのバッグにつないでバッグを押した。患者の胃の辺りで「ブー」と音がした。胸は膨らんでいない。チューブが気管でなく食道に入ったためだ。沢田は慌ててチューブを引き抜き、マスクを長池の顔にあてがって酸素を送った。

「久松君、代われ」

佐倉が幾らか強い語気で言った。

「サクシンを四〇ミリ追加して」

「はい」

先刻当麻に手術記録簿を持って来た泉が素早く動いて壁際のケースからアンプルを取り出した。

久松が沢田に入れ替わったが、同時に佐倉が当麻の傍らから久松の背後に回った。

久松が喉頭鏡《こうとう》を長池の口に挿し入れた。

「前歯、折るなよ。声門をしっかり見届けろ」

佐倉がくぐもった声で言った。

「はい」

久松が素直に答え、そろっと喉頭鏡を持ち上げた。佐倉がその肩越しに長池の口をのぞき込んだ。

「よし、見えてるな?」

「はい」

久松の右手が虚空《こくう》をまさぐった。泉がその手に気管チューブを差し出した。

沢田が長池の喉もとに手をやって、頷いた。挿管を終えて久松がチューブの先にバッグをつなぎ、押した。

長池の胸が膨らんだ。沢田が聴診器を当て、

「入ってます」

と言った。

「すみません、手間取りました」

佐倉が当麻に歩み寄りながら言った。

「滅多にないんですが、今日は大先生の前で緊張したようです」

沢田がはにかんだ笑顔を見せ、チラと当麻を見やって頷いた。

（素直ないい青年だ。チームワークも素晴らしい）

当麻は改めて室内とスタッフの面々を見やった。手術室は、湖西記念病院よりも広いくらいだ。無影灯も二つ付いており、壁の時計もデジタル化され、麻酔時間を示す数字が動き出している。安普譜ではない建物の偉容と相俟《あいま》って、設備の充実ぶりも目を瞠《みは》るものがある。

「なかじょう」と名乗ったナースと目が合った。帽子、マスク、術衣をまとった姿は、先程とは打って変わって端然とし、見違えるばかりだ。ナースは丁寧に黙礼した。

泉の他にもう一人外回りのナースがいる。泉と中条の丁度間くらい、三十代半ばかと思われた。佐倉の紹介では今村《いまむら》という姓だった。

手術は淀みなく進んだ。仰臥位《ぎょうがい》での作業は乳房のあった胸壁中央に皮膚切開を入れ、皮下を胸筋から左右に剝離して行くだけだ。ペラペラになった皮膚は胸筋が紡錘《ぼうすい》形に現れる程度に切除する。この作業には二十分も要しなかった。

次の作業に移るためには体位を変換しなければならない。同側の背中にメスを入れるために右側臥位《そくがい》を取る。

沢田と外回りのナース二人が機敏に動いた。

当麻は一旦ガウンと手袋をはずし、体位変換に手を添えてから、マジックとスケールを手に作図にかかった。長池幸与の乳房は小振りとは言い難い。やや長目に二〇×九cmの幅で皮膚にマーキングした。

「どうでしょうか、こんな程度で」

当麻は佐倉にお伺いをたてた。手術記録を見る限り自分と同じくらいの乳癌症例をこなしている。しかも年齢は十歳程上の先輩に敬意を表したのだ。

「結構と思います。弾力性の強そうな皮膚ですが、寄りますでしょうね？」

当麻がマーキングを施した弓状の二本の線を両手で寄せているのを見て佐倉が言った。

「一度大きく取り過ぎましてね、あと四、五センチがどうしても寄らず、オープンのままにしたことがあります。一カ月もしたらくっつきましたが……」

「私も同じような経験があります。それでもいい、いずれくっつくからと、形成外科の先生に教えられて……、でも、この人は何とか寄りそうです」

広背筋皮弁を切り取った跡は皮膚が紡錘形に欠損状態となる。これを寄り合わせるには糸を皮下から真皮に通して力まかせに寄せ、隙間《すきま》を作らないようにしなければならない。細い糸では切れてしまうから、太めの1―0のバイクリル糸を用いる。助手が左右からこれも力まかせに縫合ラインの外側の皮膚を両手で寄せ、術者は〝あ・うん〟の呼吸で素早く糸結びを終える。

佐倉は慣れた手つきで皮膚を寄せ、当麻は楽々と結糸して行った。

器械出しの中条が当麻の横に付いていたが、甦生記念病院のナース達に指導して来た通り、当麻の手の動きを正面に見すえるべく器械台を手術台と直角にすえているのに瞠目した。

〝修練士〟として六年を送った関東医科大には、全国各地から見学者が来ていた。ひょっとして佐倉もその一人ではなかったのだろうか？　無論手術見学が目当てだが、手術のスムーズな流れには器械出しのナースの手際良さも欠かせない。心ある外科医なら、そこにも着眼し、ナースの立ち位置、動きにも目を配ったはずだ。

不意にある記憶が蘇った。恩師羽島富雄《はじまとみお》が憤慨して吐き捨てるように言ったことがあった。自分と同期で入ってきた修練士が、一年も経ぬうちに、「癌研病院の梶原《かじわら》先生の手術も見に行きたいから紹介状を書いてくれませんか」と申し出てきたと言う。

羽島はすかさず一喝したと言う。

「ここで六年の修業を終えた暁ならいざ知らず、まだ一年そこそこのお前が梶原さんのオペを見たって何の役にも立たん。人の技術を盗み取るには、それ相応の力量と経験がいるんだ」

その時当麻は、母校西日本大の外科教授戸部《とべ》がしたり顔で口にしていた言葉を思い出していた。

「僕は一年に一度は、学会のついでに山中重四郎《やまなかじゅうしろう》先生のオペを見に行くことにしているんだよ」

山中は羽島富雄の師で食道癌の世界的権威として勇名を馳せた国手であり、山崎豊子の「白い巨塔」の主人公財前五郎のモデルと噂された人物だ。

当時は胃癌が主な手術対象だったが、戸部の手術は胃潰瘍《かいよう》に対する「単純胃切除術」に、目に見える胃の近傍表層のいわゆるⅠ群のリンパ節を何個かつまみ取るだけのものだった。

その頃関東医科大はもとより、進取の精神に富んだ施設では、〝ブドウパンからブドウをつまみ取る〟だけの御座なりな手術では癌を散らすばかりかもっと深層の転移リンパ節を取り残す恐れがあり、かえって命を縮めることにもなりかねない、との反省と検証を踏まえ、ブドウパンをブドウごと一括除く「系統的リンパ節郭清《かくせい》術」に取り組んでいた。山中重四郎の手術の見学に赴いていると言うなら、戸部はその手技を逸早く取り入れて時代の流れに遅れないようにすべきだ。自分が多忙を極めてできないならば弟子を派遣して学ばせるべきだが、いっかなそんな動きはなかった。医学雑誌で「系統的リンパ節郭清を伴う胃切除術」を読み知っていた当麻が、早々に母校に見切りをつけて上京した理由だった。

羽島に門前払いを食らった修練士は、それから間もなく姿を消した。

「了見違いで入って来る奴がいる。手前の未熟さを自覚せず、つまみ食いを趣味みたいにし、どこどこの国手のオペを見て来たぞ、と吹聴して悦に入ってる輩《やから》だ。ここへもあちこちから見学に来るが、一、二度見たって何の足しにもならん。羽島の膵頭十二指腸切除《PD》を見て来たぞ、と自慢話に終わるのが関の山だ」

修練士の早々のドロップアウトが多少こたえたのだろう、ＰＤを終えて一息ついた羽島が、義憤に耐えぬ、といった面持ちでまくしたてたものだ。

背部の皮膚縫合が終わり、長池の体は再び仰向けに転じられる。麻酔医と外回りのナースが手早く動いた。

その流れに目をやりながら、当麻の脳裏には羽島の二の句が蘇っていた。

「大概は一回こっきり、余程熱心な奴でも二、三回程度だからどこの誰だったかついぞ思い出せないが、一人だけ例外的な男がいた。学校は東北だが、都内の公立病院の外科医で卒後四、五年目と言ったかな。こいつは月に一度は来て、五、六年は続いたかな。見所の有る奴だ、と感心して、三年程経った頃だったかな、貴君のような男は初めてだ、大成を祈る、て手紙を書き送ったよ。もう何年前になるかなあ」

羽島が○○君とその外科医の名前を口にすると、

「そうですよね、熱心でしたよね」

と、古参のスタッフが相槌を打っていた。

そこまでは蘇って来るが、名前は思い出せない。

「最後に見たのはかれこれ三、四年前じゃないですか？」

古参のスタッフで助教授だった中村が継いだ二の句までは記憶にある。

当麻は目の前の佐倉を見すえながら、頭の中で計算をめぐらしていた。

（卒後四、五年目に見学に来て五、六年通った、それが三、四年前で、その時自分は修練士の三年目くらいだった。ほぼ十歳違いだから、この人の年齢に符合する！）

筆不精で論文も自分では余り書かず、専ら手術に明け暮れていた羽島が感極まって手紙を認《したた》めた人物は、他ならぬ佐倉周平ではなかったのか？　出身は東北大だと羽島は言っていた。佐倉はここへ来る前秋田の病院にいたと、中条と名乗った若いナースがもたらしたもう一つの情報も、佐倉と特定するキーワードになりそうな気がする。

「バイタル、ＯＫです」

麻酔担当の久松の声に、当麻は我に返った。

左の前胸壁に移された広背筋皮弁は脂肪層を余分に取ってある。余った部分を折り重ねることによって厚味を増し、膨らみをもたらすためだ。

再建は、先に切り取ったデフェクト部に腋窩《えきか》をトンネル式にくぐらせて前胸部に移行した筋皮弁を置き、皮膚と皮膚を縫い合わせるだけの操作だ。

佐倉は無論要領を心得ているだろう。

「そちら側、半周、お願いできますか？」

当麻の提案に、佐倉は快く頷いた。

持針器はダイヤモンド型のものに替わる。器械出しのナースは糸付けが忙しくなったが、手持ち無沙汰気味の第二助手沢田が佐倉に持針器を手渡す役目に回った。ナースの中条は専ら当麻に渡す。

一人でやれば四十分はかかる作業が、半分の時間で終わった。壁のデジタル時計が手術時間を二時間十分と示している。乳房切除術が加わっていればもう一時間余計にかかっていたはずだ。〝一期的再建術〟は〝再建術〟の方に倍の時間を要するのが普通で、当麻が甦生記念病院で矢野や大塩を前立ちに行う場合は四時間から五時間を要する。患者の体格、乳房の大きさ如何《いかん》によるのと、乳輪に乳首を造る作業が加わるからだ。

皮膚の縫合を終えたところで、乳輪と乳首の作成にかかる。

乳輪は色素沈着の強い大陰唇の一部を切り取り、広背筋皮弁の相応の皮膚を切り取って貼りつける。無論縫い合わせるのだが、これには6－0の極細の糸を使う。

乳首は健常側の乳首のそれを半切して用いる。大陰唇から採取した皮弁に切開を入れて縫いつける。

「さすが当麻先生、見事な出来栄えです」

最後の糸を切ったところで、「お疲れ様でした」と当麻が一礼したのにすかさず佐倉が返した。

「先生がご経験がお有りということで、大船に乗った気持でさせてもらえました」

偽らざる気持だった。

一時間後、自分を含めた外科のスタッフ一同が近くの中華料理店で円卓を囲んだ。佐倉の配慮によるものだ。

「こんな機会でもないと、なかなか一同集まることはないので」

と佐倉は言って乾盃の音頭を取った。

「じゃ、改めて、各自、自己紹介してもらおうか。出身地、略歴、年齢……」

「年齢はオミット」

主任の泉がすかさず返し、「ねえ?」と隣の今村を上目遣いに見やった。哄笑が起こった。

「女性は二十五までの人だけ。ミホちゃんがギリギリセーフかな?」

泉が今度は今村の隣の中条にウインクして見せた。

「いえ、もうアウトです」

「えっ、中条さん、そんな年なの？」

沢田が中条の顔をのぞき込んだ。先刻よりは控え目な哄笑が起こった。

(ナカジョーミホさん、か……)

若いナースのフルネームを脳裏にインプットしながら、当麻は一人の女性を思い出していた。

(江森京子《えもりきようこ》……彼女に何となく似ているな)
二十六、七——あの頃彼女は確かそんな年頃だった。実際より二、三歳若く見える点も似ている。沢田が頓狂《とんきよう》な声を放ったのもそういうことだろう。
「ひょっとして、僕より上、てことないよね？」

哄笑がまだ引き切らないところへ沢田が畳みかけた。

「先生は、幾つなの？」

泉が切り返すように言った。

「ドクターになって、何年目？」

「三年……いや、四年目になるか……」

「順調に入って、順調に卒業してるの？」

「まあね」

「ほー、優秀だな」

佐倉が言った。

「いやあ、先生や当麻先生のように一流の学校じゃないですから。国立は落っこちました」

沢田の視線が佐倉から自分に移ったのに気付いて、当麻ははっと我に返った。江森京子のことを思いめぐらしていたのだ。京阪新聞社の斎藤《さいとう》から見せられた京子の手紙が蘇っていた。彼女も乳癌に冒されたと書いてあった。確か右の乳癌でリンパ節にも転移があり、ホルモン剤と抗癌剤を服用しているが、再発に怯《おび》える日々だ、と。

気に掛かりながら、我が身に降って湧いた災厄、他ならぬ妻翔子の宿痾に大わらわとなり、他人を気遣っているゆとりがなかった。

京阪新聞に投稿しているくらいだから、京子が近畿圏にいることは間違いない。何とかして消息を摑《つか》みたい——今更ながらそんな思いが胸を突き上げていた。

「学校はどこでもいいと思うよ」

当麻は沢田に会釈を返した。

「問題は医者になってからだよね」

佐倉が相槌を打った。

「そう言えば当麻先生は母校の西日本大に残られず、関東医科大に行かれたんですよね？」

久松が尋ねた。

「西日本大の外科は駄目だったんですか？　今は生体肝移植で断トツの実績を挙げていますが……」

「まるで駄目だったね。母校に残っていたら、今の僕はなかったと思うよ」

「当麻先生」

不意に佐倉が割って入った。

「私は母校の関連病院に二、三年いてから、東京のさる公立病院に移りました。傍ら、関東医科大に手術見学に通わせてもらいましたが、目から鱗の思いでした。それまで数える程しか経験のなかった肝胆膵系のオペが日常茶飯行われていたからです。食道癌のオペも、行けば大抵ありましたしね」

久松と沢田が「へーえ！」と異口同音、感嘆の声を漏らした。

「佐倉先生は、もしかして、羽島富雄先生から手紙をもらわれませんでしたか？」

一同の視線が注がれた佐倉の顔に驚きの色が走り、次いで相好が崩れた。

「頂きました。でも、先生は何故そのことを……？」

当麻はいきさつを物語った。若い外科医二人は身を乗り出して聴き入っていたが、二人の表情よりも、江森京子の面影を偲《しの》ばせる風貌《ふうぼう》の中条ミホの変化に当麻は見入った。卵形の顔形や小作りの造作は似ているが京子よりは大粒の目が、こちらに凝らされて潤っている。

「一生の宝物だ、後生大事にとっておかねばと思ってたんですが……」

当麻が語り終えたところで佐倉が言った。

「引越しを繰り返すうちに、どこかに紛れ込んでしまいました。でも、君のような見学者は初めてだというお言葉は脳裏に焼きつき、その後の私の支えになりました」

中条ミホが席を立った。唇をかみしめている。

「すみません、お手洗いに……」

先刻そっと目尻を拭ったばかりの手巾を手に、隣の今村に会釈して足早に入口に向かった中条を見送りながら、当麻の胸にある感慨がこみ上げていた。

(彼女は佐倉先生を慕っているな。それも尋常ではない思いで)

その経歴を探ってみたい衝動に駆られながら、一方で当麻は、佐倉との奇縁に感慨を新たにしていた。この人物のここまでの歩み、年齢から言っても恐らくは最後の職場になろうかと思われる離島に何故来たのか、家族と一緒に来ているのか、それとも単身赴任なのか、もう少し詳しく知りたいと思った。

約束

翌日当麻は、鹿児島から空路熊本に飛び、そのまま熊本大学病院に直行した。

上野《うえの》が玄関先で待ち受けていた。ベンケーシースタイルで出て来た。数年前より太って恰《かっ》幅《ぷく》が良くなっている。髪にも白いものが混じっている。

「よう来てくれたね」

と手を差し出したが、その表情は冴《さ》えない。

上野から時ならぬ電話がかかったのは三カ月前だった。

「俺も第二の当麻鉄彦になりそうだよ」

俺だ、上野だ、と名乗ってからの二の句に驚かされた。

「どがんことね？　君も鉄心会の一員になると？」

「ならよかばってん……俺のことじゃなか、女房のことたい」

「奥さんの……？」

「ああ。もう危なか」

「どうしたと、急に？　賀状の写真ば見た限りは元気そうだったけど……」

　上野は結婚して以来賀状に家族写真を載せて送って来ていた。瘦せぎすだが、上野と二人の娘と並んでにこやかに笑んでいる女性の写真が思い出された。尤《もっと》も、写真は前年の秋か冬の初めに撮ったものだろう。

「開業医もここの医者も、どいつもこいつもヤブと専門バカばっかりたい」

　吐き捨てるように言ってから、上野はかいつまんで妻の病歴を語った。

　前年の暮近く、右の胸が重苦しく咳《せき》が出ると訴えるので、近所の開業医に診てもらって風邪薬でも処方してもらうように言った。五十がらみ、開業して十年以上経ち、まずまずの評判を取っている医者は、喉を診て、聴診器も胸にあてがい、「右の呼吸音がちょっと弱いが、ま、風邪だろう」と言って鎮咳剤《ちんがいざい》を一週間分処方した。ところが、まるで咳は治まらない。じゃ、ウチの病院へ来て呼吸器内科で診てもらえ、と言って大学病院に来させた。診察した内科医に上野は呼ばれた。内科医は沈鬱《ちんうつ》な面持ちでシャウカステンのX線フィルムを指さした。

「専門外の俺にも、正常でなかことはすぐ分かったよ。右の胸が半分真白だった。肺炎かて尋ねたら、いや、熱はなかし、肺そのものの影じゃなかけん肺炎ではない、水です、と言うとよ。つまりは癌によるもので、そうなるともう末期の状態だと言いよる」

（メーグスだな!?）

咄嗟《とっさ》に閃いた。台湾で張博英と共に開いたCPC（Clinico Pathological Conference）が思い出されていた。

「生憎年末で、正月明けてからの精密検査ということになった。まずは胸水ば抜いて細胞診断に付したところ、病理がはっきり答えば出さん。悪性が疑われ、腺癌《せんがん》とみなされたばってん、確定はでけんという。CTやら気管支鏡やらの検査に回された挙げ句、肺癌は否定的という。そのうち女房は腹が張ると訴え出した。それで消化器科の方に回されたとよ。エコーで腹水がたまっとると言われ、それを抜いて調べたら、先の胸水と似通った悪性細胞が検出された、原発は不明ばってん、どうも右の卵巣が腫《は》れていて怪しか、ということで、今度は婦人科に回された。挙げ句、試験開腹になった。案の定、卵巣癌だったけど、腹腔内にるいると転移していて、もう末期だという。診断がつくまで二カ月もあちこちタライ回しにされた末だ。ひどか話たい。余程お前に相談しようかと思ったばってん、最初は肺、次は卵巣と言われて、お前の専門外だと思ったもんだけん」

上野の悲憤慷慨《こうがい》は痛い程よく分かったが、たとえ右の胸水が発見された段階で原発巣は卵巣、つまり「メーグス症候群」だと診断されていたとしても、腹腔内には既に細かい転移巣があって、助かる見込みはなかっただろう――当麻は台湾での同様の経験例を引き合いに出してこう答えた。

「そうか！　お前に相談したらすぐに卵巣癌と診断してくれたろうばってん、それでも手遅れだった、てことだな？」

「残念ながらね。後は抗癌剤に一縷《いちる》の望みを託すしかないね」

その実、翔子の神経腫瘍と同様、卵巣癌に有効な制癌剤もない。転移さえなければ、手術か放射線のリニアックという選択肢が考えられただろうが。

その後上野からは久しく連絡がなかった。そろそろ電話の一つもかけて妻君の経過を尋ねなければと思っていた矢先に、長池から思いもかけぬ相談を受けた。奄美大島で彼女の手術をすることが決まった時点で上野に電話を入れた。

「あれから制癌剤治療を二クール程やったばってん、焼け石に水だった。腹の転移巣も大きくなって俺が触っても分かるくらいになった。腹水もまたたまり出しとる。本人は家に帰りたかと言いよるけど、帰って来られてもな、俺としてはどがんすることもできんし……」

「子供はどがんしとる？」

まだ小学校に上がるか上がらないかの子供二人を交じえた賀状の家族写真が目に浮かんだ。

お産の苦しみはもう一回で充分と言っていたが、上野の妻は二人目を産んでいた。

「平日はお袋が世話を焼きに来てくれてるばってん、お袋も骨粗鬆症《こつそしょうしょう》で腰を痛めていて孫の動きにはついていけんと愚痴《ぐち》っとる。親父ももう八十歳で足腰が弱ってお袋頼りだから、我が家に腰をすえるわけにはいかん。田舎もんだけん、一日マンションにいると気が滅入ってくるらしい。そこへ女房が帰って来た日にゃ、お袋の方がダウンしちまうだろう」

「奥さんの方の親御さんには手伝ってもらえんと？」

「女房の妹に子供が生まれて、それにかかりっ切りになっている。福岡で遠方だし、頼まれんよ。精々週末くらいだな」

上野が妻と知り合ったのは熊大医学部と彼女の学んでいた熊本女子大の合同コンパがきっかけだったこと、彼女は福岡出身で、知り合って二年目に上野が「娘さんを頂きたい」と彼女の両親に直談判に及んで婚約にこぎつけたこと、等が思い出された。

幸か不幸か翔子との間に子供は持てなかったが、もし翔子が幼子を残して旅立っていたとしたらどうだろう、と考えた。自分では育てられなかっただろう。

翔子の葬儀の後何日かして、墓参りに来てくれた松原富士子《まつばらふじこ》がさり気なく漏らした言葉が蘇った。

「翔子は野球チームができるくらい子供を産みたいと言っていたのに、悔しかったでしょうね。でも、こんなに早く逝ってしまうんだったら、子供は残さなくてよかったのかもしれませんね。当麻さんが乳呑み児を抱えて残されたら大変でしたでしょうから」

言葉を返せなかった。胸にこみ上げて来た熱い塊に喉を塞がれたからである。

「でも、その時は、私が乳母《うば》としてお手伝いを申し出ていたかもしれません」

「ありがとう、富士子さん……」

当麻は漸く返した。富士子は自分の二の句を待っているようだったが、それ以上の言葉は出なかった。

「あ、でも――」

富士子が笑顔を見せた。

「翔子には近くに両親がいらっしゃるから、私が差し出がましいことをしたら怒られてしまいますよね」

当麻はそれにも言葉を返せなかった。

もし翔子が、いっとき強く望んだように命を賭《と》してでも子供を産んでいたら、上野の不幸はとても他人事ではない、身につまされることこの上ない現実だった、と、富士子とのやり取りや、ポン友を襲った青天の霹靂《へきれき》に思いをめぐらしながら当麻は身震いした。

「一度、見舞いに行かせてもらうよ」

長池幸与の一件を話し、帰りに寄るからと告げて電話を切った。

上野の妻は婦人科病棟の個室に入っていた。

「お前が来ると言ったら、そんな遠くからわざわざ申し訳ない、ご挨拶したい、と言ってな、女房のお袋がゆうべから来とる」

病棟に向かう途次、上野が言った。

「本人は、こがんやつれた姿を当麻さんに見せたくない、と大分駄々をこねとったばってん……」

病室に足を踏み入れた刹那、上野の妻の駄々も宜《むべ》なるかなと思った。骨に皮が一枚はりついているだけだ。頰骨が浮き出ている分、落ちくぼんだ眼窩《がんか》がことさら深くなり、そこにガラス玉がはめ込まれたような目が怯えたように暗い影を宿している。

(死相だ!)

翔子も最期はやつれ果てていたが、これ程ではなかった。

「当麻が来てくれたよ」

上野の声に、病人は強いて笑顔を作ったが、ほうれい線がくっきりと浮き出た顔は、実際の年齢よりも十歳程老けて見え、慇懃《いんぎん》に当麻に頭を下げている六十がらみの母親の娘には見えない。姉妹ではないかとさえ思わせた。

当麻は早々に退座した。上野がデイルームに誘った。

「腹や背中を痛がってどうしようもない。膵臓の周りのリンパ節が神経を圧迫しているんだろうと主治医は言いよるが……」

「モルヒネは使っとるとね？」

上野は頷いたが、すぐに顔をしかめた。

「効いとるようだが、便秘の副作用で腹が張って、そっちで辛がっとる。痛し痒《かゆ》しだ」

「翔子もいっとき苦しがっとったよ。痛みは和らぐんで、有り難い、モルヒネは神様の贈り物、〝神薬〟ね、なんて喜んでいたが……」

「お前も辛かったな。お前のことば考えると、少し慰められるんだが……」

「ウチにはホスピス病棟があったけん、大分助かったよ」

当麻はホスピスの部屋で翔子と過ごした最期の日々のことを語った。

「そうか……ばってん、熊本にホスピスはなかけんね」

「どうだろう？」

「うん……？」

「福岡まで行くとは無理かな？」

「福岡へ？　熊大から転院させるとね？」

「個人病院だが、福岡に亀山総合病院というのがあって、そこにホスピス病棟がある」

「どうして知っとると？」

「翔子の親友だった松原富士子を知っとるね？」

「ああ、お前の結婚式と翔子さんの葬儀の時、会ったよな。綺麗な人だったけん覚えとる」

「その彼女が、ホスピス病棟でコーディネーターとして働いとる。奥さんの親御さんも福岡と言ったよな？」

「ああ……」

「お前とは離れるが、親御さんは毎日でも行けるだろ。お前も、週末には行けるよな。空いてないかもしれんが、一度当たってみたらどうだろう？　モルヒネの使い方も、熊大よりは緻密《ちみつ》にやってくれると思うよ」

「本人が承知するかどうかだが――話してみるか……」

「ああ、で、もし行く気になったら――」

当麻は携帯を取り出し、液晶画面に松原富士子の電話番号を映し出した。

「この人に相談してみるとよかよ。ベッドの空き状況も教えてくれるだろう」

上野も携帯を取り出して松原富士子の携帯番号を入力した。

「コーディネーターと言うからには」

上野が携帯を白衣のポケットに収めて顔を上げた。

「正規の職員だな?」

「うん。平家物語の朗読もしとる」

「平家物語!?」

「翔子もそうだったが、彼女も芦屋女学院で日本の古典を専攻していた。格別平家物語に思い入れが深くて、僕も色々教えてもらった」

「教えてもらった――て、いつ? どこで?」

上野の思いがけない追及に、当麻は少したじろいだ。松原富士子のことを上野には何も話していないことに今更ながら思い至った。

翔子が亡くなって間もなく、富士子は当麻に別れを告げに来た。ホスピス病棟長人見《ひとみ》は平家物語の朗読を続けてくれるよう慰留し、富士子が止宿先にしていた翔子の実家の大川夫妻も、富士子さんを見ていると翔子を失った寂しさも紛れます、ぜひウチを足場にホスピスでのお仕事を続けて下さい、と申し出たが、学校がありますので、と富士子は謝辞した。

別れ際、私に何かお役に立つことがあればいつでも仰って下さい、何もなくても、翔子のお墓参りだけはさせて下さいね、と当麻に言った。

三月程して富士子から手紙が来た。福岡の亀山総合病院にコーディネーターとして受け入れてもらえた、〝平家物語〟の朗読も始めてます、とあり、お盆は混むので秋口にでも翔子のお墓参りに伺わせてもらいたいと思ってます、と結ばれていた。

　十月の半ば、その年最後と思われる台風が過ぎ去った秋晴れの一日、富士子が半年振りに現れた。当麻の都合を打診しながらの予告はあった。日帰りというわけにはいかないだろう、大川家にも泊まり難いだろう、民宿しかないが、病院と国道一つ隔てた〝吉野屋〟でよければ手配します、と言うと、末の妹の潤子《じゅんこ》の所に泊まりますのでお気遣いなく、との返事がきた。潤子も姉と同じ芦屋女学院に学んでいるという。

　当日、富士子は潤子と共に現れた。

「この子は翔子を崇《あが》めてたんです。だからどうしても一度お墓参りをさせてほしいって……それに、当麻さんのことも心配だからって……」

「ちゃんとご飯食べておられますか？」

　暫く見ないうちに潤子はすっかり大人びて、いっぱしの口をきいた。

「大丈夫。病院で作ってくれるからね」

「お休みの日もですか？」

「入院患者さんがいるから、病院の厨房《ちゅうぼう》は年中休みなしなのよ」

　富士子が横から口を入れた。

「残念だな」

潤子が拗《す》ねた素振りをした。

「お休みの日くらい、私がお弁当の差し入れでもしてさし上げようかと思ってたのに」

当麻は苦笑して富士子を見やった。

「この子は、翔子もだけど、当麻さんの熱烈なファンなんです。翔子を失って、当麻さんは可哀《かわい》そう可哀そうて、そんなことばかり言うんですよ」

潤子が姉を制した。

「だから、私にできることがあったら仰って下さい。芦屋からここまでは三時間もかかりませんから」

「ありがとう。でもあなたは学生さんだから、僕のことなど気にかけず、しっかり勉強して、お姉さんに負けない才色兼備の人になってほしいな」

「何ですか、〝サイショクケンビ〟て?」

「あんたはそれでよく国文学科へ入れたわね」

富士子が茶々を入れた。

「ひどーい。お姉さんが知らないことだって私は沢山《たくさん》知ってるんだから」

当麻は富士子と顔を見合わせて笑った。

翔子の墓は大川家の近くの寺の一角にあったが、骨は分骨してある。生前の翔子は、私の骨は琵琶湖に撒いてもらってもいいけれど、あなたが将来北里のご両親のお墓に入るなら私もそこで一緒に眠りたい、と言った。翔子の意向を伝え聞いた大川夫妻は、一人娘の墓が身近な所にないのは寂しい、分骨して自分達も弔《とむら》いに行けるようにしてほしい、と当麻に申し出た。何ら異存はなかった。当麻は分骨した半分を大川夫妻に託し、半分を北里に持ち帰って両親の墓の隣に翔子の墓標を立てて納骨した。

大川家の墓に二人が花を供えてくれたところで、当麻は分骨のことを富士子に話し、ついでがあったら北里の墓にも行ってやって下さい、と言った。

「それでしたら、当麻さんが北里へ行かれる時にご一緒させて下さい」

富士子の返しに、

「ああ、ずるーい。お姉さんばかり」

と、すかさず潤子がふくれっ面《つら》を作った。

「その時は私も一緒に行くぅ」

富士子が困惑したような顔を作ったので当麻は笑った。

「ん、もう。そんなにどこまでもくっついて来なくていいの」

富士子は妹の顔に指を押し当てた。

「お姉さんの恋路の邪魔になるから？」

為されるがままになりながら、潤子は言い返した。

富士子の頬が赤らんだ。

「何を言うの、この子は」

富士子は指先に力をこめて妹の顔をのけぞらせた。当麻は視線を逸らした。

二人を見送った数日後、思いがけない封書が舞い込んで当麻は驚いた。差し出し人は松原潤子だった。

敬愛する当麻鉄彦先生
先日は亡き翔子様のお墓参りをご一緒にさせて頂き、悲しいけれど幸せなひとときを過ごすことができました。
翔子様にお会いしたのはほんの数えるほどでしたけれど、姉は博多の家に帰ってくると親友翔子様の話題ばかりを食卓にのせていましたから、いつの間にか宝塚のスターに憧れるように、私は翔子様に憧れてしまいました。
そもそもは、姉が芦屋女学院に入ったその日から翔子様の名前が姉の口を衝《つ》いて出ました。素晴らしい人に会った、ひと目でお友達になれる人だと思った、と、姉は翔子様の写真を父母に見せてはしゃいでいました。

芦屋女学院へ行けば翔子様のような人に出会えるんだと思い、いつしか私も芦屋女学院に入りたいと思うようになっていました。そんな気持を決定づけてくれたのは、翔子様に実際にお目に掛かった時でした。姉の話から想像していた以上に素敵な方でした。

そして、それから間もなく当麻先生にお目に掛かりました。姉の話で薄々は感じていましたが、お二人が並ばれた時、本当にお似合いのカップルだと思いました。私はまだほんの小娘でしたから、当麻先生に憧れを抱いても、翔子様には到底敵わないな、と思いました。

でも正直に申し上げて、お二人が結婚すると姉から聞かされた時はショックでした。

当麻先生が翔子様の病気を知って長かった春に終止符を打ち結婚を急がれたことも知りました。その時点でもうお二人は私など及びもつかない遠い遥《はる》かな世界の方になられたのです。

それでも私は、希望通り芦屋女学院に入ることができました。姉にとっての翔子様のような出会いは得られていませんが、学生生活はエンジョイしています。

暫くして、姉がよく訪ねて来るようになりました。聞けば、甦生記念病院のホスピス病棟で朗読のボランティアをしているとのこと、それも最初は翔子様がしていたのを、翔子様の具合が悪くなったので姉が引き継いだ、とのことでした。

改めて、姉と翔子様との深い結び付きを感じさせられました。だって、毎週九州から湖西まで出かけて行くなんて容易なことではありませんもの。

でも、私は自分のことにかまけて姉の本当の気持をないがしろにしていたことに気付きました。姉が遠きを物ともせず湖西に通い詰めたのは、翔子様への友情ばかりによるのではなかった、当麻先生がおられたからこそのものだったんじゃないかと、遅まきながら気付かされたのです。

もとより姉は、一言もそれを匂わすようなことを口にしません。でも、湖西でのボランティアを終えて博多に帰って一年、父母がしきりに見合い話を持って来ますのに、姉は頑として振り向かないのです。それならと父は会社の若い男性をよく家に連れて来て、誰々はお前を見染めた、ぜひお付き合いしたいと言ってるが、と誘っても、まるで話に乗って来ないので、ある時とうとう、長女が嫁に行かなければ妹達が行けないじゃないか、何故結婚する気にならんのだ、とかんかんになって詰め寄ったそうです。そうしたら姉は、妹達は先に行けばいい、自分には好きな人がいる、その人とはある事情で一緒になれないけれど、自分の中で踏ん切りがつくまでは他の誰とお付き合いする気にもなれない、と答えたそうです。〝ある事情〟とはどういうことだ、まさか妻子ある男ではないだろうな？　と父はめくじらを立てたようですが、そういうことではない、自分が一方的にその人のことを想っているだけで、相手は知らないことだから、と姉は答えたとか。

当麻先生、姉が心に秘めているのは先生のことに違いないと思います。姉は翔子様のような飛び切りの美人ではないかもしれませんが、小さい時から優等生で、性格も穏やかで、両親にたてついたこともなく、私達妹の面倒もよく見てくれました。そんな姉が、父に逆らってまでお見合いを断り続け、ホスピスでの仕事を唯一の生甲斐《いきがい》に日々を送っているのは、ひとえに亡き翔子様のご遺志を受け継ぎたいとの思いからではないでしょうか？

翔子様がまだお元気な頃、毎夜当麻先生に〝平家物語〟を朗読してさし上げたことも姉から聞きました。姉が翔子様の後を継いで毎週のようにそちらへ通い、亡くなられた後は福岡の病院でやはり〝平家物語〟を語り継いでいるのも、翔子様のご遺志に報いたいとの思いの一方で、どこかで当麻先生とつながっていたい、との思いからではないでしょうか？　本当は、ずっとそちらに留まって、先生のお近くにいたかったのではないかと思います。

すぐ上の姉の里子《さとこ》が、地元の大学の教育学部を出て小学校の教諭をしています。大学の同期生とお付き合いしているようで、父母も会っていい青年だと喜んでいます。でも里子姉は、富士子姉が結婚するまでは独りでいる、自分達はまだ若いから、と言っています。

それだから、というわけではありません。でも、傍《はた》から見ていてじれったいのです。

今日、久し振りにお会いして、姉が一方的に先生を想っているのではなく、当麻先生も姉のことを少しは憎からず思っていて下さるような気がしました。

先生は翔子様のことがまだお忘れになれないのでしょうか？

愚問ですね。まだ一年、お忘れになれないに決まってますよね？　でも姉は、翔子様を忘れないでいる先生をこそ好きで、そんな先生を大きく包み込むだけの度量を持っていると思います。

差し出がましいことを書きました。もとよりこれは私が勝手にしたことですから、姉には内緒にして下さい。姉が知ったら、妹の分際で何を出しゃばったことを、と叱られそうですから。

先生には、そして、富士子姉にも幸せになってほしい、との思いに駆られて長々とペンを走らせてしまいました。どうかお気を悪くなさらないで下さいませ。

かしこ

○月×日

松原潤子

上野と別れた当麻は、福岡に向かった。

駅前でタクシーを拾い、「亀山総合病院へ」と告げた。

二十分程走った少し小高い所にそれらしき建物が見えてきた。

中央に橙《だいだい》色の屋根を敷いた尖塔《せんとう》が突き出て、屋上に張られたテントの薄緑と程良いコントラストを成している。

　尖塔には大きな時計がはめ込まれ、二時十分を指し示している。富士子との約束は二時半だった。

「もしあしたまでお時間を取れるようでしたら」

　と富士子は、病院のホスピス病棟のロビーで落ち合うや言った。

「北里にご一緒して翔子のお墓参りをさせて頂きたいなって思ったんですけど、今日中にお戻りにならなければいけないんですか？」

「ええ、大分病院を留守にしましたから」

　と当麻は返した。

「相変らずお忙しいんですね。ではお墓参りは次の機会に」

　富士子はいかにも残念そうに言った。

　病院は甦生記念病院ほどの広さだった。五階建てで最上階がホスピス病棟になっているところも似ている。

　ひと渡り病棟の案内を受けてから、当麻は富士子にロビーへ誘われた。アップライトピアノが置いてある。車椅子に乗った患者とその付き添いと思われる家人が窓外に目をやったまま談笑している。二人に気付いてこちらを振り返り、にこやかに会釈をした。

「今日は」

と富士子が返した。

「今日は松原さんの〝平家講話〟をお聴きできる日ですよね？」

付き添いの五十がらみの女性が言った。

「はい」

富士子が微笑み返すと、

「母がいつも楽しみにしていると言うんで、今日は私も拝聴させて頂こうと思っているんです」

女性が続けて、腕を返した。婦人物の細い皮バンドの時計が華奢な手首にはめられている。

「確か、三時からでしたわね」

「ええ、ここに掲示して下さってます」

富士子はピアノの脇の壁を指さした。当麻は女性と共に視線を掲示板にやった。富士子の
「平家物語」朗読ばかりでなく、牧師や僧侶《そうりよ》の講話の案内もあった。

「ピアノはご自由にお弾き下さい。但し、夜間（午後六時以降）はご遠慮下さい」

の貼り紙もある。

「生憎僕は富士子さんのお話を聴く時間はないのですが……」

車椅子の患者とその娘とは少し距離を保った椅子に腰を落ち着けたところで当麻は切り出した。

「お帰りは、福岡空港からですか？」

「ええ、最終便が四時ですので、三十分後にはお暇《いとま》します」

富士子は腕を返した。そこにもえんじ色の細い皮バンドの上品な時計があった。

当麻はかいつまんで上野の妻のことを話した。上野さんのことは覚えてます。キップのいい、男らしい方という印象があります、と富士子は返した。

「上野に、ここを勧めたんですよ。あなたのことを思い出して……。拝見したところ、一室は空いているようですが……」

先刻見て回った病棟で名札のない部屋があるのを見届けている。

「ええ、つい数日前、亡くなられました。大分から来られた胃癌末期の患者さんでしたが……」

富士子は少し声を抑え気味に話した。

「そこを、予約できますか？」

富士子はちょっと待ってほしいと言って踵を返した。

独りになったところで当麻は病院に電話を入れ、矢野につないでくれるよう言った。

「先生にご相談したい患者がいます」

矢野は待ってましたとばかり返した。

「喉もとから前胸部の辺りが苦しいと訴えて近くの開業医を訪ねたら、扁桃炎《へんとうえん》だろうと言われて抗生物質を出された、しかし一向に良くならないのでセカンドオピニオンを求めて来た、という患者です。

よく聞いてみると、どうも物を食べたり飲んだりする時にスッキリしないようで、ひょっとして食道に何か異常があるんじゃないかと疑ってすぐにバリウムを飲んでもらいました。それで診断がつきました。食道入口部から七、八センチに亘って、欠損像が認められたのです」

「それは、もうオペの対象にはならないね」

入口部から少なくとも三センチの正常部分が残っていなければ胃管を吊り上げてもつなげない。その点は下方の直腸癌でも同じだ。

「放射線か、化学療法になりますよね？」

「ああ、両方、同時にやるか、だね」

「ともかく、僕の一存では決めかねるので、明日の先生の外来に来るよう伝えました」

患者は七十代の男性で、昨日の正午近くに来たという。すかさず食道透視で診断をつけた矢野の卓見を当麻は褒めた。

「先生のご薫陶《くんとう》の賜物《たまもの》です。食事をしていても構わない、食道の疾患《しっかん》を疑ったらすぐにバリウムを一口二口飲んでもらうように、と言われてましたから」

当麻がそのようにして発見した食道癌の患者は、台湾でもこちらに戻って来てからも二、三人はいた。台湾でのケースは、当然台北大学か、陳 肇隆《チエン・チャオロン》のいる台湾最大の私立医科大学に紹介するものと王文慶も思っていたから、博愛医院で当麻が事も無げにやってのけたのに驚き、君は本当に〝神の手〟の持主だねと興奮して口走った。

こちらに戻ってからのそれは、いずれも町ぐるみの検診で見逃されたケースだった。検診車での透視は胃にばかり焦点をあてがい、食道は盲点となる。

二人とも胸部に違和感、つかえ感を覚えていたから検診に出向いたのに、一カ月後に送られて来た結果表でシロと書かれていた。しかし、喜べなかった。その間、愁訴《しゅうそ》は一向におさまらず、回答が郵送されて来た時には体重が四、五キロも落ち、水を飲んでもつかえるようになっていたからである。

二人とも当麻の外来を訪れたが、当麻はすかさず食道透視を行い、食道中部と下部の大きな欠損像を見出していた。いずれも六十代半ばの男性だったが、一人は術後一年、いま一人は半年を経て健在である。

矢野とのやり取りを終えたところで富士子が戻ってきた。手に部厚い黒革の手帳を携えている。

腰を下ろして、富士子はおもむろに手帳を広げた。予《あらかじ》め付箋が挟んである。

「生憎、今空室になっている部屋は、明日、やはり大分の方が入られる予定になっています」

当麻は手帳を流し見た。手紙のおおらかな文字とは違う、細かな、しかし、やはり達筆な文字で患者の氏名や病名、住所、連絡先などが列記されている。うつむいた富士子の額とくっきりした生え際、形の良い耳をのぞかせて項《うなじ》に流れている髪に凜々《りり》しさが漂っている。

「でも」

と富士子が顔を上げた。当麻は慌てて顔を引いた。

「ここ二、三日がヤマという患者さんがおられます。その方がもしもの時は、ご連絡します」

「じゃ、上野にその旨、言って頂けますか。彼にはあなたの携帯番号も伝えてあります。奥さんの了解を取れたら連絡するように、と」

「じゃ、私はお待ちしてていいんですか？」

「ええ。どっちにせよ一両日中には決めてくれるはずですから」

「じゃ、予約を入れておきますね」

富士子は手帳にペンを走らせた。当麻はその手を見詰めた。翔子ほど白くはないが、手背に浮き出た静脈は青々とした弾力性を帯びている。

手の動きが止まった。いつしか富士子の方に傾いていた上体を当麻は立て直した。

手帳を閉じて、富士子が笑顔を振り向けた。

「病棟長の坂上《さかがみ》先生がご挨拶したいと仰ってました」

「休日なのに、いらしてるんですか？」

「ええ、さっき申し上げた患者さんを診に来られたようです。あ、いらっしゃいましたわ」

富士子が椅子を引いて立ち上がった。

デイルームの隅に自分と同年配かと思われる白衣の人物がたたずんで、窓際の母娘の会釈に手を挙げて応えている。当麻が富士子に倣《なら》って腰を上げたのを見てその人物も姿勢を崩した。

富士子が二人を引き合わせた。

「まさかここで先生にお目に掛かれるとは思いませんでした」

腰を下ろすや、坂上は旧知の間柄でもあるかのような口ぶりで当麻に話しかけた。一重の目がいつも笑んでいるようで警戒心を抱かせない。豊かな髪が頭の中央で左右に分かれている。自然にそうなっているようだ。鬢《びん》から顎にかけて髭《ひげ》の剃《そ》り跡が青々としている。

「坂上先生も熊本のご出身なんですよ」

富士子がコーナーからお茶を運んで来て坂上の前に置きながら言った。

「先生は北里のご出身ですよね？」

坂上が当麻の驚きの表情を満足げに見やってから言った。

「ええ」

「僕は市内です。先生は熊本高校に行かれましたが、僕は鹿児島のラサールにやられました。父親の母校だったもんで。大学も父親と同じ九大です」

坂上は冗舌に自分の経歴を物語った。麻酔を専攻したこと、県立病院にずっと勤めてきたが、この病院にホスピスができたことを知って求人に応募し、現在に至っていること、それまでは専ら手術に立ち会っており、当麻の脳死肝移植のことを外科医達が話題にしていたことをよく耳にしたのと、マスコミでも色々取り上げられていたから当麻の名は否《いや》でも脳裏に焼きついたこと、ここ亀山総合病院のすぐ後に甦生記念病院でもホスピス病棟ができたことを知り、そこに実は当麻がいたことを知り何か不思議な因縁を覚えたこと、一度甦生記念のホスピス病棟も見てみたいなと思っていたこと、現在の担当医人見先生とはホスピス学会で一度お会いし、当麻先生のことも話題に上がったことがある、等々、一気に喋った。

麻酔科医がホスピス病棟の担当医であることは心強い。疼痛《とうつう》緩和も抜かりなくやってくれそうだ。病院を去り際に当麻は上野にこの旨伝え、早目の連絡をコーディネーターの松原に入れるようつけ加えた。

富士子が玄関先まで送ってくれた。

「この次は、いつお目に掛かれるでしょうか？」

富士子が名残《なご》り惜しそうに言った。

「十月末に福岡で学会があります。上野の奥さんの見舞いも兼ねて、その時、来ますよ」

「翔子のお墓参りも、ご一緒に、できますか？」

「ええ、今度こそ……」

当麻は富士子に手を差し出した。一瞬のためらいを見せてから、富士子は両の手で当麻の右手を握った。

車椅子の女

矢野が外来で発見した食道癌の患者安藤信吉《あんどうしんきち》は七十二歳の男性だった。食道入口部から八センチ長に亘って癌が占拠し、バリウムは糸を引いたようにしか映っていない。

矢野が念のため内視鏡検査を試みたが、癌は声帯の脇にまでせり出して、食道をほぼ塞いでいる。内視鏡は通って行かない。側孔から挿入した生検鉗子《かんし》で入口部の腫瘤を数カ所つみ取って終えたが、いずれも食道癌原発を疑わせる「扁平上皮癌」の組織診断が出た。

「遠山に頼もう」

当麻の鶴の一声で、放射線治療を第一選択とすべく、西日本大に紹介することになった。

遠山はいっとき湖東日赤の放射線科に赴任していたが、当麻が台湾に行っている間に母校西日本大に戻され、助教授を拝命していた。湖東日赤の放射線科は、対象患者が少ない、採算が合わないということで、診断部を残して治療部は引き揚げていた。遠山はＣＴの診断に週一回湖東日赤に通うだけとなっていた。

電話を入れると、

「おー、当麻、少しは落ち着いたか？」

と張りのある声が返った。遠山は翔子の亡くなったことを〝喪中につき〟の葉書で知って香典を送って来た。

「そうだね。忙しさに紛れているよ」

「鉄心会は大丈夫なのかな？　御大が体調不備をかこってるそうじゃないか」

「えっ？　そうなのかい？」

初耳だった。門外漢のはずだが、何故遠山はそんなことを知ってるのだろう？

「何でも心筋梗塞を起こしてバイパス術を受けたと聞いてるぜ。講演中に倒れちまったらしい。田舎の傘下病院にまでは伝わってきていないか？」

「ああ……ウチの院長あたりは知っているのかもしれんが。そう言えば、最近慌《あわ》ただしく上京なんかしてるね」

院長は内科医で外来は週二日、患者を回してくる時以外は回診も週に一日程度で、鉄心会の全国管理者会議など、外に出ていることが結構多いから、月に一度の責任者会議で顔を合わせるくらいだ。

「鎌倉の鉄心会病院に先輩の放射線科医が日赤から引き抜かれて着任しているが、彼とこの前東京の学会で出会った時、チラとそんなことを漏らしたんだ。まあここまで大きくなったから御大がいなくなっても揺らぐことはないだろうが、バブルが弾けた煽《あお》りを食らって、鉄心会も苦しいらしい。メインバンクの三和から本部に監査役が理事として入ってきてるらしいじゃないか」

それも当麻は耳にしていない。責任者会議でも院長の口からそうした情報はもたらされていない。

鉄心会は病院のみならず、僻地のあちこちに無床あるいは十九床までの有床クリニックを建ててきており、病医院の数は〆《しめ》て百に余ると聞いている。その半ばは赤字経営のようだし、バブルが弾けてから更に厳しい経営状態になっている所もあるようだ。

僻地医療は本来国や地方の公共団体が責を担うべきで、一介の医者が私財をはたいて取り組むべきものではないだろう。それも、台湾の畏友《いゆう》陳肇隆のいる長庚紀念医院《チャングーン・メモリアル・ホスピタル》や、当麻が暫く籍を置いた高雄博愛医院のように、経営者が大富豪ならいざ知らず、徳岡鉄太郎はほとんど無一文から、生命保険を担保に小さな病院を建て、それを足掛かりに、二十四時間、年中無休のスローガンを掲げて支持者、共感者を増やし、地元の医師会とのあつれきもものかは、全国津々浦々に病医院を建ててきた。

鉄心会に入って徳岡の歩んできた道程、その理念を知るにつけ、当麻は彼のために一肌も二肌も脱いで協力したいとの思いを深めていた。その思いは、図らずも長池幸与の手術を鉄心会の離島の病院でする運びになり、そのアメニティの確かさ、そこに働くスタッフたちの活き活きとした姿を見るにつけ殊更《ことさら》に深まった。

徳岡鉄太郎はまだ五十代半ばのはずだ。もう十年、いや、二十年、元気でいてもらわなければいけない。理事長を見舞いがてら東京の本部に顔を出して来る、と院長がいつになく思い詰めた表情で旅立ったという秘書の話と遠山からの情報が符合しているような気がして不吉な予感を覚えた。

「ところで、今日電話したのは――」

当麻は食道癌の患者、安藤のことをかいつまんで話した。遠山は二つ返事で引き受けてくれた。

一週間後、妻と娘夫妻に付き添われて安藤信吉は西日本大の放射線科に入院した。初日はリニアックを当てる部位の作図などで時間を取られるが、照射部位が決まってしまえば次回からは一回数分で済む。月曜から金曜まで週五日で五週間、計二十五回行う、だから近くならば通いで行けるが、娘も婿も仕事を持っており、妻も七十歳でほとんどペーパードライバーだから往復三時間のドライブは心許ないということで入院を希望した。

通院ならば抗癌剤との併用療法は副作用の関係でおぼつかないが、入院となれば全身倦怠《けんたい》感、食思不振にも点滴で対応できる。

しかし抗癌剤の副作用云々《うんぬん》を論ずる前に、食べた物が食道の入口でつかえて下りて行かないから、安藤信吉は最初から要点滴者である。

安藤が入院して二十日程経た週末、当麻は西日本大に赴いた。患者の様子を探るのが第一だったが、遠山と久々に一献傾ける約束も交していた。

母校に足を踏み入れるのは十数年振りのことだ。学生時代にはまだ残っていた木造の渡り廊下、教授室や医局等の入っていた古い建物は一掃され、目の覚めるような真新しい建物が幾つか立っている。そのうちの一つの駐車場に車を停め、表玄関からロビーへと入って行った。

週末で人の出入りは少ない。ロビーのベンチに三々五々集って何やら話し込んでいるのは見舞いの家人であろう。点滴台を脇へ置いて病衣をつけた患者を囲んでいることからそれと知れる。

「あ、当麻先生……」

ロビーを抜けて三階と聞いた放射線科病棟への階段に向かいかけた当麻は、不意に背後から呼び止められた。

四十がらみの小柄な女性が駆け寄ってきた。安藤の娘の幸子《ゆきこ》だと気付くまでに時間はかからなかった。彼女の後を追うように、点滴台を引いて当の安藤とその妻が近付いて来る。

「いやあ、元気そうですね」

当麻は三人の方に踵を返しながら会釈をした。

「お陰様で、お粥《かゆ》を食べられるようになってます」

にこやかに答えた幸子の背後で、安藤とその妻も相好を崩した。

「先生は、どちらへおいでになるんですか？」

幸子が父親似の一重瞼《まぶた》の目を凝らした。

「安藤さんの顔を見に来たんですよ。主治医の遠山先生にも経過を聞きたくてね」

「わー、湖西からわざわざ来て下さったんですか？　嬉しいね、お父ちゃん」

幸子は安藤を振り返って言った。安藤は破顔一笑し、妻は目に涙をためた。

当麻はベンチに戻るよう三人を促した。

「でも今日は土曜日だから遠山先生はお休みですけど……」

ベンチに腰を下ろして相対したところで幸子が言った。

「出て来てくれることになってます」

当麻はロビーの時計に目をやった。三時半を過ぎたところだ。午前の回診を終えたところでこちらに出向いたのが二時前だった。

「京都に着いた時点で電話をくれ。大学までは十五分で行けるから」

と遠山には言われている。

遠山は高校の同級生で京都市立医大を出て内科医になった女性と結婚していた。彼女は数年前、当麻がまだ台湾にいた頃父親の医院を引き継いだ。父親はもう七十代半ばになって足腰が弱り、一日外来に出ているのが億劫になった、精々週に二日、それも午前中だけにしたいから後を頼むよと言われ、母校の関連病院を退職して父親の求めに応じた。それ以前から、週末に胸部のX線フィルムの読影に赴いて手助けをしていた。

今日も午前中はそちらで読影に当たっている、午後からは家に戻っているから電話をくれ、と遠山は言った。

「四時にね、病棟のナースセンターで落ち合うことになってます」

当麻が言い添えると、三人はこもごもに頷いた。

「目方も、入院前より二キロ程増えました」

安藤が目を細めて言った。

「あと一週間で放射線治療が終わるので、そうしたら一旦帰っていいと言われてます」

幸子が続けた。

「楽しみだな、どれくらい良くなっているか……」

「昨日、バリウムを飲んで検査しました」

「大分通っているって言われたのよね？」

妻が夫の舌足らずを補うように言った。

「バリウムが全然つかえずに飲めたんで、ビックリしました。写真も見せてもらいました。素人《しろうと》目にも、先生の所で最初に見せて頂いた時よりは食道が太くなっているのが分かりました」

十五分程話を交してから、当麻は三人に別れを告げて放射線科の病棟に向かった。

エレベーターで三階まで行った。ドアが開いてすぐに降りようとした端、入れ違いに乗ってこようとする車椅子の患者に気付き、慌てて身をよけ、ドアを〝開〟のままにした。

「すみません」

か細い声で言って、女性は急いで車椅子を作動させ、当麻の脇にすべり込んだ。病衣の上に品の良い薄紫の半羽織をつけている。顔が半ばマスクで覆われている。

エレベーターには鏡が正面に貼りつけてある。車椅子の向きを変えようと女性が半身になった。

「何階でしょうか？」

〝開〟を押したまま、当麻は鏡の中の女性に問いかけた。

「屋上までお願い……」

語尾が消えた。女性の目が穴のあく程当麻を見つめている。

「江森……京子さん……!?」

絶句したままの鏡の顔に当麻は呼びかけた。

「当麻先生……！」

当麻は〝開〟を押していた指を離し、〝R（屋上）〟のボタンを押した。

ドアが閉まり、エレベーターが動き出した。

屋上に着いても、京子は泣きじゃくっていた。当麻はゆっくりと車椅子を押して行った。屋上には幾つかベンチが据えてある。病衣と、安藤のように点滴台を脇に置いていることで患者と知れる男女が数名、家人か友人と思われる見舞い客とベンチの二つばかりを占めて話し込んでいる。

当麻は彼らからできるだけ離れたベンチに向かった。

初秋の爽《さわ》やかな風がそよいでいる。京子の髪が僅《わず》かに項のあたりで揺れているが、それは自毛ではなく鬘《かつら》に相違なかった。エレベーターの鏡に見た顔が他人のそれと錯覚されたのも、顔の半分がマスクで隠れている上に、眼窩が凹《へこ》み、綺麗な弧を描いていたはずの眉ではなく、マレーネ・ディートリッヒのトレードマークのような、筆で描かれた細い眉にとって代わられていたからである。抗癌剤の副作用による脱毛で、頭髪も眉も抜け落ちたのだろう。そして車椅子は、乳癌の骨転移で脊髄《せきずい》が圧迫され、いわば〝脊損〟状態になっているためのものと思われた。

屋上の端に近いベンチまで来て当麻は車椅子を停めた。

「ここでいいかな？」

車椅子をベンチの端に斜めに据え、自分はベンチに腰を落として当麻は言った。

「恥ずかしくて、先生のお顔を、まともに見られません」

江森京子は手巾で目尻を拭いながら、うなだれたまま震える声で言った。

当麻は車椅子の肘《ひじ》掛けから病衣の膝もとに落ちている京子の片手を両手に包んだ。

か細い、透き通るように青白い手首が痛々しい。亡くなる前の翔子のそれが思い出された。

「痩せたねえ」

当麻は京子の、頼りない静脈が浮き出た手背を撫でさすった。

「先生の手、あったかーい」

京子が右手の手巾を目尻にあてがったまま微笑んだ。

「辛い治療を受けてるんだ」

京子は頷いたが、手巾の当たっていない反対側の目尻からまた大粒の涙が溢れ出た。

「でも……先生にお会いできて、幸せです」

当麻の胸の奥から熱いものがこみ上げて来た。

言葉が出なくなった。

若さと健康に満ち溢れ、活き活きと輝いていた時の京子を思い出しながら、かくまで様変わりさせた彼女の宿痾を憎んだ。残された時間はもうそんなにはないだろう。しかし、何とかしてやりたい、自分のできる限りのことをしてやりたいと思った。

「マスクをしているのは？　風邪でも引いたのかな？」

さり気ない会話に持って行った。

京子はかぶりを振り、かすかに微笑んだ。

「白血球が千にまで減ってしまって……感染するといけないからマスクをするようにと主治医の先生に言われたんです」

「千じゃ、抗癌剤は暫くお休みだね？」

「はい、この一年、ホルモン剤だけで、抗癌剤はもうしてません。その間に、癌が脊髄に転移して下半身麻痺《まひ》になってしまいました」

「でも、よく車椅子に乗れるまでになったね」

「遠山先生のお陰です。放射線を当てて頂いて、腫瘍が少し小さくなったようです」

「放射線は、まだ当ててるの？」

「いえ、もう終わりました」

「じゃ、後は……？」

即答が返らない。当麻は携帯を取り出し、時刻を見た。四時を回っている。

「京子さん」

膝の辺りに落ちている京子の目を、体をかがめて下から見上げるようにしながら当麻は言った。

「暫くここにいてくれる？」

当麻の手がほどかれた自分の手を頼りなげに宙に漂わせながら京子が不安な眼差しを向けた。

「遠山先生と四時に会うことになってるんだよ。食道癌の患者さんをこちらに入院させてもらってるんで……あなたと同じように放射線を当ててもらって大分良くなったみたいけど、経過を教えてもらおうと思って……」

「はい、お待ちしてます」

京子の目に少し明るい光が戻った。

五分遅れて当麻は三階のナースセンターにたどり着いた。

遠山は既にコーナーのカウンターに腰をすえてカルテを繰っている。

髪は豊かだが、チラホラ白髪が目につく。体重も増えているのだろう、小太りの体形になっている。

「やあ、すまないね、休みの日に」

ナース達に会釈しながらセンターに入った当麻に、遠山は立ち上がって手を差し出した。

「お前は変わらないな、当麻。相変わらずスリムでいいな」

当麻は遠山の手を握り返したが、そこも厚みを増しているのに気付いた。

「みんな、紹介するよ」

遠山が出し抜けに中央のテーブルを囲んで申し送りをしているナース達に声を張り上げた。

「安藤さんの主治医の当麻先生だ。大学の同級生だが、数年前、日本で初の脳死肝移植を手がけた大先生だよ」

驚きの目が一斉に当麻に注がれた。

「安藤さんがお世話になってます。それに……」

と言いかけて当麻は口を噤んだ。江森京子も世話になってます、と言いかけたのだ。

「それに、何だ……？」

遠山が耳聡《みみざと》く鸚鵡《おうむ》返しした。

「あ、いや……」

当麻はまだ半分こちらに注がれているナース達に目線を返した。

「先程、ロビーで患者さんと家族に会ってきました。お粥が通るようになったと喜んでいました。今後ともよろしくお願いします」

「あ、そうか、もう会ったのか？」

遠山の返しに、

「今、その安藤さんの申し送りをしているところです」

と、リーダーとおぼしき中年のナースが言った。

大学病院のナースはえてしてお高く止まっている。一般病院では注射は点滴や静注も含めてナースの仕事だが、大学病院では研修医が朝早く出勤して病棟を回り行っている。当麻の記憶に蘇るのは、正午になるとさっさと仕事を切り上げて弁当を広げ、井戸端会議さながら、多くは医者の噂話にうつつを抜かしている年配のナース達だ。

しかし、ここは幾らか雰囲気が違っている。当麻が医学生から研修医でいた頃より、ナース達の年齢が若返っているようだ。当時は、横っ面を張りたいような、つっけんどんでふてぶてしい、若い医者や患者に横柄な口をきくナースが何人もいたが、ざっと見渡したところ、ここにはそれらしきナースはいなさそうだ。遠山の気さくな人柄によるものかもしれない。遠山は放射線科のナンバー2だが、病棟長も兼ねていると安藤の家族から聞いている。

遠山は安藤の食道透視の写真をシャウカステンにかけた。通常の半分程の太さの食道が映っている。それでも最初に比べれば太くなった方だ。遠山は次にＣＴのフィルムを掲げた。

「残念だが、縦隔《じゅうかく》のリンパ節には転移がある。肺にも転移を疑わせる微妙な点状陰影がある」

遠山の指がCTのフィルムの数カ所をなぞった。

「そうだね。これだけのシロモノだからね。でも本人は喜んでるよ。喉もとのつかえ感がすっかり取れたと言ってね」

「早くて一年、精々もって二年の命だろうが……」

「放射線照射《イラディエーション》が終わったらこちらへ帰してくれるんだな？」

「ああ、そのつもりだ。本人も家に帰りたがっているしね」

「じゃ、安藤さんの退院は来週の週末頃になりますか？」

申し送りをしていた小太りのナースがこちらに振り向いた。

（なかなかそつがないな）

ちゃんと聞き耳をたてている。かつてはこんな気配りをするナースはいなかった。医者は医者、自分達は自分達、という了見のナースが多かった。

「うん、その予定でいいよ」

遠山も愛想良く返した。和やかなムードだ。

「ところで、別件だが……」

遠山が安藤のフィルムを大阪の封筒に収めかけたところで当麻は居ずまいを正した。

「うん……？」

「こちらに、江森京子という女性が入院していると思うが……」

遠山の訝った目に当麻は言った。申し送りのナース達の幾つかの視線が、先刻安藤の件で声をかけたナースのそれと共にこちらに注がれた。

「ああ、乳癌の末期の患者だが……」

遠山の目がかげった。同時に、ナース達の視線もテーブルに戻った。

「実は、知り合いなんだよ」

「えっ……!?」

遠山の吃驚《きっきょう》の声と共に、ナース達の視線の幾つかがまたこちらに流れた。

「どういう知り合いなんだい？」

当麻は即答を返せない。

「まさか、身内では……？」

遠山が立ち上がっていた。そのまま申し送りをしているナースのテーブルに近付き、何やら囁いた。

ナースの一人がテーブルに山と積まれたカルテの一つを引き出し、遠山に手渡した。

京子のことをどう言ったものか、当麻は迷っていた。遠山が自分と京子とのつながりを知らないということは、京子は甦生記念病院に勤めていたことを秘めているのだ。尤も、一般的に、患者の既往歴や家族歴までは現病歴と共に問い質すことはあっても、職歴まで聞き出すことはないから、京子が敢えて秘めているわけではないかもしれない。

遠山はX線フィルムの入った袋とカルテを携えて戻ってきた。

「身内ではないのかい？」

遠山が先刻の質問を繰り返した。

「ああ……」

当麻は曖昧に答えた。

「そうか、京都ではないと思っていたが、山科に住んでるんだ」

遠山がカルテを繰って言った。

「まだ三十歳か。気の毒だな」

「どんな状況だろう？　実は、さっき、本人に会ったんだが、車椅子に乗ってるんで、びっくりしたんだ」

遠山はパラパラとカルテを繰ってから、おもむろに傍らの袋からX線フィルムを取り出してシャウカステンにかけた。骨シンチのそれだった。

「ご覧の通りだ。肩甲骨、肋骨《ろっこつ》、腰椎《ようつい》のあちこちに転移している。半身不随になったのはこの転移のせいだな」

遠山は第四腰椎の黒い影を指さした。

「腰髄《ようずい》にまで食い込んで脊損状態でここへ回されて来たが、リニアックを当てて少し圧迫が取れた。自力での車椅子の乗り降りは難しいが」

「余命は長くないね？」

遠山は無言で頷き、袋から別のフィルムを取り出してシャウカステンにかけた。

「実は肝臓にまで転移を来している」

ＣＴのフィルムの一点を遠山は指さした。

「左右両葉に来ているね」

当麻はフィルムに目を凝らして言った。

「こっちが来た当初だ」

遠山は別のフィルムを取り出してシャウカステンに並べた。右葉に百円玉くらいの転移巣が数個見られるが、左葉にはない。先のフィルムの転移巣は右葉のものが五百円玉大になっており、左葉に新規に現れたそれは一円玉くらいの大きさを呈している。

「知り合いということだが、彼女の病気のことは、知らなかったのかい？」

暗澹《あんたん》たる思いで腕を抱え込んだ当麻を、遠山が窺い見た。

知らなかったと言えば嘘になるが、知っていたとも言い切れない。京阪新聞社の斎藤が送って来た記事に混じって、読者からの投書だという手紙が添えてあり、その一つの主は江森京子に相違ないと思われたが、匿名《とくめい》で住所も「京都市」としか書かれていなかったからどうしようもなかった。今、思えば、それは病院で投函したものに相違ない。その気になって、たとえば京都中の病院に当たってみれば、あるいは消息を摑み得たかもしれないが、翔子の病気に捉われ、一方で仕事に追われる日々であったから手を拱《こまね》いている他なかった。

「僕が台湾に行ってる間に発病したようだ」

改めてカルテの現病歴に目をやって当麻は言った。右乳房の全摘術を受けているのはほぼ三年前だ。手術記録に依ると、胸筋諸共切除されている。いわゆる〝ハルステッド法〟で、当麻はもう七、八年前に見限った手術法だ。病理診断を見ると、質《たち》の悪い浸潤《しんじゅん》癌で腋窩リンパ節二十五個中二十個に転移が認められたとある。それでも自分なら胸筋は残し、乳房の同時再建術を手がけただろう。たとえ束の間でも胸の膨らみを保ち得るのと、無残にあばら骨の浮き出した胸を抱え込み、パッドを当てて何とか外見だけは取り繕うのとでは、女性のQOL（Quality Of Life 生活の質）に雲泥の差があろうからだ。

長池幸与の顔が浮かんだ。乳房再建術を希望しながらよそへ行ってくれと言われたこと、乳房再建術をやってくれそうな病院は関東方面にしか見出せなかったので諦めたこと、長池の場合はまだ初期の段階だったから胸筋は残してくれたが、それにしても乳房を失って平たくなった胸が原因で夫が去って行ったこと、等々が思い出された。

京子は長池よりも十歳は若い二十代の後半で乳房を失ったのだ。

「家族歴」を見て合点が行った。祖父母の代から書かれてあるが、八十歳まで長生きした祖父の死因は〝胃癌〟と書かれてある。六十歳で逝去した祖母の死因は〝不明〟となっている。父母は、父親が生存中だが母親は亡くなっており、死因は〝乳癌〟と書かれてある。五十歳で死亡しており、父親は現在六十五歳、別の女性と再婚している。

兄弟姉妹の項に当麻は息を呑んだ。子供は京子と姉だけだが、この姉は既に他界しており、その死因は〝乳癌〟で、死亡年齢は三十八歳となっている。

京子の家系は完全に乳癌の血筋なのだ。死因不明となっているが、祖母も恐らく乳癌で命を落としているのではないかと推測された。

天涯孤独な京子の境涯に当麻は胸をしめつけられた。

「もう数カ月の余命だが、ここにいても仕様がないから、そろそろ転院を勧めようかと思ってたところだ。知り合いと知ってたら、もっと早くお前に相談してたんだが……」

遠山の言葉に当麻は頷いた。

「ウチのホスピスに来てもらおうか」

人見の顔を思い出して当麻は言った。

「ああ、それがいい。お前のことを話し、勧めてみるよ」

遠山と別れて、当麻は重い足取りで屋上に戻った。

ベンチに腰かけていた患者と家族の何人かが消えている。

京子は、と見ると、ベンチの傍らにいない。

(まさか?)

ぞっと、冷たい戦慄《せんりつ》が一瞬全身に走った。

京子は屋上の端っこの欄干の間際まで移動していた。車椅子を離れ、欄干によりかかり、身じろぎもせず地上を見やっている。マスクは外されている。
五、六メートルの距離を当麻は一気に走った。足音に気付いたか、京子が顔だけ振り向けた。
「ごめんよ、待たせて」

先刻京子と別れてから二十分経っている。

「ひょっとして、もう帰ってしまわれたかと思いました」

　京子の目がキラリと光った。笑んだ口もとからは白い歯がのぞいているが、覚えのある粒揃いのそれではなく、所々欠けている。抗癌剤と放射線のために歯肉が衰え、歯も脆《もろ》くなって抜け落ちたに相違ない。

　当麻は走り戻って京子の上体を支え、車椅子にかけさせた。

「すみません」

　当麻の腕に身を委ねながら、京子は手に持っていたマスクを再び顔に戻した。

　当麻はしゃがみ込んでまだ濡《ぬ》れたままの京子の目をのぞき込んだ。

「遠山先生に詳しくこれまでの経過を聞いたよ」

　京子は目尻を指で拭った。

「京子さん、ウチへ来ませんか？」

　沈黙が返った。

　当麻は構わず続けた。

「そろそろ転院をしてもらおうと思ってる、て遠山が言ってるんだが……」

「ここにいては駄目なんですか？」

　か細い声だが、はっきり捉えられた。

「もう後、僅かだと思いますけど……」

当麻の胸に切ないものがこみ上げた。

「だからこそだよ。知らなかったとは言え、あなたを放っておいた、せめてもの償《つぐな》いをさせてほしい」

京子の目がまた潤んだ。

「うちのホスピスに来てもらえないだろうか？」

京子は手に握りしめたままの手巾を顔にあてがい、歯を食いしばって嗚咽《おえつ》をこらえている。

「人見という先生が病棟長になっているけれど、とてもいい人だよ。翔子も世話になった……」

口走ってから、甦生記念病院のホスピスや人見のことは京子の熟知するところだった、と思い至った。京阪新聞のシリーズもの「ホスピス探訪――尊厳死を探る」を京子も読んでいたはずなのだ。

京子は手巾を目にあてがったままだ。

当麻は車椅子のアームに両手を置き、見えない京子の目を求めて言った。

「どうだろう？　考えてもらえないだろうか？」

手巾が口もとにずれ、目がのぞいた。涙でくしゃくしゃになっている。

「先生の、そのお言葉だけで、もう充分です」

「えっ……？」

「湖西の病院には戻れません」

「どうして？　昔の仲間が、まだ何人もいるよ」

「だから、余計に、行けないのです。こんな、惨《みじ》めな姿を、皆に、見られたくないんです」

当麻は絶句した。分かって下さいましたか？――京子の目が問いかけた。

「先の見えた命ですから、最後の刻《とき》までここに置いて下さるよう、遠山先生にお願いしてみます」

返答に窮している当麻をいたわるような口吻だった。

（それで、よろしいでしょ？）

京子の目がまた無言で問いかけた。

「ここに居たいんです」

京子が続けた。今度は当麻の方が目だけで（何故？）と問いかけた。

「だって、ここは先生が学生時代を過ごされた場所ですもの。わたし、歩けなくなるまでは、先生が教養部時代に通われた学舎や、専門課程に入って学ばれた、お隣の講義室や図書館のある構内をよく散歩しました」

「京子さん」

当麻は手巾を握りしめた京子の小さな手に自分のそれを重ねた。

「甦生記念病院に戻れなどと言ったのは浅はかだった。ごめんよ」

「いいんです」

京子は首を振った。

「そこへ行けば先生と毎日でもお会いできる、幸せだな、と思う反面、段々に痩せ衰えて見る影もなくなっていく姿を先生にも見られたくないな、て思ったんです。今日、思いがけなくこんな姿をお見せしてしまいましたけれど……これで、見納めにして下さいね」

当麻は胸が詰まった。喉もとまでこみ上げて来たものを懸命に押し戻した。

「もう、お見舞いに来てもいけないの？」

「はい……」

当麻はまた絶句した。京子の方が微笑んでいる。

「もし、僕に会うのも辛いなら、そうするけれど……」

当麻は京子の手を手巾ごと両手に握り込んだ。

「僕の信頼する人に、あなたを委ねさせてくれないだろうか？」

「遠山先生でなくて、ですか？」

　京子が小首をかしげた。

「彼があなたにできることはもう何もないでしょう。だから転院してもらう、て僕に言ったんだよ」

「先生からお願いして頂いても、駄目なんでしょうか？」

「うーん。絶対に駄目ということではないかもしれないが……」

　京子は唇をかみしめ、視線を宙に漂わせた。

「京子さん、思い切って、九州に行きませんか？」

「えっ……!?」

　京子は濡れた目を返した。

「福岡にホスピスのある病院があるんだが、そこに、さっき言った、僕の信頼する人がコーディネーターとして勤めている。彼女に、あなたを託したいのです」

　京子がひしと当麻を見すえた。

「その人は、翔子の親友だったんです」

「福岡の、その病院のことは、知っています」

　京子がやっと口を開いた。

「えっ、どうして？」

「甦生記念のことも書かれてあった、京阪新聞の、全国のホスピスを扱った記事で、知りました」

「ああ、そう言えば……！」

斎藤が送って来た一連の記事の中に、亀山総合病院のことも書かれてあった、と思い至った。

「先生の奥様のこともそのシリーズもので知りました。大きな病を抱えながら、ホスピス病棟でボランティアをしておられる、しかも先生は翔子さんの病を知りながら結婚された、と知り、感激の余り、思わず投書してしまいました」

「ありがとう。その手紙、読ませてもらったよ。それで、あなたのことを知ったんだが……何やかやに取り紛れてしまって……」

「そんな……先生はお仕事や奥様の病気のことで大変だったんですから、わたしのことなど……」

京子は唇をかみしめ、視線を膝に落とし、手巾を目に押し当てた。

「もう一度だけ――」

幾度も唇をかみしめてから、漸く京子が声を放った。口ごもってほとんど聞き取れなかったから、当麻は京子に顔を近付けた。

「もう一度だけ」

と繰り返して京子は当麻に視線を返した。

「先生にお手紙を書かせて下さい」

記憶が蘇った。甦生記念病院を去る直前、青木隆三《りゅうぞう》の求愛に応じ切れなかったいきさつを綴《つづ》った手紙が宿舎のポストに投ぜられていたことを。

それが〝最初の手紙〟であったから「もう一度」の意味するところに思い至りながら、図らずも当麻は青木のことを思い出していた。

「じゃ、その手紙に、さっきの提案の返事も書いてくれるんだね？」

京子は小さく、だがしっかりと頷いて当麻に微笑を返した。

五日後、三件の手術を終えて宿舎に戻った当麻は、ポストに女ものの封筒を見出した。江森京子からの、二度目の手紙だった。

敬愛する当麻先生、
私は無宗教な人間で、ことに、不治の病を得たと知った時から、神様も仏様もこの世にはいない、と思い定めました。
いいえ、それよりももっと前、最愛の母と姉を失い、父が、以前から交際していたらしい女性と早々に再婚してしまった時既に。

でも、先日、思いがけず先生とあのように出会った時、ひょっとしたら神様はいるかもしれない、と思い直しました。

何故って、あの日あの時先生とお目に掛かっていなかったら、私は死んでいたはずだからです。

屋上に行ったのは、私の人生に終止符を打つためでした。下半身が麻痺した私に、腕の力だけで手摺《てす》りをよじのぼり、そこから身を投げるなど不可能だったかもしれませんが、でも、最後の力を振り絞って、這い上がり、身を投げるつもりでした。

変わり果てた私をごらんになり、カルテで私の家族歴をお知りになり、遠山先生に私の病歴や現状、今後の見込み（もう幾許《いくばく》も残されていないこと）をお聞きになった先生には、私のそんな愚かな企てもご理解頂けると思います。

私が乳癌に気付いたのは、先生が台湾に行ってしまわれて一年と経たない頃でした。先生も前人未踏の大手術を成功に導きながら心ない人々のバッシングに遭い、身を切られる思いで日本を去られたに相違ありませんが、医局の秘書という重責を担いながら、何のお力にもなれない自分が歯がゆくて、悲しくて、送別会に出ることもできませんでした。改めて、お詫び申し上げます。唯一仲のよかった医事課のスミレちゃんから送別会の模様を伺い、先生を慕っている職員がいかに沢山いたかを思い知らされ、出ていたら私はことさら惨めな思いに打ちひしがれただろうな、と思いました。

　先生がおられなくなった病院にはもう勤める気になれず、私もすぐに辞めて京都の病院に移りました。秘書ではなく、クラークの仕事でした。手術後も暫く仕事を続けていましたが、右肩に痛みを覚え、それが転移によるものと知ってから、仕事も諦めました。

　京都の病院は個人病院で、院長は近江大の出身でした。朝礼では甦生記念病院の島田院長と違っていつもいつも経営のことばかり口にし、患者を連れてくるのが職員のノルマだなどと言うので嫌気がさし始めていた、丁度その頃、病に見舞われたのです。

　右の乳房のしこりに気付いたその時点で、観念するものがありました。母も姉も乳癌だったからです。

　すぐに先生のことを想い浮かべました。でも、台湾にまで押しかける勇気は出ませんでした。

　せめてもの慰めは、先生が出られた西日本大で治療を受けることでした。私は、先生が甦生記念病院でやっておられたような、乳房を再建する手術を望んだのですが、脇の下にもるいるいとリンパ転移があり、対象にならない、乳房どころか胸の筋肉も一緒に取ってしまわなければ駄目だ、と言われました。母と姉も同じ手術を受けていましたから覚悟はしていたものの、実際に、術後の自分の胸を見て、情けなくて、涙が出ました。母や姉の時代は乳房再建なんて思いも寄らないことでしたでしょうけれど、私は先生が再建手術をなさっておられることを知っていましたから、たとえリンパ節に転移があっても、先生ならして下さったのではないかと、手の届かない所に行ってしまわれたことをお恨みしました。

姉は三十代の半ば、ＯＬ時代に乳癌になりました。お付き合いし、結婚を約束していた男性がいたのですが、姉の病気を知って彼は遠退いて行きました。姉は二重のショックに打ちひしがれました。いえ、三重だったかもしれません。母がやはり乳癌で亡くなって五、六年経っていましたが、父が姉の発病の半年程前に水商売の女性と駆け落ちして家を出て行ってしまっていたからです。看護婦さんには、父は再婚しているなどと嘘を言ってしまいましたが。

乳房を失ったこと、私の病気は遺伝性で母や姉と同じように長くは生きられないことを悟り、結婚も、子供を持つこともできない定めと知りました。肩の痛みが骨への転移によるものと知らされた時、それは決定的で動かし難《がた》いものと知りました。

転移は恐ろしい勢いで増大し、肋骨から、とうとう腰骨にまで及び、ある日、下半身が麻痺して動けなくなっていました。姉の場合は頭蓋骨《ずがいこつ》に転移して脳を圧迫し、ガンマーナイフなどの治療を受けていたのですが……。

抗癌剤と放射線治療のお陰で、麻痺はほんの少しだけ改善し、何とか車椅子生活ができるまでに回復しましたが、先日のエコー検査で、今度は肝臓にまで転移していることを知らされました。

こんな私に、どんな希望が残されているのでしょう？　自分の足で歩けて、抗癌剤や放射線治療を受けている間は、まだしも希望がありました。本や新聞を読む気力もありました。

京阪新聞の記事で、先生が台湾から古巣の病院に戻られたこと、でも、奥様となった翔子さんが癌を患っておられ、それにもめげずホスピスでボランティアをなさっておられることを知り、大きな慰めを与えられ、苦しい闘病の日々の唯一の支えになりました。

でも、それも、自力で動けている間のことでした。身動きできなくなった時、すべての希望が失われました。唯一の気がかりは先生のことでした。京阪新聞の斎藤さんにお電話し、翔子様はその後どうなったか教えて頂きたい、記事を読んで投書させて頂いた者ですが、とお願いしましたが、そこまではプライバシーの問題でお教えできない、と断られました。止むなく、スミレから情報を得ようと、当麻先生と翔子さんのその後のことを教えて欲しいと賀状に認《したた》めました。そうして、奥様が亡くなられたことを知りました。

先生もお辛い日々を過ごされているのだと思うと、私ももうひと踏んばりしなければと思いました。でも、それも、半身不随になるまででした。何とか車椅子生活にまではこぎつけられましたが、カウントダウンの日々となり、先がしっかり見えて来ました。肩の骨に転移が及んだことを知った段階で、遠からずこの日の来ることを悟り、山科の家は整理整頓《せいとん》して来ました。後は、疎遠になった父が、娘の死去を知った段階で適当に始末してくれるよう、遺書も認めました。先生に届けて頂けるよう、京阪新聞の斎藤様宛の手紙も添えて部屋に置いて来ました。

でも、その内容は、この手紙に書いたようなものです。ですから、もう何も思い残すことはありません。

先生のお勧めに従い、福岡の病院に参りたいと思います。先生が信頼なさっておられ、奥様のご親友であられたという方に、最期の日々を預けさせて頂きます。よろしくお取りなし下さいますよう、お願い申し上げます。

かしこ

江森京子

○月×日

手が震えるのだろう、字は小刻みに乱れているが、判読には充分耐えた。当麻は深い嘆息をつきながら、ホッと安堵を覚えて手紙を読み終えた。

次善の策

「矢野先生が至急来て頂きたいと言ってます」

回診中の当麻のもとに、病棟の若いナースが息せき切って駆け込んで来た。

手術患者の包交を回診についていた高橋に任せて当麻はナースセンターに走った。

矢野がシャウカステンに二枚の胸部写真を並べて待ち構えていた。

「すみません、ちょっと相談に乗って頂きたくて……」

当麻は矢野の横に座ってフィルムに目をやった。

「ついさっき撮ったものですが、内科から、外科で相談してくれと言って回ってきたんです」

右端のフィルムの中央あたりを矢野が指さした。

「七十歳の、男性、だね？」

「ええ。咳が出るというんで三カ月程前近所の開業医に行ったそうです。夏風邪だろうというこことで咳止めの薬をもらって帰されたそうですが、二週間経っても治らないのでもう一度受診したところ、念のために胸の写真を撮ってみよう、と言われて撮ったそうです。何でもない、風邪がこじれているんだろう、エアコンのアレルギーかもしれん、そっちの薬を追加しておくよ、と言われて帰されたものの、一向に良くならない、相変わらず咳が止まらないというんでウチへ来たそうです」

「癌だね、これは、どう見ても」

「やっぱり、そうですか？」

「正面像では肺内にあるように見えるが、側面像では背側にあるから、S_6領域だね」

「はあ、そうですね」

S_6とは右肺下葉の上部外側区域を指す。右肺は上中下葉に分かれ、上葉はS_1〜S_3、中葉はS_4S_5、下葉がS_6〜S_{10}にまで区分されている。SはSegment（区域）のイニシャルだ。

「どうしたものでしょう？」

「取り敢えず入院してもらってセルタイプを調べることが先決だが、それよりも、開業医で撮ったという三カ月前の写真を見たいね」

〝セルタイプ〟とは〝細胞型〟のことである。肺癌には入口に近い太い気管支に生じて喫煙が原因とされる〝扁平上皮癌〟と、末梢《まっしょう》の比較的細い気管支に発生して肺内にも転移を起こしやすい〝腺癌〟、いずれにも属さず、予後は最も悪いとされる〝未分化癌〟の三種類がある。〝未分化癌〟は、肝臓などにも転移を起こし、抗癌剤にも拮抗《きっこう》して五年生存者は極めて稀《まれ》という〝小細胞癌〟と、それよりは少しましだが〝腺癌〟とどっこいどっこいの〝大細胞癌〟に分けられる。

「開業医は清水先生のようですが……」

「清水先生ならフィルムを貸して下さるだろう」

この界隈に開業医は七、八人いるが、清水医師は最古参で六十代半ば、見立てが良く、熱心で、紹介した患者が手術になった場合は患者を見舞いがてら経過も打診に来る。それだけに地域住民の人望も厚く、医院はいつも患者で一杯のようだ。

当麻が当初居た頃、早く送ってくればいいものを、散々こじらしてから回してくるんで困ったものだよ、と島田院長がぼやいていた鬼塚《おにづか》医院は、「外科・胃腸科」の看板はそのままながら、実質的にはもう手術を手がけていない。麻酔事故から医療訴訟にまで発展した武藤瑞江の一件で被告席に立たされた荒井は、そもそもの責任は手遅れになるまで患者を引っ張っていた初診医の鬼塚にある、虫垂が破裂して腹膜炎を起こしているのに胃の病気を疑って胃カメラを強引に呑ませた、それこそ咎められるべきである、と原告側の弁護士にいきまいたから、鬼塚は大津の地方裁判所に出頭しなければならなかった。そこで荒井猛男が痛烈に鬼塚を非難し、藪医《やぶい》呼ばわりした。虫垂炎が腹膜炎を起こしたら鳩尾《みぞおち》の痛みも訴えて当然、透視ならバリウムが破れた虫垂から腹膜に漏れ出て更に事態を悪化させたかしれないが、胃カメラでそんな〝敗血症〟にまで至らせたとは到底思えない、患者は勝手に甦生記念病院へセカンドオピニオンを求めて行ったんだから、自分の与り知るところではない、と鬼塚は反論した。

結局、鬼塚の言い分は認められ、賠償は免れたが、それまでもいい加減トラブルずくめで嫌気がさしていたから、それを機にあっさりメスを捨てた。だが鬼塚は、荒井が辞めた後も患者を甦生記念病院に送ってくることはなかった。たまに癌患者が見つかれば、母校の近江大に送っている。〝鉄心会〟にもアレルギー反応を起こしていたからだ。甦生記念病院が鉄心会の傘下に入った時、武藤瑞江の一件もあって病院に怨念《おんねん》をたぎらせていたから、鬼塚は鉄心会の医師会入会に断乎《だんこ》異議を唱えた。武村《たけむら》に代わって医師会長になっていた清水も鉄心会を快く思っていなかった。親しみを覚えていた島田もアルツハイマー病で隠退してしまったし、全幅の信頼を置いて手術を託していた当麻もいなくなってしまったから、甦生記念病院には格別の恩義も愛着も覚えることがなくなっていた。

一方で、いつまでも鉄心会を目の敵にする時代でもなかろう、鉄心会も地元の病院と折り合って開業医とのカンファレンスを設けたり、開業医が病院に赴いて紹介患者を診たり意見を述べる機会を提供している所もある、こちらも変わらないといけない、それに何と言っても地域で唯一の病院なんだから、入院や手術を要する患者はお願いすることになるだろう、と、日頃から鬼塚を快く思っていないことも手伝って、穏健な意見を吐く会員も半分はいた。

「手術や入院の必要な患者は近江大に送ればいい」

と鬼塚は我を押し通した。

「近江大には我が国で初めて生体肝移植をやってのけた実川《さねかわ》という優秀な外科医もいるんだから」

鉄心会の入会を認めようとする会員の一人が反論した。

「生体肝移植など年に一件あるかないかの手術で、我々が日頃診ている患者で入院を要するのは、急性腸炎で頻回の下痢を来して脱水状態に陥っている年寄りや子供、こじれた肺炎、骨折の患者など、もっと卑近な病気です。それをいちいち大学病院などに送っていては、向こうも迷惑だろうし、それくらいの患者を地域の病院で診れないとあってはこちらの沽券《こけん》にも関わりましょう。他に病院があるならいざ知らず、さっきも意見が出たように、甦生記念は地元で唯一の病院なんだから、仲間に入れた方が得策だと思うのです。鬼塚さんが母校の近江大に患者を送られるのは勝手ですがね」

鬼塚は苦虫をかみ潰《つぶ》したような苦り切った表情を見せた。

「それじゃ、どうです。一年間様子を見てみる、ということでは？」

清水が提案した。

「当初の鉄心会は、確かに我々開業医にとっては目の敵でした。可及的良心的な医療で地域に貢献しているのに、やれ夜中は診ないだの、仁術ならぬ算術の医療に走っているだの、我々を中傷誹謗《ひぼう》することで一般大衆に取り入ったのです。ほとんど無一文から出発し、己の生命保険を担保に経営をやりくりしていた徳岡氏としては、生き抜かんがための苦肉の策だったのでしょう。しかし、ここ数年は、好戦的な態度も改まっております。一方、槍玉に挙げてきた大学病院とも持ちつ持たれつの関係に至っているようで、助教授、講師クラスを新設病院の院長などに登用しています」

鬼塚はそれでも憮然たる構えだったが、すぐには入会させないという会長の仲裁案に大多数が賛同したことで渋々引っ込んだ。

一年後、当麻と矢野が復帰したこと、格別のトラブルも引き起こしていないことで、清水は棚上げにしていた鉄心会の入会を諮《はか》り、尚も渋る鬼塚を説得して何とか満場一致で可決した。

巨大な肺腫瘍の患者小川達治《おがわたつじ》の妻菊子《きくこ》が、甦生記念病院の帰途清水医院に立ち寄って三カ月前の胸部写真を拝借したいと申し出た時、清水は取り出したフィルムを繁々と見直した。

右の肺門影のみで異常なしと判断したが、よくよく見直してみると動静脈の血管影とは異なる影が半弧状に小さく重なっているようにも見える。

「私が持って行くよ」

清水は小川菊子にそう言った。菊子の目に戸惑いの色が浮かんだ。

「悪いものなんでしょうか？」

清水も困惑の目を返した。

「信じられんな。そんな八センチもの大きな影が生じているなんて。この写真からは想像ができん」

「先生の所では、何でもないと言われた、て、主人は喜んで帰って来たんですものね」

清水は忸怩《じくじ》たる思いに捉われた。熱はない、主症状は執拗《しつよう》な咳だけと言うから、肺炎ではない。丸い形をした白い影と聞けば、癌以外には考えられない。と、すれば、三カ月前の写真は見落としだ。肺門影からはみ出している影をチェックすべきだったのだ。

（甦生記念を医師会に入れておいてよかったわい！）

もし仲間外れにしていたら、病院はこちらの見逃しを家人に告げるだろう。家人はそれを聞けば訴訟に打って出るかもしれない。院長の徳岡銀次郎は、一度入会を保留したことで医師会を快く思っていないから尚更だ。

清水は心急《せ》くまま病院に電話を入れ、取り敢えず初診医の矢野に面会を申し入れた。手術中とのことで、自院の夕診を終えてからあたふたと出かけた。

二階のカンファレンスルームにおいで下さいと指示されて上がった。

部屋では矢野の他に、当麻、大塩、それに、まだ名前を覚え切れない若い二人の医師がシャウカステンの前に群している。午後七時を半時過ぎているというのに、外科のスタッフが全員残っていることに清水は感嘆した。

が、次の瞬間、シャウカステンにかかっている二枚の写真に驚嘆した。

清水はおずおずとフィルムを取り出し、前に進み出た矢野に手渡した。矢野がシャウカステンにそれをかけると、全員がにじり寄って目を凝らした。

「歴然と、ありますね」

大塩が肺門部を指して言った。矢野が手にしたスケールを肺動静脈からはみ出している影にあてがった。

「この時点で、三センチありますね」

清水は脇の下を冷たいものが伝うのを覚えながら矢野の背後に回った。

「これが、そうですか？」

清水は先刻大塩がそうしたように、肺門の影を指でなぞって、誰にともなく言った。

「それにしても、僅か三カ月でこんなにも大きくなるものでしょうか？」

清水は隣の写真につくづくと見入って言った。

「僕も、こんなケースは初めてですよ」

当麻が清水の持参したフィルムにもう一度見入りながら言った。

「治療は、どうなるんでしょうか？」

「セルタイプによりますが、腫瘍ができているのはS_6ですから」

胸部写真の側面像をなぞる当麻の指先を清水は追った。自分の医院で側面像を取ることは滅多にないから、「S_6」と言われてもピンと来なかったが、当麻の指先を見て背骨の方、胸骨の反対側だと理解した。

「モノは大きいですが、中下葉切除でいけると思います。ところが、奥さん曰く、本人は体にメスを入れたことがない、若い頃虫垂炎《アッペ》を患って手術をと言われたが、絶対に嫌だと言い張って、薬と絶食だけで治してしまったくらいだから、肺を切ると言ったら忽《たちま》ち拒絶反応を起こしてしまいます、ということなので、さてどうしたものかと、今ディスカッションしていたところです」

矢野が「いかにも」とばかり相槌を打った。

「癌、ということは言われたのでしょうか？」

「それも、絶対に言わないでくれと奥さんにいきなり釘を刺されてしまったのです」

矢野が答えた。

「都会ではもう癌センターなんかでも癌は癌と告知して来てるようですが、この辺の田舎ではまだ癌イコール死に至る病という思い込みがありますんでね、なかなか本当のことは言えません。身内にだけこっそり告げる他ありませんが、そうすると、丸山ワクチンか蓮見ワクチン、さらには、サルノコシカケはどうか、と言ってくる土地柄ですから」

一気に口走ってから清水は、当麻や矢野は以前ここに住んでいたんだから、そんなことは言わずもがなだった、と思い至り、慌てて大塩と若い二人の医者の方を見やった。

「僕がこちらへ来る前いた静岡の病院もいい加減田舎でしたが、僕ははっきり事実を告げるようにしてましたよ。上司は苦々しく思っていたようですが、もう今は、たとえば胃潰瘍などはほとんど薬で治ってしまいますから、一昔前のように、胃癌を潰瘍だと偽って治療をすることはできなくなっていますからね」

確かにその通りだ。大塩の言う〝一昔前〟までは、開業したての鬼塚はやたら胃潰瘍の手術を手がけていた。が、昭和五十年代後半にH_2レセプターアンタゴニストなる薬が開発されてからは、胃、十二指腸潰瘍はほとんど内科的治療で治ってしまうようになり、胃の切除術は癌以外に対象がなくなって、鬼塚は虫垂炎や、外来でもできる瘭疽《ひょうそ》や粉瘤《アテローム》を手がけるくらいに留まっている。手術も入院も減ったから、四人いた看護婦も半分に減らしている。

「麻酔医を近江大に頼んだり術後管理に気を遣ったりしなくて楽になったが、お陰で収入はガタ減りだよ」

地元の医師会の会合などで鬼塚がしきりにぼやいていたのももう十年近く前までだ。

「手術以外の手だてとなると、何がありますか？」

何よりも気掛かりだったことを口にして、清水は当麻の顔を窺った。

「それも、セルタイプによりますよね。本人は結構へビースモーカーということですし、正面像では肺門の影なんで太い気管にできた扁平上皮癌かと思ったんですが、側面でS_6のもの、つまり末梢性と分かりましたから、多分扁平上皮癌ではない、そうすると、放射線はまず効かない、ということになりますので……」

「放射線も、今はリニアックの時代ですけど、奥さんは放射線イコール昔ながらのコバルト照射だと思ってるんです。で、コバルトイコール癌だと。だから、手術や放射線以外の方法で何とか、て言うんです」

矢野が言い足した。

「それに、放射線となると、こちらではできませんよね？」

病院は鉄心会の傘下になり、院長他スタッフはかなり入れ替わり、連日ではないが週の半分は整形外科や小児科の医者も来るようになったが、設備の面での改修は建設半ばだったホスピスの増床以外、他には特別なされていないと聞いている。放射線治療となれば大学病院に回す他あるまいが……。

「で、こちらの大塩君が、TAEはどうかって、提案したんですよ」

当麻が言った。

「TAE……?」

どこかで聞いたことはあるが、不覚にも清水は鸚鵡返ししていた。

「動脈塞栓《そくせん》術のことです」

大塩がすかさず説明に及んだ。

「一般には、切除不能、あるいは、手術が厭だと言う肝臓癌の患者に試みる手だてです。肝癌は多くの場合肝動脈を栄養動脈としていますから、これに抗癌剤をしみ込ませたスポンゼルを詰めて癌への血行を断つ方法です」

「この病院で、それをやられてるんですか?」

「やってますよ。僕が前にいた静岡の病院でもしてました」

「彼はTAEのエキスパートですよ」

当麻の言葉に大塩は相好を崩した。

「いえ、そんなことはないんですが、そのTAEを肺癌にも試みたというレポートが出ていたので、手術も放射線も厭というなら、次善の策としてこの患者さんにやってみたらどうかと思うのです。但し、この腫瘍にしっかりしたfeeder、つまり栄養動脈が通っていないと試みる意味はないのですが」

「その栄養動脈というのは、肺癌の場合、何がなっているのですか？」

「大抵は気管支動脈で、大動脈から分岐しています」

若い二人の研修医が「ほー」と声を上げたのを見て、自分もこと肺癌やTAEに関してはこの連中と同じレベルだな、と清水はまたしても忸怩たる思いに捉われた。


二日後、小川達治は妻の菊子に付き添われて渋々という感じで入院してきた。早速CTを撮り、腫瘤《しゅりゅう》は紛れもなくS_6のものと判明したが、リンパ節転移を思わせる所見はなかった。

翌日、大塩が気管支鏡検査を行った。アプローチできる限りの気管支には異常を見出せず、S_6に相当する気管支B_6に刷毛付きのカテーテルを刺入して擦過《さっか》細胞診を試みた。直後に喀出《かくしゅつ》した血痰も細胞診に供した。すぐに検査室の臨床細胞検査士《サイトスクリーナー》の松尾《まつお》から連絡が入った。大型の不規則な細胞が見られ、自分としては〝大細胞型未分化癌〟だと思うが、一度見て下さい、と。

大塩と研修医二人が駆けつけた。大塩は〝細胞診指導医〟の資格を取っており、若い二人にもこの資格に挑戦するよう発破をかけていた。

「異論はないよ。腺癌に似ているが、バラバラだからね」

「でも、珍しいですよね。ここでは初めてですね」

大サイトスクリーナーの松尾正《ただし》は、大塩を頼って静岡の病院から来た男で、三十代後半、大塩より五、六歳年長だ。大塩が細胞診に取り組み始めるより先にサイトスクリーナーの資格に挑戦していた。それまで検査部門に医者が姿を見せることはなかったから、大塩が手術の合い間を縫って検査室に現れ、ディスカッション顕微鏡を挟んで細胞診談議ができるのを喜んだ。

大塩が当麻を慕って鉄心会傘下となった甦生記念病院に来て半年程経った時、松尾から電話がかかった。自分が本当にやりたいのは、細胞診も含めた病理だが、ここでは屍体《し たい》解剖もほとんどないし、先生が辞められてからは、月に一度西日本大から来てくれる病理医以外ドクターが検査室に姿を見せることもない、何とも張り合いがないのでそろそろ辞めたいと思っている、先生の所に働き口はありませんか、と、近況報告が終わったところで深刻な話が持ち込まれた。僕は一介の平職員だから元より人事権はないが、ウチでは検査士はいてもサイトスクリーナーはいないので専ら僕が診ている、松尾さんのような人がいてスクリーニングをしてくれたらと思っていたから、一度上の人にアプローチしてみる、上司の当麻先生は細胞診にも理解があって、自分でも結構顕微鏡をのぞく人だから、取り敢えず当麻先生に話してみるよ、と答えた。

松尾は当麻のことを知っている。静岡の病院にいた頃、事ある毎に大塩は当麻の話をしていたからだ。いっときは当麻の後を追いながら、肩すかしを食った、当麻先生は台湾へ行ってしまったよと、がっくりして帰って来た時、やれやれ、先生には悪いが自分としては先生に出て行かれなくて嬉しいですよ、と松尾は言った。

その松尾が今度は自分が出たいと言う。

「病理云々もですが、実は、先生もご存知の坂本栄子《さかもとえいこ》と結婚することになり、彼女は実家が彦根なんで、そちらへ行けるなら嬉しいと言っているんです」

坂本栄子は色白でほっそりした女性だった。検査技師の資格はないが、助手として務め、細菌培養やプレパラートの作製に携っていた。大塩が検査室に行くと、いつも笑顔で迎えてお茶を出してくれた。

大塩は当麻に二人のことを話した。

「それはいい、二人とも来てもらったら検査室が充実するね」

当麻は二つ返事で了解し、院長に執《と》りなしてくれた。

二人が晴れて就職して間もなく、大塩は松尾から意外なことを打ち明けられた。

「こちらへ来させてもらって本当によかったです。若い技師達が何人かいて、栄子にモーションをかけていたんです。私と栄子はひと回りも違いますでしょ。年齢的なハンデもあり、私について来てくれるという言葉は信じるものの、栄子の所に若い技師達が寄ってくると気が気でなかったんです。

三十前、静岡の前の病院でしたが、やはり同じ検査室の女性を好きになったことがあります。彼女の反応も悪くなかったんですが、後から入って来た検査技師がなかなかの男前で、彼女はその男に心を奪われ、結婚前に子供まで作っちゃいました。そのショックで居たたまれなくなって病院を移ったんです。そんないきさつもあって女性不信に陥り、うつうつとしている間に三十も半ばを過ぎてしまいました。栄子が入ってきて、何年ぶりかに心がときめきました。

私の辛い経験を話した時、栄子は泣いてくれました。松尾さんの傷を癒やしてあげたい、って言ってくれました。ですが、前のこともあり、若い連中の中には積極的に栄子にモーションをかけてくる者もいるので、これはもう早いうちに栄子を遠くへ連れ出さなければと思い、栄子の実家が近いことも知って、一縷の望みを託して先生にお電話させて頂いたんです」

「よかったよ。松尾さんには細胞診を教えてもらったり、色々お世話になったから、少しは恩返しができましたね」

大塩の返事に松尾は目を潤ませた。

松尾が来てから、大塩はまた検査室によく出入りするようになった。研修医の二人も細胞診に興味を抱いたし、当麻も手術の合い間を見てディスカッションに加わったから、松尾は俄然《がぜん》張り切った。

「いずれにしても、小細胞性でなくてよかった」

小川達治の標本を松尾と共にディスカッション顕微鏡でひとしきり見て高橋と塩見に座を譲りながら大塩は言った。

癌とは告げないでという小川の妻のたっての願いで、結局、肺の入口のリンパ節が腫れているようだ、それを確かめる検査をしたい、もし実際にリンパ節が腫れているなら、放っておくと肺を圧迫して呼吸を抑えてくるから、これを縮小させる手だてを考えなければならない、という説明《ムンテラ》でセルディンガー法に取り掛かった。

塩見が助手で入り、当麻と矢野は操作室で見守った。

セルディンガー法は、股の付け根から太目のエラスタ針を大腿動脈に刺入し、内筒を抜いて素早くガイドワイヤーを刺入する方法だ。

大腿動脈から腹部大動脈、更にどんどん上へワイヤーを進める。肝臓癌に対するＴＡＥの場合は総肝動脈から左右いずれかの肝動脈へ誘導するが、肺癌の場合はそのまま真っ直ぐ横隔膜を越えて胸部へと進める。ワイヤーの先端の位置は、遠隔操作室のモニターでは勿論、撮影室の中に取り付けられた移動式の小型モニターでも読み取れる。

胸部大動脈へ進めて大体の見当をつけたところでワイヤーにカテーテルをかぶせて先端まで進め、ワイヤーを抜いてカテーテルから造影剤を注入する。これによって気管支動脈や肋間動脈など分岐する血管が映し出されるから、狙《ねら》い定めてカテーテルの先端をこれに引っかける。

小川達治の右の気管支動脈が通常の倍の太さに映し出され、その先端から何本も細い血管が腫瘍に枝分かれして入り込んでいる所見が得られた。

「見事なfeederになってます。これなら行けそうですね」

操作室でレバーを動かしていた鈴村《すずむら》が興奮気味に言った。当麻と矢野が相槌を打つ。研修医の塩見と高橋が来るまでは、肝癌に対するTAEの折は大塩に付いて中に入っていたが、ぜひ僕に付かせて下さいという塩見の申し出で操作室に戻った。鈴村が中に入っていた時は矢野がレバーを操作して撮影のボタンも押していた。

「feederは気管支動脈だけのようです」

大塩が返した。

「じゃ、予定通り、詰めよう」

当麻が傍らのナースに合図した。ナースは抗癌剤のアンプルを運び入れた。

大塩がスポンゼルを細切りにし、ナースが抗癌剤を注ぎ入れたバットにそれを浸した。スポンゼルで腫瘍の栄養動脈である気管支動脈を塞栓するのが主たる目的だが、スポンゼルに抗癌剤をしみ込ませれば更に腫瘍へのダメージを強めることになる。

一般に抗癌剤は点滴で腕の血管から注入するが、それでは正常細胞にもダメージを与え、患者は全身倦怠感、吐き気、食思不振、脱毛、白血球減少などの副作用に苛まれる。しかし、この選択的動脈造影法、他ならぬセルディンガー法によれば、腫瘍だけを狙い打ちできるから、副作用は至って少ない。

大塩が造影剤と共にスポンゼルを注入して行くと、やがて気管支動脈は分岐部から消えた。完全に閉塞されたのである。つまり、腫瘍への栄養は断たれたわけで、抗癌剤によるダメージと共に癌が壊死に陥ることが期待される。

患者はカテーテルを抜去した後の刺入部に砂嚢《さのう》を乗っけられてガムテープで固定され、二十四時間の安静を強いられる。

TAEの効果を思わせる融解熱が二、三日続くが、以後はケロッとして通常の生活に戻れる。腕の血管から全身的に抗癌剤を投与した場合とは雲泥の差である。

小川達治は入院して五日目に、来た時とは打って変わって晴れやかな顔で退院して行った。一カ月後のX線撮影で、腫瘤影は依然としてあったが、僅か三カ月で径三センチから八センチに急成長した癌の発育は止められた。

しかし、これで万々歳と言うわけにはいかない。肝臓癌の場合もそうだが、敵もさるもの、癌は栄養動脈を他の血管から新たに作り出すのである。故に、TAEは繰り返し行わなければならない。

それと聞いて小川達治は失望の色を隠さなかったが、数日の入院で済み、施行後は三十八度前後の熱が出るくらいで痛みや食思不振等の副作用がないことで、二カ月後の入院も応諾した。

遥かなる峰

小川達治が退院して数日後、当麻は思いがけない人物の訪問を受けた。鉄心会事務局長宮《みや》崎《ざき》で、新たに病院を建てる計画がある鳥取の下見のついでに近畿関西の傘下の病院を見て回った帰りだという。

「実は、一人引き抜きたいと思っている人物がいて、彼が当麻先生に一度ぜひ会いたいと言っているんです」

前置きが済んだところで宮崎は曰くありげに目を瞬《しばた》かせた。

「千葉に新設した病院に心臓外科部門を設けるよう理事長から指示を受けまして、東京病院にいる雨野厚《あまのあつし》という先生にアプローチしたんですが、ほぼウチへ来てくれる意向を示してくれています」

「はてな、鉄心会には、鎌倉の病院だったかどうか、名越《なごし》という心臓外科医がいたんじゃありませんか？」

腎移植の千波誠一《せんなみせいいち》と並ぶ二枚看板の一人だと言った徳岡鉄太郎の言葉を当麻は思い出していた。宮崎が少し渋い顔をした。

「名越先生はウチを辞めて神奈川で独立されました。なかなか筆の立つ人でウチの機関紙にエッセーを連載していたのですが、何せ歯に衣着《きぬき》せぬことを書かれるので医師会と色々揉《も》めましてね。近年は医師会ともうまくやっていこうという理事長の方針とそぐわなくなりまして……」

宮崎は語尾を濁したが、大方は推測できた。

「雨野先生の話に戻りますが」

一呼吸置いて宮崎が話を続けた。

「実は、理事長は東京病院で雨野先生に心臓のバイパス術を受け、一命をとりとめたのです。まだ若いが抜群の治療成績を挙げていると知りまして……」

「生憎僕は分野が違うんでそちらの情報には疎いんですが、いい方に出会って良かったですね」

「ところが」

宮崎は、額の汗をひと拭《ふ》きして、すぐに続けた。

「〝瓢簞《ひょうたん》から駒〟じゃないですが、内輪の快気祝いでお招きした雨野先生に、理事長が得意気に、ウチには日本で最初の脳死肝移植をやってのけた当麻鉄彦という外科医がいる、腎移植の大家の千波先生もいる、て言ったんです。そこへあなたが来られたら鬼に金棒だ、て。

するといと雨野先生はすかさず、当麻先生にぜひ会わせてほしい、て身を乗り出されたんです。自分はテレビでそのニュースを見た時すぐにでも会いたいと思った、何故なら、地方の病院であれどこであれ、法律がどうであれ、目の前に瀕死《ひんし》の病人がいたらあらゆる手段を尽くして助けるのが医者の、ことに外科医の使命だ、という当麻先生の言葉に感動した、自分も全く同じ使命感を持ってやってきたからだ、と。理事長はすかさず、先生がウチへ来て下されば当麻先生と会うチャンスは再々ありますよ、と返しました。

理事長も歯に衣着せぬ人ですから、僕も二浪したが、それに輪をかけて三浪もして医学部に入ったというだけで先生を気に入りましたよ、ぜひともウチへ来て、新病院に心臓外科部門を立ち上げて下さい、て、それはもう熱心に口説かれました。理事長の熱意に心を動かされたようで、千葉の新病院に副院長として来て下さることになったんです。

前置きが長くなりましたが」

宮崎はまた額から鼻先の汗を拭った。

「今日伺いましたのは、近く東京本部に鉄心会の院長副院長にお集まり頂き、理事長が長年温めて来たある構想を披瀝《ひれき》したい、ということで、先生にも勿論改めてご案内させて頂きますが、お越し頂いて、雨野厚先生とご対面のひとときを持って頂けたらと思い至った次第です」

宮崎の長舌はこの結論への布石だったかと、やっと合点がいった。

「余程のことがない限り伺えると思いますが、理事長が長年温められて来た構想とは？」

「あ、それは――」

歯切れよく喋っていた宮崎が不意にためらいを見せ、曰くありげな笑いを浮かべた。

「私が舌足らずなことを申し上げても何ですから、直接理事長からお聞き頂ければと思います」

「分かりました。楽しみにしてます。雨野さんとお会いできることも」

「人間、何ですねえ」

安堵の表情と共に、口調が改まった。

「一寸先が闇、て言いますけど、本当ですねえ」

「また、どうしたんです。東奔西走、寸暇《すんか》もなく動き回っておられる宮崎さんが……」

「いや、それは理事長のことで、バッファローみたいに頑健で、エネルギーの塊に思えた人が、突然生死の境をさ迷う病魔に見舞われたのを見て、他人事じゃない、自分もいつ倒れるか分からないいな、て思ったんです」

「理事長はちょっと太り過ぎでしたから、心臓に負担がかかっていたんでしょう。宮崎さんも、少しオーバー気味だから、気を付けた方がいいですよ」

「そうですね。今のところ年一回の健康診断では何もひっかかっていないんですが……理事長だって、体重がオーバー気味という以外特に異常は指摘されていなかったんですからね」

もう秋に入っているが、宮崎の額には相変わらず汗がにじんでいる。

「僕が肝移植の手ほどきを受けたピッツバーグのスターツル先生も、六十五歳の時心筋梗塞に見舞われて一命を落とすところでした。それまでは全く病気知らずでしたけどね」

「やはり、過労ですか？」

「そうでしょうね。肝移植は最低でも十時間は立っていなければなりませんからね。毎日のようにそんな生活が続けば、いかに頑健な体でもどこかにヒビが入るのでしょう」

「先生は大丈夫ですか？　一日三件も四件も手術をなさるんでしょ？　それこそ十時間くらい立っておられるのでは？」

「ええ。でも毎日ではないですからね」

「そうですか。雨野先生は、ほとんど毎日、三、四件の手術をこなされ、日本でも三本の指に入る症例数を誇っておられるようです。帰るのが面倒で、月曜から金曜まで病院に寝泊まりしているそうで……」

「雨野先生は、独身ですか？」

「いや、結婚しておられますよ。確か、子供さんも一人、まだお小さい子が……。当麻先生は、その後ご再婚は……？」

「いや、独り身です」

「お寂しいですね。ご予定も、ないんですか？」

「ええ、まあ……当分……」

当麻の脳裏を一人の女性の顔がかすめたが、宮崎の二の句がそれを吹き払った。

「あ、すみません、立ち入ったことをお聞きして……では、私はそろそろ」

宮崎は額の汗をもう一度手巾で拭ってから腰を上げた。

当麻が上京したのは翌週の末だった。日帰りの予定だったから、朝早く出て湖西線で京都に行き、新幹線に乗り込んだ。

鉄心会の東京本部は都心にある。十二階建てのビルの二階と三階のツーフロアを借りている。ワンフロアだけでも相当な広さで、百人は収容できる会議室や幾つものミーティングルームが中央を走る廊下の左右に並んでいる。

何人もの男女が廊下を行き交っており、当麻に黙礼して行く。

理事長室は三階にあり、隣接する控え室で宮崎が待ち受けていた。

「今日は錚々《そうそう》たる先生方が一堂に会するというので、理事長も張り切っておられます」

宮崎が幾らか勿体振って言った。

「千波先生もおいでになりますか？」

誰よりも会いたい人物の名を当麻は口にした。

「ええ、先生が以前、一度お会いしたいと言っておられたので、念を押しました。会議嫌いで有名で、院内の責任者会議にもほとんど出て来ないと院長がこぼしていましたが……」

「千波先生は、確か四国の坂出の病院におられるんですよね？」

「副院長をしてもらっています」

「離島からも来られますか？」

「徳之島の大久保先生、奄美大島の佐倉先生はおいでになります。あ、そういえば佐倉先生から、今日の案内を送った直後、当麻先生はおいでになるか、と電話がありました。前に一度、お会いになってるそうで……」

「ええ」

長池幸与の手術のことなど、詳しい内容は話してないんだな、と察した。

「おっつけ皆さんおいでになる頃ですが……」

宮崎は手首を返して腕時計を見やった。

刹那、宮崎の胸の辺りで携帯が鳴った。

「雨野先生が来られたようです。ちょっと失礼します」

宮崎は携帯をスーツのポケットに収めて部屋を出て行ったが、二、三分もして戻って来た。

四十前後、中肉中背の人物が宮崎の背後からヒタとこちらを見すえている。

「まさかここでお目に掛かれるとは夢にも思いませんでした」

理事長の命を間一髪救って下さった云々と宮崎が紹介を済ませるのももどかし気に雨野は切り出した。

「敢然《かんぜん》として肝移植をされたことは言うまでもありませんが、それよりも先に、〝エホバの証人〟に対する無輸血手術を数多く手がけられていると知って、深い感銘を覚えていました。ひょんなきっかけから僕も〝エホバの証人〟の手術を引き受けるようになっていたからです。その頃、大阪で学会があって、僕も演題を出していたので出かける口実ができ、帰途にでも琵琶湖畔まで出かけて行ってお目に掛かれればと思って病院の方へお電話したら、先生はもう病院を辞めて台湾へ言ってしまわれたと聞かされ、がっかりしたのです」

「それが今度、ウチへお招きするに当たって、ウチには肝臓移植と腎移植の大家がいる、て申し上げたら、雨野先生は、びっくりなさったんですよ」

宮崎がしたり顔で言った。

「腎移植の千波先生のことは知っていました」

雨野が宮崎の口を封じるように言った。

「でも、肝移植の大家、て誰だろうと思いました。まさか先生が日本に帰っておられるとは知りませんでしたから、咄嗟に浮かんだのは、近江大の実川教授、北陸大から母校の東日本大の教授になった幕間《まくま》教授、さては西日本大の尾澤《おざわ》教授ですが、現役バリバリの教授が大学を打っちゃって鉄心会に入ったとは思われず……」

ドアにノックの音が響いた。宮崎が応対に出た。

二人の中年の男が入って来た。

「お一人は、千波先生ですね」

雨野が素早く囁いた。当麻は頷いた。鉄心会の機関紙で顔写真を見たことがある。

千波の背後について入って来た人物には見覚えがあった。

「坂出病院の千波先生と、奄美大島病院の佐倉先生です」

次いで宮崎は当麻と雨野を二人に紹介した。

「先日はどうも、お疲れ様でした」

佐倉がツイと当麻に身を寄せた。

「いえ、こちらこそ、お世話になりました」

当麻が返すや、佐倉は更に顔を近付け、耳打ちするように小声で言った。

「今日は先生にお目に掛かれるということでしたので……。実は、少しお話ししたいことがあります。会が引けた後、お時間を頂けるでしょうか？」

「ええ、では、一階のロビーででも」

「よろしくお願いします」

佐倉は安堵の顔で引き下がった。

この間にも宮崎は忙しげに携帯を取り出して部屋の隅に移っていたが、戻ってくるなり、ソファに腰を落としたばかりの四人に言った。

「そろそろ会議の時間ですが、その前に、理事長が先生方にお会いしたいと申しております
ので、お隣の部屋へお移り頂けますか」

四人は会釈し合って腰を上げ、宮崎の後についた。

「いやあ、これはこれは！」

大きな机の前に座っていた徳岡鉄太郎が炯々《けいけい》たる目に微笑をたたえて立ち上がった。

「雨野先生、お陰様で、ご覧の通り、ピンピンしております。命拾いしました」

徳岡はまず雨野に言ってから他の三人には黙礼し、ソファに座るよう促した。

「こうして先生方を拝見すると、多士済々で、我が鉄心会も前途洋々たるものを覚えます
よ」

一同が着席するのを見届けてから、徳岡は弛《ゆる》んだネクタイの結びを締め直して言った。

太い首だ。それにつながる上半身も雄牛のように逞《たくま》しいが、その部厚い胸板の下で時を刻
んでいる心臓が、危うく止まりかけたなどとは信じられなかった。

「なあ、宮崎、そう思わないかい？」

徳岡は、少し間隔を置いて隣にかしこまっている宮崎に一瞥をくれた。

「仰る通りです。これだけの先生方にお集まり頂いたんですからね、理事長が次のステップ

へ踏み出されようとされるのも宜なるかなと思いますよ」

徳岡が得たりや応とばかり身を乗り出した。

「今日はね、僕が長年温めてきたヴィジョンを皆さんに聴いて頂きたくて集まってもらいました。鉄心会の屋台骨となって頂ける先生方には、格別ね」

宮崎が腕を返して時計を見やってから、

「定刻を少し過ぎましたので、そろそろ」

と徳岡に耳打ちした。

「あ、そうか」

徳岡は部屋の壁にかかった時計を見上げた。


会議室には立錐の余地もない程大勢の人間が集まっていた。

宮崎は忙《せわ》しなく汗を手巾で拭いながらコーナーにしつらえられたマイクの前に立った。

中央には天井からスクリーンが下りている。

徳岡は宮崎と反対側のコーナーに立った。演壇が備えられていて、パソコンとマイク、レーザーポインター、水差しなどが置かれてある。

「本日はお忙しい中、北は北海道、南は九州はおろか、離島からも遠路お越しくださった先生方もおられ、恐縮至極に存ずる次第です。

メディアや当鉄心会の会報等を通じて既にご存知と思いますが、理事長は、恐らく多年に亘る激務の疲労によるものと思われますが、去る○月×日、都心のホテルでの講演中に胸の激痛に襲われ、倒れられました。心筋梗塞だと思う、東京病院のドクター雨野の所へ運んでくれ、と、駆けつけた救急隊員に、薄れ行く意識の中ではっきり告げられ、望み通りそこへ運ばれ、雨野先生のゴッドハンドによる、オフポンプと申すそうですが、心臓を止めないままのバイパス手術を受けて九死に一生を得られました。

僅か十日後に退院、内輪ではささやかな快気祝いを致しましたが、ご心配をおかけした鉄心会各病院の職員を代表して院長、副院長先生方にお集まり頂き、改めての快気祝いの宴を設けたい、それだけでわざわざ遠方よりお越し頂くのも気が引けるから、かねてより温めて来た構想をこの機会に披瀝したい、と申されたので、急遽《きゅうきょ》ご案内をさせて頂いた次第です。では早速、理事長の挨拶並びに講演に移らせて頂きます。タイトルは、ご覧の通りです」

聴くともなくパソコンをいじっていた徳岡が、顔を上げて机上のワイヤレスマイクを握った。

スクリーンに、「鉄心会の現状と未来」の文字が映し出されている。宮崎が部屋の明かりを絞った。

徳岡の声が響いた。

「前置きは、今宮崎君が述べてくれた通りですので省略させて頂きます」

徳岡は改めてという面持ちで場内を隅々まで見やった。

「半世紀も前」

徳岡の指がパソコンをなぞった。どこかの小さな医院の映像がタイトルに取って代わった。

「僕が八歳の時、三歳の弟が心無い医師に見殺しにされました。弟は激しい下痢と嘔吐《おうと》に見舞われ、脱水症状を来して息も絶え絶えとなったのです。

故あって父親は不在、母親は身重の体でした。夜中に家の外にあるトイレに立つのさえ恐かった少年の背を、頼むから大急ぎで診療所の先生に往診を頼みに行ってくれと母親がつつきました。少年は脇目もふらず、懸命に走って一キロ程先の医院に辿《たど》り着いたが、幾ら叩いても医者は出て来ない。それでもめげず必死に叩き続けると、寝ぼけ眼《まなこ》で漸く出て来た寝巻き姿の医者は、こんな夜中に往診などできん、明日の朝連れて来なさい、と言うなり、ピシャリと玄関を閉めてしまいました」

当麻の脳裏に、久しく思い出すことのなかった亡き兄慶彦《よしひこ》の顔が浮かんだ。

「その時医者が駆けつけてくれて点滴の一本でも打ってくれたら、弟は翌朝幼い命を散らすことはなかったでしょう。医者は病気を見くびっていたかもしれない。あるいは、勉強不足で無知だったのかもしれない。幼児や年寄りは脱水症状で死に至るということを知らなかったのかも。更に勘ぐれば、脱水に陥って虚脱した三歳の幼児の血管を捉える自信がなかったのかもしれない。手や腕が駄目ならそけい部の太い大腿静脈、それも駄目なら足首で静脈を露出してカットダウンし、エラスタ針を差し込めばいいが、外科の素養がないとそこまではやってのけられない。

最悪、静脈でなく皮下注でもいい。とにかく駆けつけてくれて何らかの手だてを尽くしてくれたら、たとえ不幸な結果になっても家人は諦めがつき、誠心誠意尽くしてくれた医者に、感謝こそすれ、恨みを抱くことはないだろう。

弟を見殺しにしたこの医者を、僕は生涯許すことはできない。尤も、もう故人になっているから、今更どうこう言っても始まらないのだが……。

ある意味で、僕はこの医者に感謝しています。土下座して懇願する八歳の少年を足蹴《あしげ》にして門前払いを食らわせた彼への怨念故に、僕は医者になって自分の郷里で弟のような犠牲者が二度と出ないようにしてみせる、と思い立ち、浪人を重ねてでも初志を貫けたのだから」

徳岡は水差しを傾けてコップに注いだ水を一気に呑み干した。

場内は水を打ったように静まり返っている。当麻は宮崎が寄越した徳岡の自伝「母は永遠なり」を読んでいたからこの少年期の痛ましいエピソードは脳裏に焼きついているが、こうして改めて語り聞かされると、見も知らぬ半世紀も前の離島にタイムスリップさせられるような臨場感を覚え、引き込まれた。

口もとを手巾でひと拭いすると、徳岡鉄太郎は会場をひと渡り見渡してからパソコンのキーを押した。

スクリーンには、阪神大学医学部の正門前に立った角帽姿の青年の姿が映し出された。

「苦節幾星霜《せいそう》——と言えば大袈裟《おおげさ》になるが、自分程医者に向いている者はいないという青雲の志を持った人間を、無情にも拒み続けた阪神大学が、島を出て三年目、晴れて門戸を開いてくれた。

しかし、喜び勇んで入ったものの、ややにして僕は幻滅を覚えた。教養部二年で課せられたノルマは、医学英語、独語を除けば、臨床医学とは全く無関係の、物理、化学、生物、力学、数理統計等で、受験勉強の延長さながらの教科だったからです。一つでも赤点がついたら落題させられるというから、それこそ受験時代に輪をかけて勉強した。

落第した者が一割はいたが、僕は何とか専門課程に進級できた。しかし、そこでまた失望です。これでやっと臨床医学を学べると思ったら、待ち受けていたのは解剖、生理、生化学等の基礎学問だったからです。

同期生の中には、僕が臨床医を志したように最初から生化学者になろうとしていた者もいた。彼らの中には、半年間にも亘る屍体解剖に辟易《へきえき》し、理学部に転じようかと真剣に思い詰めていた者もいた。僕は臨床医、それも外科医を志していたからまだしもだったが、専門課程に入って早々こんなことをして何の役に立つのかと疑問を禁じ得なかった。案の定、卒業する頃には綺麗さっぱり忘れてしまった。生理や生化学も然り。覚えているのは生理学の教授が最初の講義で自己紹介がてら漏らした話だけだった。曰く、医学部の専門課程に入ってやらされた屍体解剖が厭で厭で、いっそ医学部を辞めようかと思った、と」

自分を含め、何人かの者が頷き、声にはならない笑いを顔ににじませているのを当麻は見た。

「さて、本題に入ります」

徳岡はコップに水を注いでまたぐいとひと呑みしてから口吻を改めた。

「こうした幻滅やら失望やら疑問を重ねながら何とか医者になったが、僻地医療もさりながら、医学部、ことに旧帝大系のそれの旧態依然たるカリキュラムを根本から覆さなければ、真の医療改革につながらない、との思いがズシリと重く胸の底に淀んだのです。

折しも、無給医局制とその元凶である博士号制度の撤廃をスローガンに掲げた青医連運動が勃発した。一大革命だ——僕がそれに飛びついたのは極く自然のなりゆきだった。

しかし、この革命的ムーブメントも、二年で挫折し、少数の者を除いて大部分の者は、節を屈し、あれ程荒し回った大学に戻ってしまった。

僕は憤慨した。余人はさておき、俺だけは節を曲げないぞ、二度と大学なんぞに戻るまい、今に見返してやる、と覚悟を決め、野に下った」

この辺も徳岡の自伝で読み知っている。しかし、徳岡の肉声で語られると、母校を飛び出して関東医科大に新たな世界を求めて行った自分の姿とオーバーラップして、当麻は言い知れぬ感慨を覚えるのだった。

「母校の庇護《ひご》を断った僕は、府中病院で研鑽《けんさん》を積み、苦節十年、念願の病院を建てるに至った。その後今日までの歩みについては皆さん充々ご承知と思うから省かせてもらう。現在の鉄心会の病院、診療所はこの通りです」

スクリーンには日本地図が映し出された。病院は○で、診療所は△で所在が記されている。

聴衆の視線が分布図に吸い込まれた。

「一県に少なくとも二つの病院とサテライトとして三つ四つの診療所を造る計画でいるが、まだ十年はかかるでしょう。

一方で、僕には窮極の夢があり、愈々《いよいよ》その実現に向けて始動したいと思っている。これです」

スクリーンが文字に変わった。「医科大学の創設」。会場がどよめいた。

「今日皆さんにお話ししたかった構想がこれです。医者不足という世論に押され、既に政府が一県一医大構想をぶち上げ、事実、次々と建ててきて、もう新たに入り込む余地はないんじゃないかと思われるかもしれない。

確かに、医科大学は全国で八十に上り、国公立が五十、私立が三十を数えている。中にはユニークなカリキュラムを工夫している大学もあるが、画期的な変革を打ち出している所はない。国家試験の合格率を押し上げることだけが最大目的の、予備校さながらの医科大学もある。

僕が理想とし、創ろうとする医科大学では、まず入試制度から変える。高校を出てすぐには受験させない。昔の人間は若くして結構老成していたが、今どきの十八歳はボンボンですよ。机にかじりついてばかりで、世間の何たるか、人間の何たるかなどまるで知らない若造が、たまたま成績がいいというだけで、人の命を預かる医者を育てる医学部に入ってもらっては困るのだ。僕のように、幼くして肉親を失い、僻地医療のおぞましい現実を肌で感じ取った者や、僕を含め、この中にも何人かおられるだろうが、二浪三浪して世の中の思うようにならないことを味わい知った人間を優先させて入れるべきです」

パラパラと拍手が起きた。斜め前に座った雨野厚の拍手がひときわ大きかった。

「戦前までは医専というのがあって、家が貧乏で、何年間もただ働きしなければならない医学部へなどとてもやってもらえないが、それでも何とかして医者になりたいという若者は、裕福な開業医の家に住み込んで医院の手伝いをしながら学校へ行かせてもらったようです。旧制高校を経ないで正規のルートで医学部に入った者より一段下に見られたようだが、苦労している分、医者になるんだという確たる信念を持っている分、単に成績がいいから何となく医学部に入ったという、いわゆるエリートより、人間的に成長しており、医者に相応《ふさわ》しい者が少なくなかったように思われます。先生方の父親、祖父にもそういう方がおられるはずだから、聞いてみて下さい」

コクコクと頷く者が幾たりか見られた。当麻は、恩師の島田光治《こうじ》の父親が確かそうだったと思い出し、懐かしさが胸にこみ上げた。スクリーンの映像が変わった。

「僕の目指す医科大学の骨子です。成績は二の次、何よりも人間性を最優先したい。そもそも、物理や数学の才能と臨床の能力とはパラレルではない。ところが、物理や数学に強い奴が受験戦争では勝ち上がってくる。これを改めないといけない。

と、いうわけで、高校を出てすぐには受験させない。アメリカ式に、一旦他学部を出た者に受験資格を与える。

教養課程も僕の新医科大学では廃止します。受験時代の延長さながら、何故また改めて物理や数学をやる必要がありましょう。これで赤点を取って留年した同級生の中には、後に優秀な臨床医になった者もいます。

その代わり、専門課程四年の一年目を教養課程とする。患者といかに接するか、まずはマナー教育を優先させたい。机にかじりついてばかりいて医者になった人間は、患者に対する口の利き方さえわきまえない者が多い。ロールプレイングを取り入れて、徹底的にマナーを叩き込む。それで赤点を取る奴はふるい落とす。

次には、内外の医学の変遷史を学ばせたい。無知で未熟な知識しか持たない医者がいかに誤った治療を行ってきたか。

たとえば、医学と文学二足の草鞋《わらじ》を履《は》いた森鷗外は、文学者としては業績を残したが、医者としては万死に値する大きな誤ちを犯した。彼は陸軍軍医総監という、公務員としては最高の地位に昇りつめたが、日清日露の戦争で多くの兵士の命を奪った脚気《かっけ》の原因は、緒方正規の唱える〝脚気菌〟によるもの、との説に傾き、海軍軍医の高木兼寛《まさ》が、白米に原因がある、兵隊は麦飯を食うべしと主張したのを一笑に付し、白米に勝るものなし、と主張、海軍が麦飯を採用して脚気による死亡者を激減させていた事実も見て見ぬ振りをし、陸軍には白米を摂らせ続けて脚気患者を量産せしめ、何万という死亡者を出してしまった。

ビタミンB_1が発見され、脚気はその不足、即ち白米食によるもので、B_1の豊富な麦飯を採用した高木兼寛こそ先見の明があった。これを知った鷗外は、晩年、己の不明を恥じ、自分は医学徒としては何ら後世に伝えるものは残せなかった、文学の面で些《いささ》かのものを残し得ただけだ、と語ったそうな」

徳岡はパソコンのキーを次々に押した。スクリーンには緒方や鷗外、高木の顔が映し出された。

一転してスクリーンには「ロボトミー（Lobotomy）」の活字が躍った。

「日本ばかりじゃありません。欧米の医者も大きな誤ちを犯しました」

画面が変わり、〝ロボトミー〟の説明文が現れた。

「ロボトミーとは脳の前頭葉を切除するもので、精神分裂病の患者に流行のように為されたらしい。これを最初に手がけたのはポルトガルの脳外科医エガス・モーニスで、何と、このおぞましい手術にノーベル医学賞が授与されたのです。一九四九年のことです。

ところが、このロボトミーにボロが出始めた。一旦は良くなったかと思われた患者の多くに人格の変化が現れ始め、由々しき社会問題と化した。そうしてこの野蛮《やばん》な手術を中止せよとの運動が起き、エガス・モーニスのノーベル賞も撤回せよとの声が上がった。

これに抗し切れず、遂に一九七五年、ロボトミーは禁止された。が、ノーベル賞は撤回されなかったようだ。

先人の愚かな轍《てつ》を踏まぬためにも、医学の歴史を知ることはかように必須なのです」

徳岡は会場をねめ回した。こくこくと頷いている当麻と目が合った。徳岡はほくそ笑み、やおら続けた。

「医学部の、旧態依然たるカリキュラムは、教養課程のみならず、専門課程にも卒後教育にも窺われる」

スクリーンの映像が箇条書きの項目に戻った。

「まず、専門課程。その早期、一回生の後半かな、半年もかけてやらされる屍体解剖、こんなものは何の役にも立たない。さっきも言ったように、卒業する頃には綺麗サッパリ忘れている。やるなら最終学年に持って行くべきです。それも、選択性にして、外科系に進む学生には必須科目としてもよいが、内科系を志望する学生には厭なら受けさせなくていい。まして基礎医学に進むと決めている学生にはパスさせ、代わりに動物実験や試験管を振らせたり、顕微鏡をのぞかせた方がいい」

当麻を含めた何人もが頷いた。

「更に僕が取り組みたいのは卒後教育の改革です。青医連運動がスローガンに掲げた無給医局制の解体とその元凶たる学位制度の廃止は、その後、半分実りました。三十にもなって無給、親の脛《すね》をかじり続けなければならない医者はさすがにいなくなった。

しかし、ドイツ医学は廃《すた》れ、アメリカ医学が世界を席巻、アメリカに倣って日本もレジデント制から専門医制を取り入れつつある一方で、旧態依然たる学位制は温存されたままです。日本医学教育学会の雑誌をめくると、専ら卒後教育のことが書かれているが、君子危うきに近寄らずか、その実僕には〝臭いものには蓋〟としか思えないんだが、学位制について言及した記述は皆無です。

こんな馬鹿げたことはない。レジデントを六年みっちりやれば臨床医として相当な力がつくが、大学院などに入って早く博士号を取ろうとの魂胆で、専ら病理学教室に通って顕微鏡をのぞく生活に明け暮れていたら、臨床医としては致命的なロスですよ。

明治時代、前途有為の青年を見ると、『末は博士か大臣か』とちやほやしたらしいが、ここで言う『博士』とは『医学博士』を指していたらしい。典型例は野口英世や北里柴三郎でしょう。つまり、基礎医学の研究者であって、病気の見立てのいい臨床医のことではなかった。

ところが、現実には、基礎医学で『博士号』を取った者は極めて少なかったから確かに稀《き》少《しょう》価値はあったが、巷間《こうかん》、臨床系の開業医までが大方『博士号』を取っていた。無給医局制の時代はもとより、経済的には自立できるようになっても、名刺に『医学博士』の肩書きを刷り込みたいために、相変らず教授が〝馬に人参〟のようにちらつかせる『博士号』欲しさに厭々その下働きをしている。モルモットを殺しまくり、試験管を振り、顕微鏡をのぞいたりの生活に甘んじ、一方で、臨床面の遅れにやきもきしている。だからいつしか自虐的な頓知問答《とんち》が生み出された。曰く、『博士号』と掛けて何と解く？　足の裏についた米粒と解く。その心は？　取らないと気持悪いし、取ったところでどうってことはない。僕が大学を出て府中病院に勤めた頃、先輩達がよく口にしていましたよ」

　哄笑が起こったが、半分は苦笑が混じっている。

「第二次大戦後の博士のシンボルは湯川秀樹です。彼は『理学博士』で、これは稀少価値がある。僕は医者になった頃、学部別学位取得者数を調べてみたことがあるが、総数の半ばを医学部出の人間が占め、理学部、工学部出身者は少なく、法学部や文学部などの文系になると更にぐんと減る。

　医者は二十五、六万人いるが、そのうち半数が学位を持っている。いかに粗製乱造されたかが分かる。

　僕の尊敬する人に川崎医科大学の学長だった水野祥太郎なる人物がいるが、彼は、臨床医の卒後教育の最大のネックは〝学位制〟だ、と喝破《かっぱ》しておられる。いっそ廃止するか、医学部を出た者は皆〝医学士〟の代わりに〝医学博士〟の称号を与えるか、どちらかにしたらよい、とさえ言われている。

　僕の目指す医科大学は、勝れた臨床医を輩出するのが主眼だから、無論〝学位制〟などは廃止する。有名無実な博士号を早く取るためだけにある大学院などは作らない。基礎系は、臨床に役立つ病理以外は要らないだろう。

臨床医にしても、夜間や休日の急患に専門外だからと逃げ回る、いわゆる〝専門馬鹿〟は作らない。原則としてオールラウンドに患者を診ることができ、その上で得意分野を持つ、だから僕の故郷である離島でも立派に通用する医者を育てたい」

当麻は阪神大学の徳武耕三《とくたけこうぞう》に呼び出された日のことを思い出していた。皮肉にも徳岡は阪神大学に学んだから、青医連運動の先頭に立って徳武ら教授陣に学位制と無給医局制の撤廃を求める要求を突きつけたはずだ。あの時傍らに徳岡がいてくれたらと今更にして思った。

「基礎系は病理以外は不要」という言葉に、高雄博愛医院の張博英の顔が思い出された。王文慶が物故してから病院は変わってしまった、できれば日本へ行きたい、と張は訴えてきた。何年先になるか分からないが、もし徳岡の夢が現実となったら、張を新病院に招けるかもしれない。

（この人は、僕にはできないことをやってのけたし、これからもやり続けるだろう）

炯々たる輝きを放つ徳岡鉄太郎の大きな目を見すえながら当麻は思った。

「いやあ、遠大な夢を聴かされましたね」

開口一番佐倉周平は言った。

会が引け、千波誠一と雨野厚に再会を誓い合って別れを告げてから、ビルの一階にある喫茶室で当麻は佐倉と相対していた。佐倉はこれから羽田に出て空路鹿児島に向かうとのこと。

「遥かなる峰ですね。まだ仰ぎ見る他ない……」

当麻は相槌を打った。

「型破りの医科大学を文部省がすんなり認めるとは思えませんが、理事長の構想は私が描いていた理想の医学部の姿です」

「同感です」

興奮が冷めやらぬ面持ちの佐倉に当麻は相槌を打った。

「僕の常々思っていることをそっくりそのまま代弁してくれました。何としても、頂きに上りつめてほしいものです」

「そうですね。私も及ばずながら、お手伝いできたらと思ってます」

佐倉は晴れやかな顔で言ってコーヒーカップを取り上げたが、すぐにテーブルに戻し、やおらという感じで当麻に向き直った。

「お引き止めして済みません。先生の今日のご予定は？」

「もう一人、会う予定の者がいます」

「まだ大丈夫ですか？」

佐倉は腕の時計を見やった。

「私の用事はほんの十分程で済みますが……」

「ええ、結構です」

当麻も腕を返してから答えた。

「有楽町で五時に落ち合うことになってます。まだ一時間ありますから」

「でも、今日、お帰りになるんですよね？」

「七時過ぎくらいの新幹線でと思ってます」

「最寄りの駅は京都ですか？」

「ええ。約二時間半ですね。そこから湖西線に乗り換えて一時間です」

「結構な道のりですね。私の方が早いかもしれないな」

そうか、ここは東京で羽田に近いんだ。

当麻は錯覚に気付いた。湖西から伊丹空港に赴き、鹿児島に飛んでプロペラ機に乗り換え奄美大島に向かった経路は随分の道のりだった記憶がある。

「余談はさておき」

佐倉の面持ちが変った。

「ご相談と申しますのは、先日ご足労頂いた長池さんのことなんですが……」

「お世話かけました。彼女が何か？」

「長池さんは、先生の所で、確か、婦長をなさっておられるんでしたよね？」

「ええ、外科病棟の……」

「その後、彼女の身辺に、何か、変化でもありましたか？」

「と、言いますと……？」

「ま、先生が管轄しておられるからそんなことはないと思いますが、ナースの世界はまた独特なので、先生の目の届かないところでナース間の軋轢《あつれき》が色々あるのか、とも思いまして……」

「長池が、何か先生にそのような事で相談でも持ちかけたのでしょうか？」

「一週間程前、手紙を寄越されました」

それはとりたてて異とするに足らないことでは、と当麻は咄嗟に思った。職場に復帰した時、佐倉先生には気持ばかりのものと共にお礼状を差し上げておきました、と、長池は報告に来た。佐倉も礼状は出したろうし、長池はまた経過報告がてら一筆認めたのではないか？」

「一読、驚きました」

佐倉は少し苦笑いを見せた。

「これは私の一存では決めかねる、当麻先生に事情をお伺いしなければと思ったのです」

こちらは訝ったままの目を返した。

「実は、ウチへ来たいと仰る、いや、書いて来られたのです」

「えっ⁉　勿論、ナースとして、ですよね？」

「ええ、役職にはこだわらない、平でもよい、と……」

寝耳に水だ。長池からそれらしきことは何も匂わされていない。

「どうしたんでしょうねえ。先生がご心配なさるような職場のトラブルは、少くとも僕の見る限りは何も見受けられませんが……。先生の方で、ナースの求人をなさっておられるのでしょうか？」

「ウチは何せ僻地も僻地、離島ですから、スタッフ、ことにナース不足は慢性的で、会報を通じて求人は常に行っておりますが……ま、長池さんのようなトップの方が平でもいいからと応募して来たことは皆無に近いです。逆のケースこそままあれ。応募者も、遠隔地からはほとんどなくて、島内がほとんど、稀に鹿児島か、精々九州までです。他院からというのは半分くらいで、半分は鉄心会系列の病院からです」

「僕が伺った時、器械出しをしてくれたナカジョーミホという若いナースがいましたが、彼女は——地元の人ではないように見受けましたが……。色白で、どことなく都会風で……」

「ああ……」

佐倉の目に不意討ちを食らったような狼狽《ろうばい》の色が浮かんだ。

「あの娘《こ》は、ちょっと、例外です」

当麻の視線をかわして、佐倉はテーブルのカップに手をやった。コーヒーを二口、三口、すすったところで、観念したように目を上げた。

「彼女は東京の看護大学に学んだのですが、入学早々、母親の乳癌が見つかりましてね、まだ四十代後半なので、母親は乳房再建術を希望し、どこからか私のことを聞きつけて当時いた秋田にまで来たんです。

残念ながら骨やあちこちに転移を来して五年後に亡くなりました。ですから、私はおよそ命の恩人というには程遠いのですが、何故か、娘さんは恩義に感じてくれて……私の所で働きたいと言って来たのです。母親と、つながっている気がするんでしょう」

「ウチの長池も、ナカジョーミホさんと似通った思いで先生の所で働きたいと思い立ったのでは？」

「私は当麻先生のお手伝いをしただけで、恩義を感じて頂くようなことは何もしておりません。いずれにしても、このお申し出を受ければ先生に多大なご迷惑をおかけすることは必至ですから、お断りしなければと思っておりますが……」

「長池は、プライベートなことを何か先生に話しましたか？」

「入院しておられた時、彼女が独身であることは知っていましたが、今回の手紙で、未亡人ではなく、ご主人とは生き別れ、つまり、離婚されたこと、ご主人は徳之島病院に勤めておられたこと、などを初めて知りました」

「彼女にとっては不本意な離婚だったようです。ご主人のいた徳之島は厭だが、できるだけ遠い所でという思いがあって、奄美大島でのオペを希望したようです。行ってみたらいい所だったし、佐倉先生にも惹かれた、ということではないでしょうか？」

佐倉の口から嘆息が漏れた。

(長池の申し出を、この人は少しも医者冥利《みょうり》とは思っていない。むしろ有難迷惑だと感じているようだ)

「ま、悪い印象は与えなかっただけ嬉しい限りですが……」

佐倉は更にもう一つ嘆息をついてから言った。

「できましたら、先生から婉曲《えんきょく》にお断り頂けたらと思いまして……」

「分かりました。一度、話してみます」

長池の素振りにそんな気配はそよとも窺えないが、ひょっとしたら長池は甦生記念病院を本気で辞めたいと思っているのかもしれない。主任の尾島章枝の方が部下の受けがいいのを多少とも面白くないと思っている気配がなくもない。

「私共の外科病棟には、長池さんもお会い下さってるからご存知と思いますが、同年配の婦長、その下に主任もおり、相応のポストが空いてない状況です。平でもいいからと書かれてますが、名だたる当麻先生の所で婦長をしておられた方が下についたら、今の婦長や主任もやり辛いでしょうからそういうわけにも参りません。その点、宜しくご斟酌《しんしゃく》下さい」

「こちらこそ、ご迷惑をおかけしました」

当麻は、決して軽くはない荷物を背負った思いで有楽町に向かった。

駅前のレストラン〝ボーノ・ボーノ〟で青木と落ち合うことになっている。

前日青木に連絡を入れると、午前中は専ら寝てますが、午後からだったら空いてますとの返事だった。関東医科大で相変わらず朝早くから夜遅くまでしごかれているので、休日の午前中は日頃の寝不足を取り戻すようにしているのだと言った。

当麻の紹介で関東医科大の消化器病センターに一年契約の研修医で入った青木は、真面目《まじめ》な見学振りが羽島に認められ、二年目に修練士として採用された。前例のないことだった。

そろそろ卒業を控えている頃だ。

「先生からお電話を頂いて、びっくりしました。僕も丁度お電話しようと思っていたところでしたから」

面と向かうなり青木が声を弾ませた。

「以心伝心だね」

当麻が返したところへ、ボーイがおしぼりと水を持ってきた。大柄な、東南アジア系の人間を思わせる、顔と頭が瓢箪のような形をした色の浅黒い男だ。青木を見てにっこり微笑んだ。

「注文が決まりましたら、それを押して下さい」

癖のない日本語で言ってボーイはテーブルの上の呼び鈴を示した。

「彼はもうここに長いんですよ」

ボーイの背に視線を送って青木が言った。

「日本語、上手だものね。顔なじみのようだが、ここへはよく来るの？」

「いえ、安月給ですから、そんなには来ません。最初は修練士仲間から誘われたんです」

「銀座に近いんだよね？」

店は二階にあり、ウインドー越しに通りを行き交う男女を見下ろせる。服装やヘアスタイルが流石《さすが》に垢抜けている。

「近くに、一等がよく出るというんで有名な宝クジ売り場があるんですよ。手に入れるのに一苦労ですが……」

当麻に視線を合わせながら青木が言った。

「買ったことがあるの？」

「二、三度、一攫千金《いっかく》を夢見て、ここへ来たついでに十枚程買いましたけど、ビリケツばかりで……」

「あはは、ま、当たらない方がいいよ」

「えっ、どうしてですか？」

「うん……苦労して得たものこそ値打ちがあると思うから」

「あ……そうですよね」

青木はあっさり同意して笑顔を見せ、メニューを開いた。

「何にしましょう？」

「ディナーのAコースでどうかな？　おごるよ」

メニューをのぞき込んで当麻は言った。

「え、いいんですか？」

「勿論。僕はいつも病院食だからね、たまにはご馳走《ちそう》を食べてみたい」

「そうか、先生は独りになられたんでしたね」

「もう一年が過ぎたよ。その節は有り難う」

〝喪中〟の葉書を出して暫くした時、賀状代わりに青木は手紙をくれた。驚くべき内容だった。翔子への哀悼《あいとう》と共に、江森京子のことが書かれてあったからだ。

今回の上京のついでに青木に会いたいと思ったのは京子のことを話したかったからだ。

青木がベルを押した。先刻の、まだ三十代半ばかと思われるが頭髪はほとんどない、髭の剃り跡の濃い外国人のボーイが愛想良く近付いた。

「お決まりですか？」

日本人顔負けの丁寧な物言いだ。青木が「ディナーのAコースを二つ」と告げた。ボーイはにんまり頷いて引き下がった。

「不躾《ぶしつけ》なことを書いて、済みませんでした」

青木が頭を下げた。

「いや、よく書いてくれた。僕が甦生記念病院を辞めて台湾に行く間際に、江森君は赤裸々な手紙をくれてね。それで、君の彼女に対する気持ちも初めて知ったんだが……」

「そうでしたか⁉」

青木は少し驚いた顔を見せたが、表情は柔和だった。手紙にあった通り、京子のことはもう吹っ切れているな、と思った。野本が辞めた段階で甦生記念に戻って来ないかと言ってもらえたのに、当麻の誘いを断った最大の理由は自分の気持を受け容れてくれない江森京子のいる病院へは帰れない、ということだったが、研修医から修練士にしてくれた羽島の恩を仇《あだ》で返すことになるのでと、嘘ではないが絶対的でもない理由をつけ、江森京子とのことはオブラートに包んだまま当麻に不義理を働いてしまった、と詫びていた。

「彼女はひたすら先生への想いを胸に秘めて来ています。翔子さんを亡くされたばかりで不謹慎とお叱りになるかもしれませんが、もし彼女がまだ先生の近くにいるなら先生の傷心を少しは和らげてくれるように思います」

とも書かれてあった。思えば、この時もう既に失恋の痛みは薄らいでいたのかもしれない。

「君には済まないことをした」

青木の表情が落ち着くのを待って当麻は言った。

「さぞかし僕のことが憎かったろうね？　君にとって僕は、いわば恋敵だったんだから」

青木がまた苦笑した。

「いやあ、先生が相手ではどうにもなりませんよ。でも、それと知って、少しは気持が楽になりました」

「うん……？」

「同じ土俵《どひょう》に立っているんだと思ったんです」

「同じ、土俵……？」

「彼女も僕も、それぞれ、報われぬ恋に煩悶《はんもん》していたんですから。先生には大川翔子さんがいらしたし……」

今更にして京子の一途な思いが胸に迫った。

「彼女は――」

何か返さねばと思った矢先、青木の表情が改まった。

「京子さんは、今、どこにいるんでしょう？　先生が台湾に行かれてすぐに彼女は甦生記念を辞めています。彼女と仲の良かった医事課のスミレ君に尋ねても、分からない、との返事でした。知らないはずはないと思ったんですが。まさか、先生の後を追って行ったわけではないですよね？　先生が羽島教授のオペに来られた時、余程お尋ねしようかと思ったんですが」

当麻は失笑した。

「京都の病院に移ったらしいんだが、一年程して病気になったんだよ」

「えっ……!?」

青木の目がかげった。

「何の病気ですか？」

「乳癌だ。遺伝性のようだね。彼女のお姉さんも、乳癌で亡くなっているようだから」

青木は当麻に目を凝らしたまま黙り込んだ。一度も触れたことのない京子の胸の膨らみが青木の脳裏を掠《かす》めていることなど、およそ当麻は思い及ばない。

青木が目を瞬いた。

「そのことを、先生はどうしてお知りになったんですか？」

当麻は京子との偶然の出会いを話した。無論、京子の手紙のことは伏せたまま。

「そんなに転移してちゃ……もう余り長くはない、ということですね？」

間を置いて、言葉をたぐり出すように青木は言った。当麻は頷いた。

「面会は、できるのでしょうか？」

当麻はひと息入れた。

「会わない方がいいかもしれないよ。僕らが知っていた頃の江森君とは、随分様変りしてしまったから。彼女も知っている人に会うのは辛いだろうし」

青木は唇をかみしめた。

本当のことを告げておかねばなるまい、と当麻は思った。

「彼女は、もう西日本大病院にはいないんだよ」

「えっ……!?」

青木が目を一杯に見開いた。

「九州の福岡の病院のホスピス病棟に移った。身寄りもないからできるだけ遠くへ行きたいと言うんで、心当たりを洗って紹介したんだよ」

「そうですか……」

ほとんど聞き取れない低い声で青木は呟いた。こみ上げて来たものを呑み込んだかのように喉仏が上下した。目に光るものを見たような気がした。

「僕ももう、会うことはないだろう」

口にした途端、当麻の喉もとにも熱いものがこみ上げた。

青木が視線を逸らした。その隙に当麻は目尻を拭った。

青木が視線を戻し、笑顔を作った。

「でも、よかったですね」

「うん……?」

当麻は青木を訝り見た。

「彼女は最後に、愛し続けた人に会えたんですから」

熱い塊が再び胸から喉へ駆け上がったが、当麻は敢えてそれを押し戻そうとはしなかった。

青木の顔が霞《かす》んできた。

面影

東京から戻った翌日、回診を終えたところで当麻は長池幸与を副院長室に呼んだ。

面と向かって話すのは、長池が乳房再建術を終え、職場に復帰して来た時以来だ。

思えばあの時、長池の顔は見違えるばかり輝いていた。奄美の南国風情には改めて魅せられました、病院のスタッフもいい方達ばかりで、離れ難い思いでした、と声を弾ませていた。

全く気付かなかったが、佐倉周平に宛てた手紙の萌芽《ほうが》が既にあの時あったのだ。

「佐倉先生から、聞きましたよ」

単刀直入に切り出した。長池の顔に朱色が昇った。

「あ……」

と小さな声が、手術前には見なかったルージュが薄く入った唇の間から漏れた。

「婦長は、ここに何か不満でもあるのかな？」

長池はいつの間にか手巾を取り出している。

「いえ、何も……」

「ではどうして奄美に行きたいと……？」

長池は視線を落とした。

「奄美が大層気に入った、と帰って来てあなたが言われたのを、僕は少し意外な思いで聞いたんですよ。徳之島と奄美大島は違うかもしれないが同じ奄美群島だから、言うなればご主人を奪った憎い土地のはずだが、と思って」

長池が顔を上げた。

「わたし、オペをお願いした時、先生に申し上げましたよね。わたし自身は一度も行くことがなかった、と言うより、行かせてもらえなかった南の島がどんな所か見てみたいって」

「ええ」

「短い間でしたけど、何となく分かったんです。わたしから逃れて、彼は離島で本当に羽をのばしたんだなあ、て」

「それと、あなたが奄美へ行きたいと思うようになったことと、何かつながるのかな？」

長池は瞼を伏せ、またぐいと手巾を握りしめたが、唇をひと嘗《な》めしてから顔を上げた。

「あの人にとっては、愛人もできたし、とても住み心地の好いところだったと思うんです。

でも、わたしがおれなくさせたんです」

長池の目に涙がにじんだ。

「それは彼の方が無理無体なことを言ったからでしょ？　あなたに鉄心会から出て行ってくれなどと」

「それは、そうですけど……」

長池は手巾で目尻を拭った。

「彼は、離島より彼女の方を取ったんですよ」

「はい……」

長池は目を伏せたまま小さく返した。

「奄美へ行けば、否でもそのことを思い出して辛くなるばかりじゃないのかな？　幾ら南国情緒とスタッフの人達が気に入ったからと言って……」

「佐倉先生が――」

手巾をギュッと握り直してから、長池幸与は思い切ったように顔を振り上げた。目が濡れている。

「来てもらっては困る、と仰ったんでしょうか？　お聞き及びと思いますが、私は平でも何でもいい、て書いたんですが……」

「そんな風には仰らなかった」

長池の目に安堵の色が浮かんだ。

「でも、こちらのことを気遣って下さったんですよ。ウチは平で受け容れられなくはないが、甦生記念は婦長がいなくては困るでしょう、と」

「……わたしなどいなくても……尾島もおりますし……」

「それは、聞き捨てならぬ発言だな」

「えっ……？」

「婦長としての自覚を欠くも甚《はなは》だしい。そんないい加減な気持で勤めていたのかな？」

「すみません……」

長池はぼそりと呟くように言ってうつむいた。

「尾島主任と、うまく行ってないの？　それとも、僕や、他の医者が気に食わないとか……」

「とんでもないです」

長池はすかさず首を振った。

「当麻先生を始め、先生方はとてもいい方ばかりです。尾島とも、時々はカチンと来ることもありますが、言いたいことは言い合える仲ですから」

「じゃ、何故、ここを辞めようと……？」

長池は唇を二度三度嘗め直してから、意を決したように顔を振り上げた。

「本当のことを言います」

当麻は相手の気迫に押されて上体を引いた。

「わたし、佐倉先生に、悔しいけど、夫の面影を見てしまったんです」

予想通りの告白だった。

「似ておられたのかな、ご主人に」

「ええ」

「じゃ、ハンサムな方だったんだ」

「結婚した時、〝美女と野獣〟の逆バージョンだって、口の悪い女友だちに言われましたから」

当麻は笑った。

「あ、ひどいっ！　先生もわたしを〝野獣〟だって思っておられたんですね？」

「いや、そんなことはないよ」

長池の目が乾いているのに安堵しながら当麻は返した。

「佐倉先生、単身赴任なんですよね？」

長池が意外に吹っ切れたような顔で言った。

「そうらしいね」

「ひょっとして、独身でいらっしゃるのかと思いました。悔しいことに、奥様はおられました」

「向こうで、それを聞いたの？」

「ええ。事務長さんにそれとなく探りを入れて……。でも、奥様が来られたことは一度もないんですって。わたしみたいだな、て思ったから、こっちにいい女《ひと》がいるんですね、きっと、と鎌をかけてみたんですが、いや、そういう気配もないって。じゃ、ホモかしら？　て、冗談半分に言ったんですけど、子供さんがいるからそんなことはないでしょ、て……でも、バイセクシュアルてこともありますよね？　作家の三島由紀夫もそうだったみたいですし……」

「えっ、そうなの？」

「有名ですよ。先生は医学以外のことはあまりご存知ないんですね？」

「いや、そんなことはないけど……若い時は専ら西洋の作家のものを読んでいたんで……」

「ともかく、事務長さんからそう聞いて、じゃ、望みなきにしもあらずかな、なんて、浅はかなことを考えてしまったんです」

佐倉医師にその面影を見ただけで転身を図るとは！　長池はまだ去って行った夫への未練を捨て切れていないのだ。

「年も頃合いかな、て思ったし、先生に乳房を作って頂いて、少し女を取り戻した気分になっていたんですね」

長池が自嘲《じちょう》気味に言った。

「でも、失恋した、てことが分かりました」

それはその通りだろう。佐倉がもし長池に異性を感じていたら、自分の手前いきなり受け容れることはなかったとしても、密かに付き合うことはできただろうし、その旨長池に返事を認めていたはずだ。

「ご迷惑をおかけしました」

長池は深々と頭を下げた。

「佐倉先生には、一時の気の迷いでお騒がせしましたと、お伝え下さい」

長池は微笑を見せたが、その目に再びキラリと光るものを当麻は見た。〝いっときの迷い〟でなく、本気で佐倉を好きになっていたのだろう。

長池は涙のにじんだ目を見られまいとするかのようにすっくと立ち上がり、当麻が返す言葉をまさぐっている間に、一礼してさっと踵を返した。

メスの跡

長池幸与の一件が落着して一週間も経った頃、当麻は青木から手紙を受け取った。ワープロでカッチリと打たれてある。

先日は貴重なお時間を割いて頂いて有り難うございました。

江森京子さんの思いがけない近況を知って、いまだに心の整理がつかないでおります。今すぐにでも彼女の病床に馳《は》せたいと思う反面、先生が仰ったように、このままもうそっと遠くより見守ってあげるのが一番いいようにも思われ、さてどうしたものかと考えあぐねています。

そんなことは現実に叶うはずもなかったのですが、もし彼女と結婚していたら、と、お別れしてからとりとめのないことが頭の中を駆けめぐりました。病気のことを知らないまま一緒になることはあり得たとしても、もし知らされていたら、果たして僕は結婚に踏み切れただろうか、と。

だから、先生が翔子さんの病気を知りながら、いえ、知ったが故に結婚を急がれたと伺って、心底驚き、敬服しました。僕には到底できることではないと思ったからです。

京子さんの真っ直ぐな性格、きびきびとして、真面目な仕事振りに惹かれたのは言うまでもありませんが、彼女の艶やかな髪、澄んだ瞳、愛らしい唇、そして、ふくよかな胸にこそ僕は心奪われていたのです。

ですから、彼女が乳房を失うと知ったら、彼女への気持を変わらず持ち続けられたかどうか、自信がないのです。

そんなことを考えると、やはり一緒にならなくてよかったのだ、乳癌に冒された彼女を、僕は多分、先生が翔子さんを愛されたようには愛し続けられなかったのでは、という結論に至ったのです。所詮《しょせん》俺は俗物で並の男だったのだと思い知らされ、愕然《がくぜん》としています。つまり、僕は彼女の外見に捉われ、その内面の美しさ——多分、それをも彼女は持っていたと思います——に惹かれていたのではない、だから、彼女を本当には幸せにできない男であり、彼女を愛する資格はなかったのだ、と。

医師としても失格ですね。僕には病める人を心から思いやる気持ちが欠けているのかもしれません。

そんな自分を、一方では許せないでいるのです。そして、罪滅ぼしをしたい、愛する資格などなかったのに執拗に追い求めたことを許してほしいと、京子さんに詫びたい心境でいるのです。そんなはずはないと言い聞かせながら、一方で、彼女を病気に追いやったのはお前だ、という声がどこからともなく聞こえて来て、眠りを妨げてくるのです。

彼女に会うことは多分もうないだろうと先生は仰いました。でも、彼女は先生に会えてどんなに嬉しかったかと思います。そして、他の者には会いたくないが、先生には何度でも会いたいと思っているのではないでしょうか？

十月の末に福岡で学会がある、ひょっとしてその機会にもう一度だけ顔を出せるかもしれない、と仰いましたね。

どうか、ぜひ会ってあげて下さい。そして、青木が手紙を寄越した、京子さんには申し訳ないことをしたと詫びていたよ、と一言でも伝えて頂ければ、このやり切れない気持が少しは拭われるかもしれません。

胸が熱くなった。京子と彼女に付き添っていてくれるだろう松原富士子の顔が交錯した。もう富士子に任せて、後は京子の訃報《ふほう》を聞くばかりだと割り切っていた自分を恥じた。

手紙の行が改まっていた。

卒後のことについて、相談に乗って頂けて嬉しかったです。まだ胃の全摘術を何とかこなせる程度で一人前とは言えませんが、後は先生に鍛えて頂いて、右腕に、とはおこがましくも言えませんが、指の一本にでもなり得れば、と思っていました。

でも、僕のように考えている者は沢山いたんですね。矢野先輩がずっと先生についていることは承知していましたが、大塩という有能な外科医（彼はここの修練士だったんですね。やはり先生の信奉者で、台湾から戻られた先生が甦生記念に復帰されるやそちらへ行ったんですね。出し抜かれた思いです）や、他に研修医も二人いて、甦生記念病院は人手が足りていると伺い、甘い考えだったなと思い知らされました。

先生の下で働かせて頂くこと以外には考えていなかったので、流石にガックリ来ています。

道が閉ざされた、という訳ではありません。このまま医局に残ってもいい訳ですから。

ただ、羽島先生ももう退官されています（後任の教授ポストは空いたままです）。それに、この前は申しそびれましたが、先生はまた体調を崩しておられます。先日、下血《メレナ》を見たということで大腸内視鏡《CF》を受けられましたが、上行結腸に癌が見つかり、どうやら肝臓にも転移しているらしいのです。肝転移巣は、数年前の胆管癌からのものかもしれないとのことで、近く肝生検を受けられます。

年頭の賀状に退官のことは書いてあったが、「お陰様で息災でおります。腹の創《きず》を見る度、貴君のことを思い出します」

とだけ添え書きされてあった。大腸癌は胆嚢《たんのう》を失った患者ではそうでない者の数倍もの確率で発生すると言われている。胆嚢にたまらないで凝縮されないままの胆汁が十二指腸から素通りして大腸に行きつき、大腸菌との微妙なバランスシートが崩れるためだろうと推測されている。故に、何の症状もない〝無痛性胆石《サイレントストーン》〟くらいで滅多やたらに胆嚢を切るなかれと、心ある医者は警告を放っている。

とまれ大腸癌は、四分の一周を占めるのに半年、全周を占めて完全に内腔を塞ぐのに二年掛かる、と言われている。メレナをもたらす程のものなら、半周は占めているだろう。つまり、今年当初にはもう崩芽ができていたはずだ。

肝臓への転移は大腸癌、ことに右側の大腸癌でしばしば見受けるが、それよりも、胆管癌からのものが可能性大だ。

(根治術にはならなかったのか？)

藤城との手術、終わった瞬間、感極まった藤城が握手を求めてきた光景が脳裏に蘇っていた。大塩謙吾や青木も見学者の中にいた。京阪新聞の斎藤もいたっけ。癌は総胆管内に留まり、リンパ節への転移もなかったはずだ。

（あれから三年以上経っている。胆管癌からの転移ならもっと早くに来ていてもおかしくないが……）

自問自答を繰り返しながら、当麻は便箋を繰った。

卒後にここの医局に入ったとしても、大学にずっと残る気はありません。先生のように、医者不足に悩む過疎の地で働きたいと思っています。

甦生記念は人手が足りているが、取り敢えず鉄心会に籍を置いたらと言って下さった先生のお言葉に心動かされました。もし事情が許すのなら離島の病院はどうか、事務局長の宮崎さんに聞いてみるといい、ということでしたので、二、三日考えた挙げ句、連絡を取りました。宮崎さんは喜んでくれ、何なら近いうちに案内しますよ、と言って下さいました。

勿論僕はまだ独り立ちできません。奄美大島病院の外科部長佐倉先生はオールラウンドの外科医だから彼の下につけばいいと当麻先生が言ってくれましたが、と宮崎さんに話すと、私もお勧めします、何なら向こうで一緒に手術をしてみたらどうですか、段取りをつけてもらいますよ、とのことでした。冬休みにでも行ってみます。

徳岡先生の医科大学新設の構想——度肝《どぎも》を抜かれました。徳岡先生が心筋梗塞に見舞われ緊急手術で一命を取り留めたらしいとは、ウチの消化器病センター内でも噂になっていたからです。鉄心会の関連病院に出張している修練士がいて、彼が情報源のようなのですが、なに、徳岡さんはブログで自ら公表しているよ、と言う者がいて、慌ててパソコンを開いてみると、その通りでした。中には、徳岡理事長は爆弾を抱えているようなものだから鉄心会の先行きは不透明だ、何せ徳岡さんはワンマンでやってきて内部に不満も色々あるようだから、と、まことしやかに言う向きもありました。しかし徳岡さんは、まだまだ道半ばだが、自分がいつ倒れても鉄心会は潰れない、弟や息子娘達も皆医者になっているし、身内以外にも同志は少なからずいる、後継者は充分育っているから、と書いていました。先生もそのお一人ですよね。そして、この前集まられたという千波、佐倉、雨野の諸先生方も。〝道半ば〟の意味が、医科大学構想のお話を伺って腑に落ちました。興奮を覚えています。微力ながら僕もその一端を担えたらと思っています。

近くまたお目に掛かれる日を楽しみにしています。

草々

○月×日

青木隆三

敬愛する

当麻鉄彦先生

追伸
僕の上腹部には先生のメスの跡が残っています。
ほんの五センチほど、もうほとんど分からなくなっていますが、消えないでくれと言い聞かせています。
先生との得難い出会い、命を救って頂いた証《あかし》ですから。

産婦人科談議

小柄な初老の女性が院長から回されて来た。二カ月来執拗な咳に悩まされていたが、二週間程前から痰《たん》に血が混じるようになり、呼吸も苦しくなって来た、何とか楽にしてほしいと訴えてきたと言う。

「これまで健診を受けたこともないし、医者にかかったこともない、と言うんだが……」

院長は持参したフィルムを当麻の机のシャウカステンにかけた。

「撮ってみたら、これなんだよね」

右の中肺野の雪ダルマ状の白い影を彼は指さした。

患者は肩をすぼめ、屈託なげにうすら笑いを浮かべた。

「お医者さんが嫌いなんです。病院も、おっかなくて……」

「我慢も程々にしないとな」

院長が当麻の肩越しに言った。

「肋膜《ろくまく》が引き込まれてますね。肺内転移が見られ、胸水もたまりかけています」

当麻はフィルムに指を滑らせた。

「ああ、なるほど。オペは、無理かな？」

「オペ——て、手術のことですよね？」

咳き込んだ患者が手巾を取り出して口もとを押さえながら上目遣いに院長を見た。

「手術なんて滅相もない。死んでも厭です。息苦しいのを楽にさえしてもらえればいいんです」

「フム……」

徳岡が苦笑した。鉄心会の総帥《そうすい》鉄太郎の弟で、やはり二浪して西日本大学に入った。専攻は違うが当麻の先輩に当たる。徳岡が卒業する頃当麻は西日本大に入っている。沖縄の中部病院で二年の研修を終えた後は、徳之島病院を始め、専ら鉄心会の系列病院に勤めてきた。

甦生記念病院を買収した段階で、鉄太郎が創設した大阪の鉄心会病院から移って来た。内科及び消化器専門医のライセンスを取っている。鉄太郎からは、お前は衆議員選挙に打って出よ、と発破をかけられているが、まだ当分医者をやるよ、とかわしている。しかし、最近ちょくちょく上京して鉄心会の本部に赴いているのは、兄の発病と相俟って、政界への進出を本気で考え出したのではないか、と噂されている。

「ま、この先生とよく相談して」

徳岡は患者の肩にツッと手を置いてから、

「じゃ、よろしくね」

と今度は当麻の肩をポンと叩いて踵を返した。

当麻は患者に向き直り、あばら骨と肩胛骨《けんこう》の浮き出た胸と背に聴診器を当てた。

右の肺野の呼吸音は聴き取り難い。背部で湿性ラ音が聴かれる。気管に分泌物がたまっている所見だ。患者が望む〝楽になる手だて〟は容易ではない。これから益々苦しくなるだろう。

ナースにパルスオキシメーターを持って来させ、指先をそれにさし入れさせる。〝八六〟と出る。血中の酸素濃度を簡単に知る方法で、普通人なら最低でも〝九五〟と出る。深呼吸させて〝八八〟まで上昇したが、明らかに酸素不足だ。

「とにかく入院しましょうね。肺の動きが悪くなっているから苦しいんで、酸素を吸えば少し楽になりますよ」

「私の病気、癌ですよね？」

単刀直入な物言いに、当麻は思わず視線を逸らし、カルテを引き寄せた。「前川菊江《まえかわきくえ》　61歳」とある。

「前川さんは、タバコは？　吸いますか？」

カルテから目を上げて当麻は患者を見すえた。

「吸いません。一度も」

前川菊江はしっかり当麻に目を凝らしたまま答えた。

「お身内に、癌の方は？」

「父は肺癌で亡くなりました。タバコが原因だと言われました。でも、癌になってもこっそり吸っていました。母はクモ膜下出血で早くに亡くなりました」

「早く、て、お幾つで？」

「五十歳に、なるかならぬか……でも、それ、二度目なんです。一度目は四十代半ばで、手術して助かったんですけど」

「父上は？　お幾つで亡くなられた？」

「還暦を過ぎた頃です。母が亡くなって、十年程して、です」

「ご兄弟は？」

「おりません。私は、一人娘です。だから、もう、天涯孤独の身です」

「結婚は、されなかったんですか？」

「ええ……」

小柄で痩せて憔悴《しょうすい》の面持ちだが、造作の小作りな顔は目鼻立ちが整っており、若い時分はさぞや愛らしかっただろうと思わせる。当然既婚者で、子供も、ひょっとしたら孫もいるかと思われたが、聴診の折に見た乳首が小さくピンク色で、子供を産んだ女のものと思われなかったことが腑に落ちた。

「そろそろと思った時に、母に倒れられたんです。手術は成功したと言われましたが、母は半身不随になって……父が苦労したようです」

語尾を濁したところで前川菊江は咳き込んだ。

ナースの片桐《かたぎり》が駆け寄って背を撫《な》でた。

「大体、分かりました。後でまたゆっくり聞きましょう」

背をさすりながら片桐が相槌を打った。

「このまま、入院できますか？」

前川菊江の咳が治まり、片桐が手を休めたところで当麻は尋ねた。

たて続けの咳のために目が充血し、涙が目尻から溢れている。手巾を取り出して目もとを拭ってから前川は答えた。

「用意はしてきています。でも、手術とかは厭です。抗癌剤も厭です。父母の苦しみを見て来ましたから。こちらの、ホスピスへ入れて下さい」

当麻は絶句して片桐と顔を見合わせた。さあ、どうしたものでしょう？　と片桐の目も問いかけている。

ホスピス病棟は余命三～六カ月でそれ以上は見込まれないこと、癌であることを告知されていること、気管内挿管や心マッサージなどの蘇生《そせい》術を行わないこと、モルヒネの経口薬ないし持続点滴静注で痛みを軽減することを主たる治療としていること、等を承認してもらうことが条件だ。

前川菊江の主たる愁訴は呼吸苦であり、痛みではない。しかし、モルヒネは痛みを緩和するが、呼吸苦も和らげる。但し、便秘がちとなり、腹も張ってくるし、そうなるとむしろ呼吸を妨げる。痛みが強い場合には大量のモルヒネを投与することになるが、意識が朦朧《もうろう》となり、呼吸は抑制され、血痰を見る患者では下手をすればこれを吐き出せず窒息死を招来しかねない。

院長は単純X線写真一枚を撮ったところで早々と当麻にバトンタッチしてきたが、これからCTを撮れば、単純写真でも明確な胸水のみか、癌があちこちに散っている所見が得られるだろう。本人が拒絶するまでもなく、手術適応はもはやない、唯一望みを託せるのは抗癌剤だが、これも本人は拒絶している。

「前川さんは――」

当麻はナースから患者に目を移して沈黙を解いた。

「痛みよりも、今一番辛いのは咳と息苦しいことですよね」

菊江は頷いた。

「ホスピスもいいですが、取り敢えずはICUと言って、患者さんの様子を四六時中ナースセンターから観察できる部屋に入りましょう。酸素を補えば、少しは楽になりますよ。酸素が不足していて苦しいんですから」

「楽にしてもらえれば、どちらでもいいです」

患者がつかえている。手早く入院指示書を書いた。片桐が病棟に連絡を入れる。指示書を書き終えると同時に、病棟婦長の長池が迎えに来た。

「今日は回診、大塩君だよね？」

シャウカステンからはずしたフィルムを片桐に渡しながら当麻は言った。

「はい、研修医の塩見先生と回っておられます」

「矢野君は内視鏡だったっけ？」

「ええ、高橋先生がついて……」

矢野はすっかり内視鏡をマスターしていて、上部消化管の胃内視鏡《GF》のみならず下部の大腸内視鏡《CF》もこなしている。研修医の高橋と塩見は交代で矢野について手ほどきを受けている。

「何でしたら、車椅子を持ってきましょうか？」

上体を屈めて咳き込んでいる前川菊江の背をさすりながら長池が言った。

「大丈夫です。まだ、歩けます」

「エレベーターは、すぐそこですからね」

「じゃ、これを、お願いします」

片桐が当麻の指示書を挟んだカルテとフィルムを収めた袋を長池に渡した。

「すぐに大塩君に診てもらってね。ＣＴは午後でいいから」

「はい。じゃ、ゆっくり行きましょう」

長池は前川菊江を抱えるようにしてドアを開いた。中待合のベンチにズラリと並んだ患者が怪訝そうな視線を送った。

「じゃ、次の患者さん、お呼びしまーす」

片桐が机に重ねられたカルテを取り、マイクに向かった。


午後は三件の手術が入っている。一件は早期胃癌で胃の下部切除とI群II群のリンパ節郭清、一件は六十歳の男性のそけいヘルニア、もう一件は子宮筋腫である。

早期胃癌の手術は矢野も大塩ももう会得している。原則として交互に執刀させているが、先輩格の矢野の方が手が遅い。およそ三十分の開きがある。それだけの差が生じるのは、クーパーを用いての剝離操作のスピードの違いによるものだ。傷付けたら大出血を起こしかねない深い部分の血管に近付くと、矢野の手は途端に動きが鈍くなり、恐る恐るといった感じでちまちまと周囲の組織を剝離して行く。その点大塩はかなり大胆にクーパーを血管の前面にすべらせてすいすいと剝がして行く。大塩はもう四、五年もすれば自分の領域に近づくだろうが、矢野はまだ十年掛かりそうだ。外科医としてのセンスの違いで、こればかりは致し方ない。それでも初めて出会った頃に比べれば雲泥の差だ。

そけいヘルニアは矢野に任せても十分で、研修医の塩見か高橋を前立ちにさせている。

子宮筋腫は本来は婦人科医の領域だが、専ら当麻がこなしている。妊娠満期のような巨大な筋腫を抱えて来た〝エホバの証人〟の子宮を無輸血で切除した評判が広がって、当麻に手術を求めて来る患者が〝エホバの証人〟以外にもたまにある。経産婦で生理過多のために貧血を来す粘膜下の筋腫や、子宮全体がほとんど筋腫化して増大し、腸を圧迫するために便秘がちとなっている患者に絞っていたが、それでも二カ月に一度くらいは患者があった。

初めて子宮全摘術で前立ち（第一助手）を務めた大塩は驚きと共に感服することしきりだった。

「先生がまだおられると思ってこちらに下見に来た時、それまでの手術記録を見させてもらいましたが、中に、子宮筋腫のオペも幾つかあり、しかも全例無輸血でやっておられるのを見て目を疑いました。僕のいた静岡の病院では、外科も産婦人科も出血量が五〇〇ccを超えたら暗黙の了解みたいに輸血を始めていましたから。

いや、子宮の手術まで手がけておられること自体、まさか、て思ったんです。でも、嘘じゃなかったんですね」

〝子宮全摘術〟に初めてついた時、大塩は興奮気味にこう言った。

「外科医たるもの、腹の中の臓器はすべて手をつけられなくてはね」

当麻はさりげなく返した。

「僕もそう思って、外科の手術がない時は婦人科の手術をのぞかせてもらいました。執刀まではさせてもらえませんでしたが」

「そのうち執刀してもらうよ」

「ホントですか？　いやあ、嬉しいなあ。矢野先生はもう執刀したことありますよね？」

「うん？」

「手術記録にありました。先生が台湾に行かれるまでのものでしたけど」

「ああ……そう言えば、一度あったね」

記憶が蘇った。子宮の全摘術では頸部《けいぶ》の遊離が正念場となる。強固な基靭帯《きじんたい》を頸部に沿ってそぎ落とすのだが、不用意に頸部から距離を置いてこれを剝離結紮《けっさつ》すると、中を貫通している尿管を損傷したり、うっかりこれを切断してしまい、それとも気付かずくくってしまいかねない。関東医科大の修練士生活六年の間に一年間出張させられた関連病院での失敗談をこの男に聞かせた記憶も蘇った。大塩が静岡の病院で見つけて自分に紹介してきた〝エホバの証人〟の細田《ほそだ》かよ子の手術の折だ。王文慶や矢野もいた。

「矢野君に執刀させたのはね、前立ちの糸結びのコツを会得してもらいたかったからなんだ。鉗子君はしっかりくくってくれたが、基靭帯を子宮頸部から小まめに剝がしていく段階で、鉗子に捉えた子宮壁側の基靭帯の結紮を、彼はうまくやれなかった。太い糸を使う分、くくり目が緩んでしまう。だから、鉗子を外すと捉えた基靭帯の血管から出血する。これを捉え直すのは厄介だから一発で決めてもらわないといけない。消化管のオペではそんな場面はないから、慣れていなかったこともあるが……」

模範を示してからは矢野は腰を落としてしっかりくるようになった。だが大塩は、「しっかり、緩まないように」という指示通りに一発でやってのけた。

今日の〝子宮全摘術〟は初めて大塩に執刀させた。さすがに基靭帯の剝離の段階で今度は執刀医の難しさを思い知ったようで、何度も当麻の指示を仰いだが、まずは無難にこなした。当麻が一時間半で終えるところを二時間要したが、矢野ならもう三十分かかっていただろう。

「有り難うございました！　念願の執刀医をさせて頂いて感激です！」

最後の糸を切り終えたところで、大塩が興奮気味に言った。器械出しの浪子も深々と頭を下げた。

二人の間には半年後に子供が生まれる予定だ。一カ月前まで浪子はつわりに苦しんでいた。気を利かせた紺野が途中でトイレに駆けこめる外回りの役に回し、器械出しは専ら丘にさせ、自分も時に手洗いをしていたが、もう大丈夫ですと聞いて、精々二時間以内におさまるオペにつかせるようにしていた。

「産婦人科を早く設けたいですね」

大塩が何気なく口にした一言に、「ひょっとして浪子さん、おめでたかな？」

と当麻は当て推量で言った。三カ月程前のことだ。

「実は、そうなんです」

大塩は少しはにかんで答えたが、それから間もなく浪子はつわりを訴え出した。

「前にいた静岡の病院にいい思い出は余りないんですが、唯一いいな、と思ったのは、産婦人科があったことです。婦人科の手術や帝王切開を見学させてもらえたのもさりながら、赤ん坊の声が聞こえるのはやっぱりいいものですよね。病院が活気づきます。死んでいく病人ばかりじゃない、あ、勿論……助かっていく人も半分はいるんですが……これから生を始める赤ん坊の呱呱《ここ》の声は、明るい希望を与えてくれますよね」

産科にもよく出入りしていたと大塩は語った。

「たとえば海外旅行でたまたま乗り合わせた機内や船内の乗客が急に産気づくということだってありますよね。その時名乗り出られないような医者ではいけないと思って、分娩《ぶんべん》にも立ち会わせてもらいました」

大塩は自分と似ている、と当麻は思った。

「ところが」

大塩はそこで意外なエピソードも披瀝した。

「そのうち僕は体よく産婦人科の医長に使われるようになったんです。彼は家族で赴任してきてたんですが、酒が好きで、必ず晩酌をやるらしくて、本来立ち会わなきゃならない分娩も、夜間はほとんど助産婦に任せっきり、何かあったら連絡してくれ、と言って自分は出て来ないんです。一人医長で、他に代われる産婦人科医はいないにも拘《かかわ》らずです。

　ある時、夜の九時頃でしたか、分娩は無事終わったんですが、後産の胎盤がなかなか出て来ず、一時間経っても産婦は分娩台に乗っかったまま。さすがに業を煮やして助産婦が池田《いけだ》というその医長に連絡を入れると、奥さんが出て来て、主人はいつもより酒量が嵩《かさ》んで寝入ってしまい、とても起きてこれる状態ではないんですがどうしましょう、と答えたとか。戻って来た助産婦が、先生、胎盤の剝離、やってくれませんか、て言うんです。まるで経験がないなら即座に断って、池田先生を叩き起こしてくれ、て言ったでしょうが、研修医の間に一度見ていましたから、やれるかもしれない、やってみよう、と思い、いいよ、て返事をし、早速腕まくりをしてイソジンで肘まで消毒し、子宮口から手をさし入れて子宮壁から胎盤を剝がしに掛かりました。脾臓や肝臓を後腹膜から剝がす要領だな、と思いながら進めたら、意外に簡単にスルスルッと剝がれて来て、取り出したものに欠損はなかったので、助産婦が手を叩いて喜んでくれました。

　ところが、これに味をしめたのか、後日、時間外の七時頃、切迫流産の患者が飛び込んで来たことがありましたが、ナースが医長に連絡を入れると、池田先生、もう酒が入っちゃったよ、大塩君を呼んで彼にアウス（搔爬《そうは》して人工流産させること）をやってもらってくれんか、て言うんです。僕はアウスも見たことは何度かありますが、勿論、やったことはありません。胎盤の剝離は手と指でやりますから、胎盤を残すことはあっても子宮を突き破ることはないだろうと思って引き受けましたが、アウスは金属製の器具でかき出すわけですし、子宮もまだ小さいですから、うっかり突き破ることだってありますよね。実際、それで医療訴訟になったケースもあると聞いていましたから、もし産婦人科医《ギネコロジスト》でない自分がやってそんなミスを仕出かしたら大変なことになる、て思ったんです。

駄目だよ、頭から水をぶっかけてでも酔いを醒《さ》まして出て来るように言ってよ、とナースに伝えました。医長は渋々出てきました。大して赤い顔もしておらず、酔ってもいませんでした。要するに、ずぼらをきめたかっただけなんです」

大塩の話を聞きながら、当麻は修練士時代に出張していた民間の総合病院でしばしばのぞいた産婦人科の手術室と、やはり一人医長で孤軍奮闘していた医長のことを思い出した。ワンマンで、大学から派遣された若い医者をすぐにいびり出してしまう、ととかくの噂も立っていたが、こと仕事に関しては手抜きをしない人だった。大塩の話の中の池田医師とは対照的だ。

出張先のその病院では常時分娩があって、二、三人の助産婦が忙しく立ち働いていたが、晩婚寡産《かさん》に伴う少子高齢化に伴い、分娩数ががた減りし、産科の採算が取れなくなって標榜科から外す病院が少なくなった。収入減を手術件数で補うべく、およそ切る必要のない小さな筋腫を持った子宮を滅多やたらに切りまくっていた病院が摘発されるという事件も起きて、産婦人科のイメージを損なった。

鉄心会の傘下に入った甦生記念病院も、何とか総合病院にすべく産婦人科を増設する話が出ていたが、いまだに実現していない。湖西町には古くに開業した産婦人科医が一人いて、お産や、手術も卵巣嚢腫や子宮筋腫などは手がけていたが、この頃ではもう手術はしなくなっている。当麻に手術を求めて子宮筋腫の患者が来るようになったのもそのためだ。逆子《さかご》や妊娠中毒症で通常の分娩が危ぶまれる場合は、もう七十歳近いこの地域の産婦人科医は早目に湖東日赤か湖南の病院に紹介しているようだ。

浪子も、目下のところは異常ないが湖東日赤で産む予定だと聞いている。

「でも、万が一帝王切開が必要ということでしたら、ここでお願いします。先生と僕で、やれますよね？」

と大塩は言った。

「それはいいが、浪子さんが抜けた期間、オペ室はどうなるのかな？　まだ先のことだが」

「そうですね。ご迷惑をかけます。浪子も恐縮して、紺野さんにどうしたものか相談しているようですが」

「ま、病棟から回してもらえば何とかなるかな？」

「はい。いざとなれば紺野さんと丘君が手洗いして病棟のナースは外回りに来てもらおうか、と考えてくれているようですが……。今更ながらこの病院に欠けているのは産科だ、と思いました。〝総合病院〟の看板はどうでもいいのですが」

「そうですね。その点では離島並みだね」

一度限り赴いた奄美大島の病院には若い産婦人科医が一人いたが、遷延《せんえん》分娩や前置胎盤、さては切迫流産等で帝王切開やアウスが必要とされる時は徳之島か鹿児島の鉄心会病院からベテランの産婦人科医が駆けつけていたという。しかし、外科のチーフとして佐倉医師が着任してからは、帝王切開に限り彼の助力を得て鹿児島から呼ぶことはなくなっているとも聞いた。

「早く理事長の構想しておられる医科大学を建てて、そこで産婦人科医を沢山養成しないと駄目ですね」

「そんな日を見るのは、早くても十五年先かな。医学部に入って来た人間が一人前のギネコロジストになるにはそれくらいはかかるだろうから」

「いや、先生、それでは遅すぎますよ」

「うん？」

「大学が建ったら、入って来る医学生に期待するより、今いる研修医、ウチなら高橋君や塩見君を産婦人科医に育てればいいんです」

「でも彼らは外科医を志望しているよ。ギネは厭だと言ったら？」

「そこなんですよ。ずっと鉄心会にいたいなら、ギネもやれと言うんです。僕だって、本当に大学ができたら産婦人科の教授以下スタッフが来るでしょうから、暇を見てはギネの修練をさせてもらいます。そうして、十年もしたら、浪子と一緒に、ここよりも過疎な離島へ行って外科医兼産婦人科医として働きますよ。浪子にも助産婦の資格を取ってもらって。もともと僕も、本当に医者がいなくて困っている僻地の医者になりたかったんです」

（なるほど。そういう手だてもあったか！）

基礎はできている。大塩ならば、三、四年修練を積めば産婦人科の手術もものにできるだろう。

「君のその考え、一度、理事長に提案するといいね」

「えっ？　僕などがしゃしゃり出ていいんでしょうか？」

「理事長は度量の広い人だから大丈夫だ。まして将来離島に赴くつもりだと伝えたら大喜びされると思うよ」

さりげなく「十年もしたら」と大塩は言ったが、その頃には徳岡はもうこの世の人ではなくなっているかもしれない、と当麻は思った。

禿鷹の群

前川菊江の呼吸困難は日増しに強まった。ＩＣＵを抜け出られそうにない。鼻腔から酸素を送っても、パルスオキシメーターのSpO_2（酸素飽和度）は九〇を超えない。

一面、楽な患者ではあった。見舞客が皆無で、病状説明を求められることがないからである。〝天涯孤独〟という捨て鉢《ばち》な物言いも、事実を言ったまでかもしれない。

「両親の兄弟姉妹はいるらしいんですが、付き合いがないから呼んでくれなくていい、第一、連絡先も知らない、て言うんですよ」

カルテカンファレンスで婦長の長池が口を添えた。

「さみしいですね。誰にも看取られないで逝ってしまうんでしょうか？」

主任の尾島が腑に落ちぬという顔で言った。

「役場に言っておかなきゃいけませんね。無縁仏になりそうな患者がいます、て……」

「治療費は払えるんでしょうか？」

研修医の二人が矢継ぎ早に当麻に問いかけた。

「さあ、どうだろうね？」

当麻は小首を傾げて長池を見やった。

「体調が勝れないこともあってこの春に退職してますが、まだ社会保険の本人になってます
から、ＯＬで仕事をして来たんですよね。お金はあると思います。個室を希望していて、部
屋代がかかりますよ、て言ったんですけど、どうせ長くないから大丈夫です、移して下さい、
て言うんです」

長池が答えた。

「だったら、移してあげよう。余程苦しくなったらまた考えるとして……」

当麻の指示通り、前川菊江は翌朝ＩＣＵから廊下一つ隔てた個室に移送された。

検査は何もしてもらわなくていいと前川は言ったが、一度だけＣＴを撮らせてほしいと当
麻は説得にかかった。

「ＣＴ、て、トンネルのような所へ、入るのでしょう？　恐いから、厭です」

「大丈夫。僕がそばについてるから」

単純Ｘ線写真で左の肺にも白い点々が見える。喀痰からは〝腺癌細胞〟が検出されている。

肺内転移を起こし易いタイプだ。点状のものは転移巣だろうが、それを確かめたかった。

「じゃ、手を握っててくれますか？」

「うーん……」

返答に窮した当麻を、前川菊江は悪戯《いたずら》っぽい目で見やった。

「こんなおばあちゃんの手、握るの、厭でしょ？　若い看護婦さんの手みたいに、綺麗だったらいいでしょうけど……」

「いや、そんなことはないが、僕が一緒に中に入ったら撮影の邪魔になるんだよ」

前川菊江は一瞬目を瞬《しばた》いたが、またすぐに当麻を見すえた。

「そういう検査を受けなければ、ここには、置いて、もらえないんですか？」

二人の目線はほとんど同じ高さにある。前川菊江はギャッジベッドで上体を三十度程起こしているし、当麻はベッドサイドの椅子にかけているからだ。背もたれのついたこの椅子は見舞客用のもので、相部屋のベッドサイドにも一脚ずつ備えられているが、ベッドと壁、あるいはベッド間が狭いから場を取らない小さ目の丸椅子になっている。

「そんなことないですよね？　部屋代を含めて、入院費をきちんと払えば、置いて頂けますよね？」

半座位になると鼻腔に少し差し入れただけの酸素チューブはどうしてもずり落ちてくる。

前川菊江は先刻から何度もチューブに手をやって鼻腔に押し戻している。

「それはまあ、そうですけどね」

当麻はまたずり落ち気味の鼻カテを戻してやりながら言った。

「何もしたくない、ということなら、前川さんの当初の希望通り、上のホスピス病棟へ行きますか？　空いているかどうか確認しないといけないが……」

「言われると思いました。手術もしない患者が、外科の病棟に、いつまでも、おれませんよね？」

「この病院は、厳密に科を分けているわけじゃないから、内科病棟が一杯になったらこちらのベッドに移ってもらうこともあるし、逆のこともありますよ。だから、その点はいいんだけど……」

「でも、主治医の先生は替わるんでしょ？」

「ああ、ホスピスに移ったら、人見先生て方が担当になります」

「じゃ、先生は、もう、来て下さらないんですね？」

「そんなことはない。最初からホスピスに入った患者さんはいざ知らず、前川さんはいっときでも僕が主治医だったんだから、時々様子を見に行きますよ」

「そんな、過去形で、仰らないで、下さい。まだ、ホスピスへ移る、て決めてないんですから」

「あ、そうだったね。いや、ごめんごめん」

一気に喋ると咳き込みが強いから途切れ途切れの喋りになっているが、患者の表情に暗さはない。こちらも不思議に肩が凝らない。拗ねて見せた口吻や表情にどこかしら愛嬌があって笑いを誘われる。

ドアにノックの音がして、医事課長の田浦《たうら》が顔をのぞかせた。振り返った当麻に一礼すると、田浦は遠慮がちに入って来て、手にした封筒を前川に差し出した。

「これ、入院費の請求書です。一週間以内に支払ってもらえばいいんですけど……」

「確か、二週間に一度、お支払い、するんですよね？」

封筒から中身を取り出しながら前川が言った。

「ええ、原則的には……」

田浦は当麻にもチラと目をやりながら言った。

「私、現金を、持ってないのよ」

田浦はまた当麻に流し目をくれてからベッドに半歩近づいた。

「カードは、お持ちですか？」

「ええ……」

「一階のロビーを出た所に銀行のＡＴＭが設置してありますから、何なら、そちらで引き出して頂いて……」

「車椅子は、入れるの？」

「ああ……それはちょっと……」

困ったな、という顔で田浦は当麻を見た。

「いいわ」

開いた請求書を封筒に戻し、床頭台の上に置きながら前川は言った。

「何とか、します」

田浦は安堵の面持ちで一歩後ずさった。

「何か、お手伝いできることがありましたら、遠慮なく仰って下さい」

「お手伝い？」

前川菊江はにっと笑って田浦の胸もとに目をやった。大きなネームプレートが首から吊り下がっている。

「たとえば、田浦さんが、立て替えて下さるとか？」

当麻はまた笑いを誘われた。田浦は苦笑の体で頭に手をやった。

「それは、ちょっと、できかねますが……」

田浦は同意を求めるように当麻を見た。こちらはふくみ笑いを返した。

田浦はそこそこに引き揚げた。

「じゃ、またね」

当麻も腰を上げた。

「ホスピスのこと、考えておいてね」

「あ、先生……」

踵を返そうとした端《はな》、呼び止められた。

「お願いが、あります」

当麻は半身の姿勢を崩して椅子に座り直した。真剣な目つきになっている。

「私、段々、苦しく、なりますでしょ？　酸素をやっていただいても、パルスは大分低いんですから」

いつの間にか〝パルス〟なる医学用語を覚えている。

「眠らせてほしいんです」

「えっ……？」

「最初に入れて頂いた、ＩＣＵの、患者さんのように、ここに、管を入れて、麻酔で、分からないように、して下さい」

前川菊江の痩せた手が喉に伸びる。

「ＩＣＵで気管に管を入れていた患者さんは、手術してまだ麻酔から覚めない人達で、翌日か翌々日には抜いていたでしょ？」

「ええ。でも、抜いた後の方が、苦しそうでした。咳き込んだり、痰を吐き出せなくて、看護婦さんに、胸や背中を、どんどん叩かれたりして……あのまま、眠らせてあげておいたら、いいのに、と思いました」

「フーム……」

当麻は腕を抱え込んだ。前川菊江の申し出は一笑には付せない。呼吸苦が今よりもっと強くなるか、痰を詰まらせて肺炎でも起こすようなことがあれば、気管にチューブを挿入して人工呼吸器《レスピレーター》につなぎ、頻繁に喀痰を吸い出す手だてを取ることになるだろう。いずれ時間の問題だ。

「厄介な患者で、ごめんなさいね」

こちらの困惑を見かねたように前川菊江は言った。

「いや、どうすることが前川さんにとって一番いいのかと思ってね」

「ホスピスで、モルヒネを沢山使って、眠らせて、もらえますか？」

モルヒネの大量投与は、癌による痛みが余程強い時で、前川菊江はその対象にならない。

確かに、大量に使えば意識は朦朧となるが、呼吸も抑えられて窒息死しかねない。それは前川菊江の望むところかもしれないが、医療者としては良心の呵責《かしやく》を禁じ得ないだろう。病棟長の人見が前川の望む通りにしてくれるかどうかだ。

「ホスピスに入ったら、さっきも言ったように、主治医は人見先生になるからね。僕がここで、じゃそうしましょ、とは言えないんですよ」

「先生の方が、偉くても、ですか？　先生は、ここの、副院長で、いらっしゃるのでしょ？　行く行くは、院長に、なられるでしょうし……」

当麻は腕を抱え直した。菊江が不意にベッドを水平に倒した。何事かと目を上げると、ベッドに腰かけて床頭台の小物入れの引き出しを引いてケースのようなものを取り出した。そうして再びベッドを上げ、ケースを手に元の位置に戻ると、やおら当麻に向き直った。

「今まで、お話ししたこと、考えておいて、下さいね」

当麻はゆっくり、二度、三度、頷いた。

「先生に、もう一つ、お願いがあります」

前川菊江は手にしたケースを差し出した。当麻がためらいを見せると、菊江はケースをあけて見せた。通帳が二冊、キャッシュカード、印鑑、それに朱肉まで見届けられた。

「私の、全財産です。これを、預かってもらえますか？」

「僕が、ですか？」

「そのうち、さっき言ったこと、気管に、チューブを入れるか、モルヒネを、沢山使って、意識を取って頂くか、どちらかに、なると思うんです。ですから、今のうちに、お渡し、しておきます。入院費など、ここから、引き出してください。暗証番号、通帳に、書いておきました」

当麻は戸惑った。

「僕がそれを預かるわけにはいかないから、さっき来た医事課長に託しましょう。預かり証も、院長名できちんと書いてもらわないといけないでしょ？」

「じゃ、見るだけ、見ておいて、下さい。これだけで、足りるか、どうか」

菊江は二冊の通帳を取り上げて有無を言わさず当麻の膝に置いた。

郵便貯金が三百万、銀行預金が一千万円近くある。

「充分ですよ」

当麻は通帳をケースに戻しながら言った。

「嵩むのは部屋代だけで、医療費は、月に八万円以上は後で戻って来ます。部屋代も三十万円そこそこだから、銀行預金の方は丸々残りますよ」

「残っても、困るなあ」

ケースの蓋を閉じながら独白のように菊江は呟いた。

「でも、入院費以外に、色々と要るでしょう？　たとえば——」

「お墓など、に？」

菊江は悪戯っぽいうすら笑いを浮かべた。

「ええ、まあ、そういったことに……」

「自分のためのお墓は、必要、ないです。両親が、福井の田舎で、眠っています。そこに、入れてもらえば。お寺の、住所など、ここに、遺言と一緒に、書いておきます」

前川は蓋をしたケースを細い指でトントンと叩いた。

「前川さん、郷里は北陸だったんですか？」

「日本海沿岸の、侘《わび》しい、所です。それが厭で、学校は、京都に、出て来ました」

「京都の、どちらに？」

「祇園《ぎおん》女子大、です。先生の出られた、西日本大と、目と鼻の、所にあります」

自分の経歴をいつの間に知ったのだろう？　脳死肝移植の一件でマスコミに取り沙汰された折、ニュースかマスコミの記事で見聞きしたのだろうか？　それともここに入院してから誰かに尋ねて知ったのか？

「先生と、どこかで、すれ違ったかも、知れませんね？」

前川菊江はひと回り以上も上だし、自分は早々と京都を離れて上京しているから、それはないだろう。しかし、敢えて首を振らなかった。

「じゃ、就職も、こちらでなさったんですね？」

「ええ。京都の、小さな、出版社です。でも、堅実な会社で、お陰様で、ずっと、勤められました。だから、未練があって、退職後も、会社の健保を、使わせてもらって、います。勿論、保険料は、全額私が、負担してますけど……」

「会社で親しくしていた方もおられたでしょう？」

「一人くらいは……」

「その方には、知らせてないんですか？　入院していること……」

病室の入口には「面会謝絶」の札がかかっている。当麻の指示によるものではなく、前川菊江からの申し出によったものだ。同じような断りの札を掲げた患者は他にもいるが、絶対に誰にも会わないという患者は前川だけだ。他は一応の〝たてまえ〟で、極く極く親しい人間が面会を申し出て来た時は本人か付き添いの家人に諾否を尋ねることにしている。

「知らせて、ありません」

菊江は、首を振った。

「お喋りするのも、辛いですし、こんな姿を、誰にも、見られたく、ありませんもの」

当麻の瞼に江森京子の顔が浮かんだ。京子も確かそんなことを言っていた。松原富士子からその後の京子の様子を伝える手紙が来たのはほんの四、五日前だ。

「食欲がなかなか出ず、ペースト状にした物でなければ口に入らなくなりました。でも、ホスピスの生活は楽しんで下さってます。ボランティアで、腹話術をしたり、寸劇をしたり、ピアノの演奏をしたりして下さる篤志《とくし》の方がおられるのです」

一カ月後に福岡で「外科学会」がある。「肝動脈塞栓術の治験例五例」と題した演題を大塩が発表するのに当麻も同行する予定でいる。

「お会いできる日を心待ちにしています。江森京子さんにも会ってあげて下さい」

と富士子は書いていたが、京子はやつれた顔を見られたくないと思っているのではあるまいか？　この前川菊江のように。

菊江の呼吸苦は日毎に募って行った。胸水もジワジワとたまりつつある。

「麻酔して針で突くだけだから」と説得し、ベッドに座らせて背部から胸腔にエラスタ針を刺し入れた。淡血性の液が八〇〇ccも引けた。

「楽になりました」

と菊江は久し振りに笑顔を見せたが、一週間もするとまたたまり出した。

カンファレンスでも妙案は出ない。

「命は縮めますが、モルヒネの大量投与がいいんじゃないですか？」

大塩が言った。

「人見先生にも相談したんだが、モルヒネは疼痛緩和を主たる目的として使うものだから、いきなり意識まで取ってしまう大量の投与は気が進まない、て言うんだよ」

「でも、このままでも後一ヵ月は持たないですよね？」

「前川さんにとっては、一ヵ月は永遠のように長く感じられるだろうね」

「回診の度に何とか早く楽にしてほしいと訴えられるんで、辛いですよ」

矢野が当麻に相槌を打ってから言った。

「止むを得ないね。気管内挿管して、眠ってもらおうか？」

このところひとしきり前川本人に言い出そうかと思案している手だてだ。

「そうすると、本人はそのまま永遠の眠りに就くわけですね？」

大塩が尋ねる。研修医の二人とナース達はひたすら三人のやり取りを見すえている。

「うん。だから、本人に納得してもらわないといけないが……」

「挿管は、気管切開してやるわけですね？」

矢野が自分の喉を指さした。

「そうだね。まず挿管して、意識を取って、その上でだね。で、ないと、彼女は承諾してくれそうにないから」

ナース達が相槌を打った。

センターのカウンターのガラス戸にノックの音が響いた。長池幸与が席を立ってガラス戸を開いた。数人の男女が立っていたが、一番年長かと思われる七十年配の禿頭《とくとう》の男が上体を屈ませた。

「こっちにぃ、マエカワキクエってもんが入院してると思うんにゃけどぉ」

「おられますが、面会は遠慮して頂いてます」

中央のテーブルを囲んだ面々を、男は胡散臭《うさんくさ》げにねめ回した。

「折角遠いとっから来てるんやでぇ。ちょっと会わせてくれんかのぉ」

背後の者達が相槌を打った。

「どういうご関係の方ですか？」

「親戚やって、親戚。菊江の叔父と叔母なんやって」

男は顎をしゃくってチラと背後に一瞥をくれた。

長池は困惑気味に男と連れの連中を流し見てから、クルリと体を入れ代えて当麻に向き直った。

当麻は腰を上げて長池の傍らに歩み寄った。

「遠くから、と仰いましたが、どちらからおいでになりました？」

「福井から来たんにゃ」

男はぶっきら棒に答え、頭髪のない頭を日焼けした武骨な手でひと撫《な》でした。

「前川さんは確かにこちらにおられますが、お話しできるような状況ではないので――」

「ほやで来たんやがの」

男がせっかちに当麻の語尾を奪った。

「危篤《きとく》やって聞いたんでのぉ」

「どなたからお聞きになりました？」

男は頭を引っ込め、室内をのぞき込むように屈めていた上体を立てた。

「この前、菊江の勤めてた会社のもんが来たやろ？」

初耳だ。当麻は長池に訝った目を送った。

「あ、すみません」

長池が恐縮の面持ちで口もとを押さえた。

「先生方がオペ中でしたので、私が応対して、あらましのことを話しました。面会謝絶ということもお話ししましたら、ひと目、お顔だけでも、と仰るので、私の独断で、ドアの隙間からそっとのぞいてもらいました。すぐに涙ぐまれて、分かりました、よろしく伝えて下さいと言って、お花だけ置いて帰っていかれました」

見舞客が持って来る花は家人やヘルパーの付き添いがいる場合は許可しているが、重症者や高齢者の個室に置くことは禁止している。花粉のアレルギーもあるし、老人、ことに痴呆気味であれば尚更、うっかり花瓶を落として怪我につながりかねないからである。その場合はナースが受け取って病棟中央のデイサービスのテーブルに飾らせてもらっている。

もし見慣れぬ花が前川菊江の部屋に生けてあったら、訪問客があったことに回診の折気付いていたはずだ。

それにしても、この男達と同様、会社の同僚もどうしてここに前川菊江がいるのを知ったのだろう？　行く先は誰にも告げてないと言っていたはずだが。

「前川さんは時々ホスピスのことを話してたらしいんですよ」

当麻の無言の問いかけを察したかのように、長池が小声で言った。

「それでその同僚の人は、もし彼女が入院していたらこちらだ、と勘を働かせたらしいんです」

腑に落ちた。

当麻は長池から目を転じて、カウンターにまた屈み込んでこちらの様子を苛立《いらだ》たし気に探っている男に向き直った。

「前川さんの勤めておられた会社の同僚の方とあなたは、何かつながりがあるんですか？」

「大ありやって」

男は歯が数本欠けた口から唾《つば》を飛ばした。

「その女は、ウラの従妹《いとこ》なんやってのぉ」

「同郷の方ですか？」

「ほやって。久美子《くみこ》っていうんやけどぉ、菊江は久美子を頼って京都に出てきたんやのぉ」

「じゃ、菊江さんのことは、そのクミコさんという方から聞かれたんですか？」

「ほやほや。元気にしてるってばっか思ってたでのぉ。もう明日が知れんって久美子から聞いてビックリして飛んで来たにゃ。はよ会わせてくれんかのぉ」

辻褄《つじつま》は合ったが、男の図々しさがどうも気に食わない。男も連れの者達の顔も、およそ垢抜けしていないが、さりとて田舎者の朴訥《ぼくとつ》さが顔に表れているとも言えない。

「従妹さんにお聞きになったのならご承知と思いますし、今、婦長も申し上げたように、患者さんはとてもお話しできる状況ではないし、ご本人のたっての希望でどなたにも会いたくない、と仰るので〝面会謝絶〟にさせてもらってます。おいで下さったことだけはご本人に伝えますし、何かお伝えしたいことがあれば、メモ書きにでもして頂ければ……」

男はふてくされた顔でチッと舌を鳴らし、後ずさって連れに歩み寄った。

当麻は長池を促してテーブルに戻り、カンファレンスを再開した。

「あのな、悪いんやけどぉ……」

ものの五分も経ったところで、男がまたガラス戸を引いて首を出した。長池が席を起《た》った。

「お宅、婦長さんやの？」

男は長池の胸のプレートに一瞥をくれてから言った。

「ちょっと、話をしたいんやけどぉ……」

「今はカンファレンス中なので、抜け出ることはできません」

「あとどれくらいで終わるんやろの？」

「そうねえ」

長池は腕の時計を見やった。三時を回っている。

「ざっと、二時間、かしら？」

男も腕を返して時計を見た。

「ほんなら、五時やの。五時に、ここのロビーでいいかの？」

長池は口臭の漂う男から顔を離して小さく頷いた。

カンファレンスの後は外科医五人と長池他数名のナースで総回診を行うのが習わしである。

普段は当麻と矢野、大塩が二日ずつ回診に当たり、日曜も三人で交代に手術患者の包交に当たっている。研修医の二人は交代で回診か外来、あるいは内視鏡に付く。外科医全員で病棟を回るのは週に一日、カンファレンスに続いてである。

四時半には日勤のナースから準夜勤者への申し送りが始まる。要領良くテキパキと要点を挙げて申し送れるナースと、冗舌に走ったり、あるいは要領を得ずもたもたと申し送っているナースとでは、要する時間も違ってくる。

手術患者については必ず申し送り用のレジメを書くよう当麻は矢野達に指導して来た。百聞は一見に如《し》かずだから、手術記録程詳細でなくてよい、簡素に手術術式をドレーンの位置を含めて図示し、特に留意すべきことを箇条書きにしておくように、と。手術記録は申し送りに間に合わせるべく、術後すぐ書くこと、それは外科医にとっても重要なことで、翌日になれば記憶も薄れ、正確さを欠く記録になるからと、口を酸っぱくして言ってきた。長池や尾島にも、申し送りには執刀医の書いた簡略なレジメを参考にするよう申し伝えてある。

総回診が終わって日勤者への申し送りを半ば見届けたところで長池はデイルームに赴いた。

前川菊江の親族だという先刻の者数名がテーブルを囲んで待ち構えている。他のテーブルで話し込んでいる家人もいる。

「菊江から、何か預かってえんか？」

長池が腰を落とすや、リーダー格の男が上体を乗り出して口を切った。

「何かって言いますと……？」

男は口ごもって連れの三人にチラと目配せした。三人はこもごもに目配せを返した。

男は長池に向き直った。

「個室に入ってるみたいやし、部屋代もそれなりにかかると思うんやけどぉ、支払いを菊江はどうしてるんやろの？」

「ちゃんと払って下さってますよ」

「どやって？」

男が怒気を含んだ声で返した。

「どうやって、とは？」

「菊江は歩けんのやろ？　外出もできんのやろし、我身《わみ》で金を引き出しに行くこともかなんやずや」

「病院に銀行のATMがあります。前川さんは車椅子でそこまでは行けますから」

「車椅子？　ほんなもんに乗って行けるんなら今日明日の命やないやろが！」

近くのテーブルの者達がこちらに視線を流すのに気付いて、長池は男をたしなめた。

「他の方たちにご迷惑ですから、大きな声を立てないで下さい」

「ほんなら、正直に言ってくれや」

男は声をくぐもらせた。

「菊江からキャッシュカードなり通帳を預かって、病院の職員が引き出してるんやろ？」

「会計のことは、私どもには分かりません。医事課で尋ねて下さい」

その実長池は知っている。前川菊江がキャッシュカードや通帳、印鑑を当麻に託そうとしたこと、当麻は医事課長の田浦に相談し、前川のキャッシュカードを医事課の金庫に預かり、月二回の支払日に当麻立ち会いのもと田浦がＡＴＭから然るべき金銭を引き出すようにする、当分使う必要はないだろうが、病室に置いておいては心許ないから、通帳と印鑑も医事課の金庫に預かるということで本人の了解を得たことを。

男は「チェッ！」と聞こえよがしに舌を鳴らした。途端に歯の抜けた口から異臭が漂った。

長池は思わず顔をそむけた。

「ほんなら、医事課の担当者をここへ呼んでくれや」

男は拗ねたように言った。

「ここは他の患者さんやご家族も来られますから、そういうお話は直接医事課へ出向いて相談なさって下さい」

「医事課の誰や？」

「課長の田浦に言って下さい。今から行かれるなら連絡を入れておきますよ」

「おぅ、そうしてくれ」

男は横柄に言い放った。

田浦から男達の申し出の内容を伝え聞いた当麻は、先刻回診を終えたばかりの前川菊江の病室に長池と共に急いだ。今日、気管切開をし、人工呼吸器につなぐ予定でいる。二十四時間持続の経静脈的高カロリー輸液《IVH》も行い、そこから意識を取る傾眠薬も注入することになる。何日かして永遠の眠りに就くことになる。

「あ、先生……婦長さんも、また、来て、下さっ……」

菊江は言葉を放ったが、言い終わらぬうちに咳き込んだ。長池が素早く駆け寄って背を撫でた。前川の右手が宙をまさぐった。当麻は椅子にかけてその手を握った。

「あったかーい。先生の、手……」

「前川さん、喋らなくていいから、僕の尋ねることに、頷くなり、首を振るなり、してくれるかな」

前川菊江は頷いた。

「さっき、あなたの叔父さんや叔母さんだという人達が福井から来て、ひと目でもあなたに会いたいと言うんだが、会いますか？」

菊江はすかさず首を振った。

「会いたく、ない？」

今度は頷いた。

「叔父さん達は、あなたの唯一の身内だから、あなたのカードや通帳を預かりたい、自分達が管理して、ここの支払いもする、と言ってるんだが……」

前川菊江は激しく首を振ると、当麻が握っている手を振りほどき、長池が横向けて背をさすっていた体も元に戻そうとした。長池がベッドの端に半分落としていた上体を慌てて引っ込めた。

「婦長さん」

前川がか細い声を振り絞った。

「はい？」

「床頭台の、引き出しを、あけて、下さい」

前川がまた呟き込んだ。半ば自分の方に向いた菊江の背を当麻はさすった。

「これ、かしら？」

長池は黄色い表紙の便箋を取り出し、かざして見せた。菊江はコクコクと頷き、

「めくって、みて……」

と手でゼスチャーした。長池は表紙をめくり、一枚目の便箋に目をやると、絶句の面持ちで当麻に差し出した。

「遺言状」と、最初に記されてある。少し乱れてはいるが、ほんの三、四行の文章が続いている。自分の全財産は医事課に託したキャッシュカードと貯金及び預金通帳一冊ずつであり、入院費を清算の後は、残った金銭をすべてこの病院に寄付する旨、書かれてあった。

「こんなもん、あんたらがグルになって無理矢理書かせたんでねぇんか！」

医事課と事務長室の間の応接室で、男はいきまいて拳《こぶし》を振り上げた。連れの三人が険の立った顔で相槌を打った。

「これは聞き捨てならぬお言葉ですな」

事務長の井上が苦笑混じりに返した。こちらは田浦と長池が同席している。田浦の胸のポケットにはレコーダーが忍ばせてある。

「人様の命を預かる病院を、暴力団か詐欺師呼ばわりされるわけですな」

甦生記念病院が鉄心会の傘下に入った段階で、井上は島田三郎に代わって事務長に就任していた。前任病院で事務次長をしていたのを院長の徳岡銀次郎が抜擢《ばってき》して連れて来た人物だ。高卒の叩き上げで、一貫して鉄心会に勤めてきた古参の人間だから酸いも甘いもかみ分けている。五十に手が届こうとしており、髪は豊富だが白いものが目立つ。

男は井上の切り返しに意表を衝かれた感じで振り上げた拳をそろそろと落としたが、気を取り直したようにまた口を尖らした。

「だって、そうやろ！　わざわざ遠くから、泊まりがけで、宿賃も払って来てるんやのに、患者には会わせせんわ、こんなもんを突きつけるわ、箸にも棒にも掛からんやろ！」

「私どもはあくまで患者さんの意思を最優先にしております」

長池が口を出した。

「〝面会謝絶〟は、主治医の判断によることもありますが、患者さんの希望で明示させて頂くこともあります。前川さんの場合は、その両方のかね合いで出させて頂いてます」

「久美子には会わせてるんやろ！」

男は唾を飛ばした。

「くみ子……？」

「ウラの従妹や！　菊江の会社の上司やって」

「ああ……あの方は、ドアの隙間からチラとのぞいて頂いただけですよ。ちゃんとした方だったので……」

「ちゃんとした⁉　ほんなもんウラらがちゃんとしてえんとでも言うんけ？」

「ええ、まあ……」

長池と共に井上と田浦も失笑した。

「ウラらにもチラッと顔だけでも見させたらどうななんにゃ」

連れの三人が相槌を打った。

「それくらいなら、いいですよ。ほんの二、三秒で済むことなら。呼びかけたりはできませんよ。前川さんは会いたくないと言っておられるんですから」

男は「チッ」と舌を鳴らし、ソファの背に上体をもたせかけた。

「ほんなもん、意味無いって」

ふてくされたように男はまた口を突き出した。

「久美子はほんなんでよう引き下がったもんや」

男は更にチッチッと舌を鳴らし、視線を宙に泳がせた。

「ちょっとお尋ねするんやけどぉ」

相槌を打つばかりだった女が初めて口を開いた。男の連れ合いらしい。

「菊江さんのお金、幾らありますんやろのぉ？」

「申し訳ありませんが……」

井上が上体を屈めて女に向き直った。

「そういう個人情報は、他言できません。お宅らが紛れもない遺産相続人に相当するという証拠を揃えて頂かないと」

「何やって？　ウラは叔父で、これは女房……」

と男は先刻口を開いた隣の女を指さした。

「そっちの二人はウラの弟夫婦や。菊江には他に血の通った身内はおらんでのぉ」

「口頭ではちょっと……皆さんの身分証明書と、それを実証する戸籍謄本でも見せて頂かないと……」

「フーン……」

男はまたのけぞってソファにばんと背をもたせかけた。

「何やかんや言うて――」

弟だというもう一人の男がとって代わるように身を乗り出した。

「結局お宅らが菊江の金の猫ばばをきめこむんでねぇんか？　体よくこんなもんを書かせてからに……」

男は前川菊江の〝遺言状〟をつまみ上げ、

「悪いけど、これのコピーを取ってくれっけ」

と田浦に突き出した。

田浦は一瞬戸惑って井上を窺い見た。井上も瞬時ためらいを見せた。

「コピーを、どうされるので？」

「然るべき筋に見せて相談するんにゃ。こうなりゃ、法的な手段に訴えんとあかんかもしれんでの」

井上は田浦を目で促した。田浦は〝遺言状〟を手に隣の医事課に走り、すぐにコピーと封筒を持ち帰った。井上がコピーを封筒に納めて男に渡した。

「あんたんとこもぉ」

封筒を鷲掴むと、男は片目を吊り上げた。

「ボスは国会議員やろ。たかが一患者のことで週刊誌沙汰になっても困るんでねぇんか。あんまりあこぎなことをせんと、菊江の後のことはウラらに任せたらどうなんや」

「口を慎んで下さいな」

長池幸与が男をにらみつけた。

「私達は何一つ、あこぎなことはしてませんよ。前川さんが天涯孤独だと仰った気持がよく分かりましたよ」

「何やってか！　その言い草は！」

ソファに背をもたせかけていたリーダー格の男が上体を起こして怒鳴った。

「まあまあ」

井上が両腕を突き出し男をなだめた。

「法的な手段に訴える、と仰いましたが、その方がよろしいかもしれませんね。私どももこういうケースは余り経験がないので、どうしたものか、実はまだ結論を出せずにいるのです。こちらとしても一度然るべき筋に相談してみます。その上でまた……今回はこれでひとまずお引き取り頂けますか」

「いつ結論が出るんやろの？」

男が切り返した。

「今日、明日中に出してくれんかのぉ。ウラらも長居はできんさかい」

「分かりました。極力そのように努めます。で連絡先はどちらへ？」

「病院の前の〝吉野屋〟にいるけどぉ、ウラの携帯にしとっけ」

男はポケットを探り、漸く巷間に流布《るふ》し始めた新型の携帯電話を取り出した。

長池は中座して病棟に馳せた。当麻と研修医の高橋が回診中だったが、スタッフの一人に当麻をナースセンターへ呼んでくれるよう頼んだ。

当麻は前川菊江に、今日の午後、望み通りの処置をする旨告げているところだった。

「何か、具合の悪いことでも？」

　自分が階下で菊川の親戚だと名乗る人物達との話し合いに出ていることを当麻は知っている。そのため回診にはつけないことを断ってセンターを出ているからだ。

　先刻の面談の一部始終を長池はかいつまんで話した。

「そういうわけですから、前川さんの処置、今日は延ばした方がいいのじゃないでしょうか？　遺言が実行力のあるものかどうか、一度、司法書士さんにでも相談してからがいいと思いますが……」

　湖西に弁護士はいない。役場の前に司法書士の事務所があり、五十代半ばの山本《やまもと》という人物が自宅の一階を改装して二十年前に開業している。

「そうだね。じゃ、山本さんに連絡を入れてもらおうか」

「はい、それともう一つ心配なのは」

　長池は額の汗を手巾で拭った。

「今日の予定だった挿管と気管切開に承諾書は要らないのか、ということですけど……」

「ウーン……ま、応急処置で止むなく、ということにすれば、特に要らないよね。承諾を得ようにも、家族がいないことだし……」

「でも、少なくともあの人達がここから[illegible]いですよね？　俺達がいるのを承知で何故黙ってやったって、後になって言い掛かりをつけて来ないとも限りませんから」

「承諾書となると、一応保証人の欄もあるんだが、叔父とかいうリーダー格の人物がなってはくれないだろうね？」

「交換条件を出されますよ。保証人になる代わりに前川さんのお金の幾らかでも寄越せ、って……」

「フム……」

「ともかく、山本先生に相談してみますね。前川さんには、先生から話して頂けますか？延期のことと、遺言のこと」

「遺言、のこと……？」

「確実に有効なものにするには公正証書にしておく方がいいですよね。そのことを、お話しして下さいます？」

「それは、僕からは言い難いな。長池さんに一任するよ」

一瞬絶句したが、すぐに長池は目尻を下げた。

「はいはい。じゃ、段取りします」

当麻が回診に戻っている間に、長池は手早く事を運んだ。一時間後には司法書士と事務を手伝っている妻が病院に駆けつけた。証人は二人要るが、遺言者より四親等以上離れた身内か、赤の他人であることが望ましいということで、夫妻がその役割を引き受けるというのだ。前川菊江は公証人に遺言を認めた理由、その内容を口述し、公証人が書きとめた書類に署名捺印《なついん》をしなければならない。

「お苦しそうだが、頭はしっかりしておられるから、よかったですね」

一連の手続きを終えて山本は長池に破顔一笑して見せた。

「その、叔父叔母という人達には、本来遺留分、つまり、前川さんの財産ですが、一円たりと受け取る資格はないんですよ。資格があるのは配偶者と子供だけですから。但し、この遺言がない場合は、二親等以下の血縁者にも資格が出てくることがありますし、あの人達はそれを狙って来たんですね」

〝公正証書〟を胸に押し頂いて長池も顔を綻ばせた。

「〝金は天下の回りもの〟と言いますが、前川さんのような方が遺言もなされずポックリ逝くと、宙に浮いてしまうんですよね」

「でもあの人達のように、いずれ匂いを嗅《か》ぎつけ、ハイエナさながらたかってきて、奪い合いを始めるんでしょうね？」

「そう。骨肉の争いになります。その意味で、金は正に魔物です。我々のように、残すものはゼロに近いのがいいですよ」

「ご冗談を」

「いや、ほんと。なあ？」

山本は傍らの妻に同意を求めた。妻は頷き返した。

夕刻、件の男女がぞろぞろと医事課に顔を出した。田浦が応接室に案内し、井上を呼んだ。

「当地の司法書士さんに相談しましたところ、前川さんの遺言書は有効で実効力を持つものとのご判断を頂きました」

井上は長池からの申し送りをそのまま伝えた。

「ご不満なら、お宅らはお宅らで、心当たりの筋にご相談なさって下さい」

「じゃ、何やってか？」

絶句の体だったリーダーの男が禿頭をひと撫でしてから上体を乗り出した。

「そん時まで、菊江の金には一切手をつけんといてくれるんやろな？」

「それは勿論。但し、お亡くなりになった時点で入院費の精算はさせて頂きますよ」

「ほんなもん、百万もせんやろ？」

井上が田浦に目配せした。

「ま、精々それくらいかと思います」

「一体、幾らあるんやの？　菊江の金は。教えてくれてもいいんでねぇんか？」

「いえ、それは、前にも申し上げたように、個人情報ですから、ご本人の承諾がない限り申し上げられません」

井上が大きく相槌を打った。

男はこれみよがしに上体をどっとソファの背にもたせかけた。

「ひとりもんやしぃ、二、三千万は貯めてたんでねぇんか？」

男の弟が兄に覆いかぶさるように横から身を乗り出して言った。

「恐らくな。病院としては、棚からボタ餅《もち》やって」

ふてくされたようにリーダー格の男が言った。井上と田浦は苦笑を漏らした。

気詰まりな沈黙がわだかまった。

頃合いを見計らったように、淀んだ空気を払いながら長池幸与が入って来た。男達が胡散臭げに視線を振り向けた。

「失礼します」

長池は田浦の横に体を滑らせ、手にしていた書類をリーダー格の男に差し出した。前川菊江の挿管と気管切開に対する承諾書だった。

「何や、これは？」

大儀そうに上体を起こして、男は書類をのぞき込んだ。

「医療上必要とみなされ、患者さんも強く希望しておられますので。ご本人はその通り署名捺印しておられますが、できましたら保証人の欄にお身内の方お一人のお名前と捺印を頂きたいんですが……」

男はしかめっ面のまま指で文字を追った。読み終えると隣の妻に投げやった。

「あたしら、こんなもん読んでものぉ……」

愚痴るように言って、それでも妻は夫と同じように指で文字をたどり、ひと通り目を通すと隣の義弟に回した。

「主治医の当麻が、あと一時間程で手術が終わるので、それについて皆さんに説明したいと申しておりますが……」

弟の嫁に書類が回ったのを見届けて長池は年長の男に言った。男はまたソファにふんぞり返っていた。

弟の妻が書類をテーブルに投げやった。

「面会もさせん、通帳も寄越さん、ほんで保証人にはなれ、なんて、虫がよ過ぎるざ」

男はソファから身を起こし、書類を長池に突き返した。井上と田浦が気色ばんだ。長池は二人をなだめるように微笑を見せた。

「分かりました。主治医から、一応これをお見せしてくれということでしたので……。じゃ、私はこれで……」

長池は書類を手に立ち上った。


二時間後、前川菊枝は手術室に運ばれた。胆石が嵌頓《かんとん》したために急性胆嚢炎を起こし、上腹部の激痛と三九℃の高熱を主訴に、昼下がりに救急車で担送されて来た四十七歳の女性の手術を終えて三十分後だった。

患者は胆石の特徴を表す４ｆ（female：女性、fatty：小太り、forty：四十代、fair：目のパッチリ美人）の典型的な女性だった。サイコロ大の胆石があることは発見されたが無症状《サイレント》なので数年来様子を見ていた、と紹介医の清水が面目なげに付き添ってきて言った。

「サイレントストーンは僕でも様子を見ますよ」

当麻の言葉に清水は気を取り直したようだった。矢野が執刀した手術に一時間程付き合い、「夕診があるので」と言って帰って行った。

「前川さん、じゃ、始めますよ」

挿管の準備が整ったところで、目は閉じているが時々咳き込んでいる菊江の顔をのぞき込んで当麻は言った。

「はい……」

菊江はゆっくりと大きく頷き、瞼を開いて当麻を見すえた。

「もうすぐ、眠らせて、下さるんですね？」

当麻は頷いた。

「最後の、お願い……先生、手を握ってて、眠るまで」

当麻は無言で頷いて、点滴ラインの入っていない菊江の右手を握りしめた。

「やっぱり、先生の手、あったかい」

ナース達が目頭を押さえた。

「ありがと。先生……皆さん……さようなら」

菊江はかすかな微笑みを見せて呟くように言うと、静かに瞼を閉じた。

(さようなら。助けられなくてごめんよ)

当麻は胸の底に独白を落とし、紺野に目配せした。我に返ったように紺野が前川の左手に身を移した。

「ラボナ二五〇ミリ、静注します」

ラボナは静脈麻酔剤で、気管内挿管時、患者の意識を取るために用いられる。

「大塩君、僕はこれだから」

当麻は菊江の右手を握っている自分の手を示して言った。

「挿管、頼むよ」

当初の予定では当麻が挿管し、矢野と大塩に気管切開に回ってもらうはずだった。

「はい」

大塩が前川の頭の位置に回ってマスクをかぶせ、酸素を送り込みながら前川の名を呼んだ。反応はない。

「じゃ、サクシンを」

「はい、サクシン四〇ミリ、静注します」

紺野が三方活栓からサクシンを注入した。

菊江の細い体が揺らいだ。弛緩する前の筋肉の攣縮《れんしゅく》だ。当麻の手に菊江の最後の戦《おのの》きが伝わる。

攣縮が治まったところで、大塩はマスクを外し、矢野が差し出した喉頭鏡を受け取ると、菊江の口に差し入れた。

声帯が展開されたところで大塩が右手を宙に差し伸べた。矢野がその手に気管チューブを手渡す。大塩は素早くそれを菊江の気管に挿入した。

当麻は菊江の手を放し、矢野に目配せした。

大塩は気管チューブをレスピレーターにつないだ。当麻と矢野は手袋をつけて気管切開にかかった。

菊江の気管は薄くなった皮膚のすぐ下に現れた。大塩はチューブを少し引いた。メスを入れると、ゴボゴボと痰が溢れ出た。

「苦しかったろう、これでは」

切開口から気管の奥に差し入れた吸引器にズルズルと音をたてて吸い取られ、床に置いたボトルに滴り落ちる黄緑色の痰に目をやりながら当麻は呟いた。

「そうですね。随分たまってますね」

矢野が相槌を打った。

「このままだったら、いずれ窒息死したかもしれませんね」

当麻は無言で頷いた。

痰を吸い切ったところで、新しい気管チューブを切開口から挿入してレスピレーターにつなぎ、先のチューブは口から抜去して手術は終わった。この間、十分も要しなかった。

前川菊江は十日後に不帰の人となった。うるさくつきまとっていた親類の四人は二度と顔を見せなかった。

死者への接吻

患者が外来に姿を見せた時、一見して当麻は（死相だ！）と感じた。

年齢は三十五歳、幼稚園児と小学生を連れた妻に伴われ、男は上体を屈めて入って来た。落ち凹んだ眼窩、悩まし気な目つき、ゲッソリと肉がそげて際立つ頬骨、蒼白《そうはく》の、光沢のない皮膚——癌の末期患者特有の〝ヒポクラテス顔貌〟そのものだ。

「私、日本へ帰ってホスピスで死にます」

と、かつて高雄博愛医院で診た相川光子《あいかわみつこ》は、いきなり投げ槍な言葉を吐いた。卵巣癌の末期と本人は信じ込んでいるようだったが〝死相〟は漂っていなかった。裏腹に、この患者島《しま》崎光生《ざきみつお》は、本人はもとより妻もまるで癌の末期症状などとは疑っていないようだ。

二人はここから南へ三十キロ程の地坂本から、妻が運転して来たと言う。

「いつもはお父ちゃんが運転するのにね」

兄と思われる方の少年が母親にまとわりつきながら言った。

「ここずっとほとんど食べていなくて、痩せる一方で、運転する気力もないと言うんです」

島崎光生の愁訴は二カ月前に始まったという。最初は下腹部に鈍痛を覚えたので近在の雄琴病院を訪ねた。水森綾子が人工肛門をつけられた病院だ、と思い出された。

胃の透視を受け、十二指腸潰瘍のようだ、と荒井と名乗る担当医から告げられ、今はいい薬ができたから、と、内服薬を処方されたという。

ところが一向に良くならない。透視を受けた後、なかなかバリウムが出切らず、腹が張って苦しんだという。やっと出切ったと思われる頃から、今度は食欲がなくなり、専らお粥《かゆ》、他にはプリンとかアイスクリームしか口にできなくなった。

幾ら何でもおかしいと、雄琴病院を再度受診すると、今度は胃カメラをしてみようと言われ、週に一度近江大から来る医者に回された。ところが、胃も十二指腸も綺麗だと言われ、潰瘍の薬はもういいから、食欲の出るという消化剤を処方された。しかし、それを服用しても一向に食欲は戻らない。もともと華奢で一七〇cm五〇kgだったが、週毎に一kg二kgと体重が落ちて行き、今では四五kgしかないという。もっと大きな病院で診てもらいましょうと、雄琴病院には見切りをつけてこちらへ来たという。

妻が病状を説明する間、島崎光生は黙然と丸椅子にかけたままだが、大儀そうに上体を揺らしている。

結膜を診る。赤味が薄い。軽い貧血はありそうだが、便が赤かったり黒かったりはしていないと言う。前者なら大腸、後者なら胃に出血源があることが疑われる。

リンパ節を探る。まず左鎖骨上窩だ。消化器系の癌の末期では時に、〝ウイルヒョウ結節〟と称される、癌の転移による硬く腫大《しゅだい》したリンパ節を触れる。だが、それらしきはない。

当麻はベッドに横になるよう促したが、島崎は倒れ込むように仰向けになった。

腹は全体に膨隆している。手足は痩せ細って腹ばかり出ているいわゆる〝蛙腹〟だ。打診すると、ガスのたまった腸管を叩いた時に聞こえる〝鼓音〟と、腹水を含んだ腹を叩いた時に返る鈍い〝濁音〟が入り混じっている。腫瘤らしきは触れない。

患者を横向け、肛門から指を挿し入れ、直腸の奥を探る。

「塩見君に来てもらって」

指嚢《しのう》を被せた指を挿し入れたまま当麻はナースに言った。

連絡を受けた塩見が外来診察室と並びで一番奥にある内視鏡室から駆けつけた。

「直腸診をしてみて」

指を抜いて当麻は塩見と入れ代わった。ナースが塩見に新しい指嚢を差し出す。

塩見は島崎の痩せた尻に左手をかけ、指嚢を被せた右手の人さし指を肛門に挿し入れた。

「何か、触れないかい？」

当麻は体を捻って直腸内をこねくり回している塩見の背後から言った。

塩見が小首を捻った。

「うんと奥、腹側だよ」

当麻は自分の人さし指を突き出しゼスチャーして見せた。

「あっ……！」

塩見がくぐもった声を放ち、自得するように頷いた。

「凹んだピンポン玉のような形をした腫瘤を、触れます」

「うん、何個ある？」

「何個？」

塩見は瞼を閉じ、更に骨盤底《ダグラス》をまさぐる。

「つながっているように思えますが……るいるいと」

「そうだね。それは、何だろうね？」

塩見は指を抜いて指嚢を外しながら当麻を見返った。

「直腸癌《レクタルキャンサー》、でしょうか？」

「直腸《レクトウム》そのものかな？」

「違い、ますか？」

当麻は首を振った。

「ダグラス窩のもので、レクトゥムとは一線を画しているよ」

塩見は裸になった人さし指を突き出し、今終えたばかりの直腸診の感触を思い出そうとするかのように瞼を閉じた。

「臨床実習《ポリクリ》で習わなかったかな？　いわゆるシュニッツラーだが」

塩見は瞼を開いてキョトンと当麻を見た。

「原発巣は消化管のどこかにある」

「じゃ、まず胃カメラ《GF》ですか？」

「そうだね。しかし、どうやら腸閉塞《イレウス》を起こしているらしいから、原発巣は胃ではないだろうね」

当麻は塩見を帰し、島崎光生を放射線科に連れて行くようナースに指示した。

五分後、患者より先にX線技師の鈴村が現像したばかりのフィルムを手に外来へ駆け込んできた。

「立派な鏡面像《ニボー》が出てます」

フィルムをシャウカステンにかけながら鈴村が言った。

「閉塞部はうんと下の方ですかね？」

鈴村は相変わらず下手な医者よりも読影に長《た》けている。

傾倒していた当麻が去って途方に暮れた鈴村だったが、村木《むらき》のように当麻と進退を共にできなかったのは、自分も妻も湖西の人間で、双方の両親も地元の人間で農業に従事していたからだ。

「まかり間違っても外国へなど行かないでよ」

当麻が台湾へ行ってしまった、今度来た医者とはどうもウマが合わない、患者も減った、やり甲斐がない、としきりにこぼす鈴村に、妻が釘をさすように言った。

「病院がどうも危ないらしいんだ。ボーナスも出るか出んか分からん」

夫が悲痛な顔で帰って来ることが多くなり、実際雀の涙ほどのボーナスしか手渡されなかった時には、

「病院、替わる？　日赤は通うのにちょっと大変だから、今津辺りでどう？」

と妻は深刻な面持ちになって言った。

ギリギリの所で鈴村は踏み止まった。病院はギブアップし、冬のボーナスはカットされ、腹をくくりかけた矢先、鉄心会により起死回生を遂げる見込みが立ちそうだと知らされたからである。妻にけしかけられて、今津の病院に就職口を探りに赴いた矢先であった。事務長と面談して驚いた。荒井猛男が一足早く勤めていたからである。

鈴村の経歴書を見て、「会わせたい人がいますよ」と事務長が思わせぶりにニヤッとして

受話器を取り上げ、荒井の名を口にした。その時点でここには来られないと思ったが、腰は上げ得なかった。外来にいたらしい荒井がものの一分もせぬうちに姿を見せたからである。

「よー、鈴村君、君も甦生記念を見限ったか」

入って来るなり、中腰になった鈴村の斜め後に荒井の威勢の良い声が響いた。

ネームプレートの肩書きは「外科部長」となっている。

「荒井先生が来られて、大きな手術もできるようになって、若いドクターも喜んでるんですよ」

荒井がソファに大柄な体を沈めたところで事務長が揉み手をしながら言った。

(大きな手術と言ったって、精々胃の全摘くらいだろうに)

鈴村は胸の奥で毒づいたが、もとより顔には出さなかった。

荒井はべらべらとよく喋った。

「君より年食った技師がいるが、胃や大腸の透視はしてくれんからな。君が来てくれたら大助かりだ」

現職のX線技師はもう六十だという。

「あなたにおいで頂いたら、今いる技師には頃合いを見て辞めてもらいますよ。いい年ですからね」

荒井に口裏を合わせるように事務長が言った。一瞬、気持が揺らいだ。糊口《ここう》をしのげるばかりか、自分の得意分野である胃や大腸の透視を担える、との思いが閃いたからである。

「給料も、甦生記念を下回ることはないよね？」

荒井の口吻はもういっぱし病院の幹部気取りだ。

「ええ、それはもう……」

履歴書の「付記欄」に鈴村は現時点での給料と、出るはずだったボーナスの額を書いておいた。事務長が見せたのを荒井は素早く目に留めたのだ。

鈴村は外科医としても人間としても荒井を尊敬できないでいたが、立場をわきまえ、露骨に嫌悪の念を顔に出したことはない。荒井はだから自分を忠実な部下とみなし、嫌われているとは露思っていなかったのだろう。

「島田院長も呆けちまったし、甦生記念が潰れるのはもう時間の問題だぜ。早く荷物を畳んでこっちへおいでよ」

「はあ……」

語尾を濁しながら、一体誰が甦生記念を駄目にしたんだ、と鈴村はまた胸の底で毒づいていた。

早々に引き揚げた。一瞬揺らいだ気持も、荒井の能天気な饒舌《じょうぜつ》を聞いている裡に萎えて行った。

唯一の収穫は、荒井の引っ張って来た人間ながら荒井よりは好感が持てた崎山《さきやま》の消息が知れたことだった。郷里秋田に帰って開業したという。

荒井は鉄心会に首を切られたが、崎山は、職員の評判も悪くない、腕もまずまずということで留め置かれた。宮崎がアプローチした当麻の当てが外れ、崎山もいなくなると外科医は不在になってしまうからだった。もっとも、それならそれで他の系列病院から外科医を回せばいいことだが、崎山も暫く残りたいとの意向を示したので、宇治の鉄心会病院から中堅の外科医を週に一日手伝いに来させ、手術はその日に集中的に行うよう指令した。

当麻と矢野、それに大塩三人の着任が決まったところで、院長は崎山に引導を渡した。もっとも、退職を強要したわけではない。鉄心会に残る気があるなら残ってもいい、その代わり、勤務病院は他に、ひょっとしたら離島に行ってもらうことになるかもしれない、と申し渡した。

「暫く考えさせて下さい」

と即答を濁して引き下がったが、その頃には既に崎山は郷里秋田での開業の準備に着手していた。

一年程して、荒井が今津病院から姿を消した、との情報が鈴村の耳に入った。大幅なベースアップを要求して院長とトラブったらしいです、と。

「オペの既往歴はないんですよね？」

島崎の腹部単純写真に見入る当麻に鈴村が問いかけた。

イレウスは一般に手術後の癒着が原因で起こる。鈴村はその辺もわきまえている。術後間もなく起きることもあるが、数年を経て、癒着をもたらす線維状物がヒモのようになり、何かの拍子で腸がそれに巻き込まれて捻《ねじ》れを起こすと、いわゆる〝絞扼性《こうやくせい》イレウス〟という状況になり、これは放っておくと腸が壊死して腐ってしまうから命取りになる。その前に、患者は七転八倒の痛みに悶《もだ》える。この種のものはthe sooner, the betterで、絶対的手術適応である。

今一つは〝癒着性イレウス〟である。一旦腹を開けば、術後には必ず癒着が起こる。閉腹前の洗浄が不充分だったために血餅を残したり、微細な血管からの出血を見逃したりした場合だが、単なる腸管同士の癒着なら問題はない。〝絞扼性〟ほどには至らない多少の捻れで腸管の一部が細くなった場合、不消化の食物がその狭窄部《きようさくぶ》に引っかかって閉塞をもたらすことがままある。

台湾に赴く前の甦生記念病院時代、当麻はこの種のイレウスを経験した。最初の一例は、食物ではなく、大きな胆石が腸に落ち込んでこの狭窄部を塞いだためのものだった。急性胆嚢炎が起きると、胆嚢壁と腸管が癒着し、胆嚢の炎症が腸に波及、壊死に陥った胆嚢壁は癒着した腸壁をも融解し、両者間にトンネルが生じて、胆石がそこから腸管に落ち込む。胆嚢炎の症状が嘘のように失せた翌日に、今度はイレウスを発症したのである。

今一例は、すき焼き料理で糸コンニャクをたらふく食べた患者が、数時間後、腹痛と嘔吐を主訴に救急車で運ばれて来た。十年前に〝虫垂切除術〟を受けた既往歴がある。〝絞扼性〟とはみなせず、むしろ〝癒着性〟イレウスと判断し、イレウス管を胃から十二指腸、更に小腸へと進め、ガストログラフィンで造影しながら狭窄部を探ったが、イレウス管は小腸の半ばでストップして進まなくなり、そこからガストログラフィンを注入しても行き止まりで逆流するばかり、完全閉塞状態だからこれはもう開腹するしかないと決断した。

大腸癌は内腔を占拠してイレウスをもたらすことは往々にしてあるが、小腸原発の癌は滅多にない。あるとすれば〝細網肉腫〟というシロモノで、小腸の薄っぺらな筋層に由来する悪性腫瘍である。粘膜由来の癌とは異なり、外に向かって発育するからイレウスをもたらすことは滅多にない。

すき焼きをたらふく食べて数時間後に発症していることから、不消化の食物、肉か葱《ねぎ》か糸コンニャクしかないが、そのいずれかが癒着によって細くなった小腸の部分につかえて閉塞を起こしたものとしか考えられなかった。

開腹して驚いた。拡張した上部の小腸と虚脱して細くなっている下部の小腸の境目に、ソーセージのように約十センチの塊が見出された。押してみると柔らかいから癌でも細網肉腫でもない。

ソーセージ様の腸管の上部に切開を入れて下方の腸管をのぞいてみると、糸コンニャクがぎっしり詰まっている。正に〝腸詰め〟様に。

前代未聞の〝糸コンニャク掻き出し作業〟となった。後は、イレウス管を更に下方に誘導して狭窄部を貫通させ、先に作った切開創を閉じて一件落着となった。

「ニボーの出具合から言っても、詰まっているのは小腸の下方ですよね？」

鈴村の二の句に当麻は頷いた。

「大腸のニボー像はないですものね」

「さてそうなると何だろうね。癌性腹膜炎を起こしているんだが……」

「えっ、そうなんですか！　それであんなに痩せこけてるんですね？　でも、原発は、小腸ですか？」

小腸の癌は極めて稀であることも鈴村は心得ているのだ。

「そうとしか考えられない。腹水もかなりたまっているから、触診では何も触れないんだが……」

「エコーかCTを撮ってみますか？」

「腹水に邪魔されてエコーでは何も捉えられないだろうから、磁気共鳴画像《MRI》を撮ってもらおうか」

鈴村は得たりや応と頷いた。

一時間後、「ちょっと来て下さい」と鈴村からコールが掛かった。ＭＲＩ操作室に駆けつけると、

「もう、大変なことになってます」

と鈴村がモニターの画面を指さした。

「肝転移……!?」

当麻は思わず一驚の声を放った。

「ええ、さながら粟羊かんですね。腹水は顕著ですが、腸間膜にもるいるいと腫瘍らしきものが窺われます」

鈴村は画面を流した。

「小腸は末端まで拡張してますね。大腸には便もガスも少量なんですが、その入口あたりに、

小さいんですが、何かありそうです。骨盤底にもピンポン玉大のものが……」

一般に普及しているCTは放射線を患者に浴びせる。一回の検査で最低十ミリデシベル、造影剤を用いてダブル撮影すればその倍となり、年間の危険被曝《ひばく》量にも近付く。広島や長崎、近年ではチェルノブイリの原発事故で実証されたように、すぐには症状に出ない。チェルノブイリで被曝した小児が四年後に甲状腺癌を発症したのが最短であった。もっとも由々しき後遺症である白血病は、被曝後十年から二十年後に発症する。

それと知って当麻は、Ｘ線を用いないから被曝の心配のない、開発されて間もないＭＲＩを入れてくれるよう院長に申請した。

「ＣＴで充分じゃないか。本体も言うに及ばずだが、それを容れる部屋も新たに設置しなきゃならん。費用が嵩むよね」

と徳岡銀次郎は難色を示したが、当麻はＣＴとの相違、両者のメリット、デメリットを列挙し、脳外科や整形外科でも必需品のはずと説得を重ねた。

「そりゃもう喉から手が出るほど欲しいですよ。バブルが弾けて間もないから鉄心会も苦しい時だろうし、常勤医じゃないんで遠慮してたんですがね、よくぞ言ってくれました」

脳外科医は週に一度、整形外科医は二度、関西近畿圏の鉄心会の系列病院から医者が来ている。彼らは当麻の打診に異口同音、こう返した。

「うーん、そうか。よし、分かった」

購入申請書を出して半年後にやっと院長はＭＲＩの導入に首肯した。

当麻は愕然たる思いでＭＲＩ室を出た。

子供の声がする。思わず振り返ると、島崎の妻が廊下のベンチから腰を上げ、ひしとこちらを見すえている。まとわりつく二人の子供を突き放して足を踏み出そうとするのを制して、当麻は彼女をベンチに腰かけさせ、自分も隣に座った。

「どうなんでしょう、夫は？」

大きな目が、不安と苛立ちにかげっている。当麻は白衣のポケットからメモ帳を取り出し、ボールペンで小腸と大腸の絵を描いた。

「ここに、腫瘤ができていて……」

当麻は小腸の末端に斜線を入れた。

「しゅりゅう、て、何ですか？」

女がすかさず鸚鵡返しした。

「一種のデキモノ、コブのようなものです」

「コブ……？　前の病院では、何もそんなことは……。急にできるものなの？」

「いや、徐々に大きくなって来たんでしょう」

「徐々に、て、いつ頃から……？」

「お腹の具合が悪い、と訴え出す、数カ月前からでしょう」

「そんなに前から……？」

女は絶句し、暗い目で当麻を見つめた。

「お母ちゃん、早く帰ろうよ」

女の膝にもたれ掛かっていた二人の子供の一人が指をしゃぶりながら仰向いた。女は手で子供の動きを制した。

「ともかく、そういうわけで」

当麻は淀んだものを漂わせている女の目を見返してからメモのイラストにボールペンを立てた。

「食べた物や消化液がここで詰まって大腸に流れていかなくなっているから、迂《う》回《かい》路、つまり、別の道を造ってやる必要があります。今日の午後からでもしましょう」

「この、コブのようなものは、取れないのかしら？」

女の射るような視線をコメカミの辺りに感じた。

所詮は素人だ。〝迂回路〟の意味がまるで分かっていない。コブには手をつけない、ということが――。

だが、女の一言で当麻は方針を変えた。

「これはもう、取る意味もないですね」

細胞診に回すため一部をサンプリングした腹水を吸引し終わったところで露になった腹腔内の所見に、執刀に立った大塩が言った。

「原発巣は小さいのに、すごい転移ですね。こんなのは初めて見ます」

肝臓の転移巣、腸間膜の大小無数の腫大したリンパ節、ダグラス窩のシュニッツラー転移、更に小腸末端部の腫瘤を隈なく探ってから塩見が興奮気味に言った。

「本当にこれが原発巣かと思いますよね」

前立ちに立った当麻の横で矢野が手を差し入れて原発巣の腫瘤に触れながら言った。

「回腸横行結腸吻合でいいですか?」

大塩が当麻に伺いを立てた。

「いや、回盲部切除をしよう」

「えっ……!?」

解せぬといった目で大塩は当麻を見た。

「意味が……ありますか?」

「医学的にはないが……」

当麻は島崎の妻にバイパスの話をしたが理解に及んでいないこと、癌は〝コブ〟だと説明してあり、そのコブが取れたことを目の当たりにしないと彼女は納得しないだろうことを語った。

「取ったにしても、寿命は知れてますよね？　糠《ぬか》喜びに終わるんじゃないでしょうか？　それより、ここへ入ってもらって、この状況を見せた方が納得してくれるんじゃないでしょうか？」

当麻は、無影灯を指さした。

「彼女はモニターを見てるよ。でも、まともにこれを見たら卒倒してしまうような気がする。それに、どうせなら、いっときでも安堵してくれた方がいいと思わないかい？」

「うーん、難しいところですね。でも、モニターを見ているんなら、切除した方がいいですね。侵襲はそんなに違わないですし」

大塩は折れて回盲部切除にかかった。腫瘤から十センチ程の回腸と盲腸より五センチの上行結腸をつなぐまで、四十分とかからなかった。

「速いですね」

術野をのぞき込んでいた白鳥が慌ててハロセンをオフにした。麻酔薬としては笑気が流れているだけになる。三十分後には患者は覚醒するが、閉腹に二十分も要しないだろうから、ハロセンを切るのはやや遅きに失した感がある。

白鳥は、荒井猛男が術前の約束を無視して〝エホバの証人〟の四十代の女性に輸血を敢行してしまった一件を機に退職していた。

古巣の成人病センターへ妻の礼子と共に戻ったが、程なく、直腸癌の手術を受けた〝エホバの証人〟の代理人だという弁護士の訪問を受けた。

「本当のところを聞かせて頂けませんか」

柔和な眼差しで下手に出て来た温厚そうな弁護士に、白鳥は鬱積していたものを吐き出すように事実をさらけ出した。

「有り難うございました。よくぞ言って頂きました」

弁護士は深々と一礼したが、すぐに表情を引き締めた。

「でも、患者の一縷の望みは断たれたわけです。恐らく、告訴に及ぶと思います。その時は、証人として出廷して頂けるでしょうか？　大津地裁になると思いますが……」

厭とは言えなかった。

果たせるかな、訴訟事件となった。白鳥は大津地方裁判所に呼び出されたが、そこで荒井と鉢合せた。お互いに口をきかないままやり過ごした。

荒井は輸血の正当性、救命のためには止むを得ない処置だったと主張し続けた。

審尋が終わって白鳥は足早に帰路を急いだが、背後から荒井が迫っていた。

「この裏切り者！　覚えておれよ！」

すれ違い様、顔を振り向けて荒井が形相すさまじく言い放った。

裁判は一年後、白鳥の証言にも拘らず、原告の敗訴に終わった。輸血は万やむなし、救命上妥当な処置だった、との判決だった。

非常勤でいいから戻ってきてくれないか、研修医も来たので麻酔の手ほどきもお願いしたい、と当麻から電話がかかってきた時、白鳥は二つ返事で引き受けた。


家族控え室には島崎の妻の他に、大人がもう一人いた。彼女の実家の母親だと紹介された。六十前後だろう、白毛が目立つ髪を娘と同じように無雑作に束ねている。浅黒い顔にやはり娘と似た大きな目が目立つ。

二人の子供は疲れたのか、母親と祖母の膝を枕に寝入っている。

見入っていたモニターはまだ手術の模様を映しているのに逸早く当麻が姿を見せたので二人は目を丸めた。

当麻は膿盆のガーゼの覆いを取って切除したものを二人に見せた。

腸は切り開いてあり、栗が真二つに割られたような形で腫瘤《チューマー》が露になっている。

島崎の妻はそれを指で押したりつついたりした。彼女の母親も娘に倣って横から手を出した。

「こんな小さなものが、夫をあんなに苦しめていたんですか？」

納得しかねるといった目を島崎の妻は当麻に向けた。

「山椒《さんしょう》は小粒でもピリリと辛い」という諺《ことわざ》が咄嗟に閃いたが、この人に言っても分からないだろうな、と思い直して呑み込んだ。

「珍しいケースです。我々も驚いています」

「でも、取れたから、ひと安心ですよね？」

術前にシュニッツラー転移や肝転移のことも仄《ほの》めかしてある。元凶の〝コブ〟は取れるかもしれないが、周りにがっちりくっついていたら取れないかもしれない、その時は迂回路を造るだけの手術になる、との説明と共に。

（やはり、分かっていない）

「開けてみたら、タチが悪いものかどうか、つまり、単なるコブのようなものなのか、癌なのか分かる、て言いましたよね？」

発条《ぜんまい》のような目が据わった。

「小さいけれど、紛れもない癌なんですよ。残念ながら、お腹中に散っていました」

女の目にみるみる涙が溢れ出た。

「じゃ、後、どれくらいで……？」

隣から母親が問いかけた。

「二、三カ月……よくて、半年、持つかどうか……」

「いやア……！」

絶叫に近い声を上げると、島崎の妻は顔を両手で掩《おお》って母親の胸に泣き崩れた。


四日目にガスが出て、患者は初めて口から流動食をすすった。

妻は毎日午後から子供を伴って病床を訪れ、甲斐甲斐しく夫に付き添った。

三分粥を口にした時、島崎の口もとが漸くという感じで綻んだ。

「おいしかった。久々の味でした」

回診に赴いた当麻に笑顔が振り向けられた。

見舞客は、手術当日娘と共に家族控え室にいた義母が時たま姿を見せるくらいで他には誰も来ていないようだ。

五日後にドレーンを抜き、一週間後には腹壁創の抜糸も行った。

術後の化学療法は何もしない予定だ。何をやっても、〝焼け石に水〟どころか、抗癌剤を投与すれば患者をことさら消耗させるだけだからだ。

十日目の朝、患者の身内だと名乗る男から当麻に電話が入った。島崎の兄だと言う。

「光生の嫁は来ていますか？」

と尋ねる。

「ええ、大抵夕方に。子供さんの学校の関係でしょう」

一瞬間があいた。傍らに誰かいるらしい。

「明日の昼前、先生のご都合は如何《いかが》でしょうか？　一度、光生の状況をお聞きしたいのですが……」

明朝は幸い回診だ。

「いいですよ。来られたら二階外科病棟のナースセンターに声をかけて下さい」

また間が空いた。受話器の塞ぎ方が不充分なのだろう、傍《そば》にいるらしい者とのやり取りが聞き取れる。

「それでは明日、よろしくお願いします。弟と二人で伺います」

「弟、さん……？」

「あ、私らは三人兄弟で、光生は一番下なんです。勝手ですが、私らが行くこと、光生には内密にお願いします」

家族構成には注意を払っていなかったな、と思い至った。

病棟に上がった時、島崎のカルテを開いてみた。果たせるかな、妻と二人の子供以外、両親、兄弟姉妹については何も書かれていない。

当麻は長池を呼んだ。

「緊急入院、検査、手術とバタバタしてしまったんで、充分に聞き取れなかったんでしょうか？　担当は——」

長池はカルテをめくって看護記録を点検した。

「あれっ？　主任だ。尾島さんが取ってますね」

そこへ当の尾島が点滴セットを手にセンターへ戻ってきた。すかさず長池が手招いた。

「島崎さんの入院時記録、あなたが取ってるようだけど、家族構成が不充分よね。親御さんや兄弟は？」

「あ、それ……」

尾島はハタと思い至った風に長池を見返した。

「確か、聞いてます」

「聞いてる？　でも、何も書いてないわよね」

「いない、て言うんですよ」

「えっ？」

「親、兄弟はいない、て」

「でも……」

長池は当麻をチラと見やってから尾島を訝り見た。

「この人、まだ三十よね。親御さん、精々六十代でしょ？　二人ともそんなに若くして亡くなられたのかしら？」

「済みません。大儀そうだったので、こと細かく尋ねることをしませんでした」

長池が「どうしたものでしょう」と問いた気な目を当麻に振り向けた。当麻は島崎の兄と名乗る男から電話が入ったことを告げた。

「じゃ、嘘をついていたんですね？」

絶句の体から我に返って尾島が言った。

「そういうことになるね」

「何のために、そんな……？」

「きっと、兄弟仲が悪いんですね」

長池が当麻の同意を求めるように言った。

「婦長も面会に立ち会ってもらおうか。何となく、いい話じゃない予感がする。そういうのは苦手だからね」

当麻の予感は当たった。島崎の兄二人は最初から眉間に皺を寄せてセンターに現れた。

センター内には二畳程の畳の部屋が窓際にある。弁当持参のナースが食事を摂ったり、お茶を飲んだり、仮眠できるようにと、島田光治が考案して造ったものだ。普段は障子で作業室と隔てられている。島崎の兄二人をそこに招き入れ、当麻と長池が相対した。

二人とも島崎と似て彫《ほり》の深い顔立ちをしている。長兄が二人に名刺を差し出した。鉄工所の経営者だ。弟も一緒に働いていると言う。

無沙汰の限りを詫びてから長兄が切り出した。

「光生は鉄工所を嫌って地元の農協に勤め、そこで今の女房と知り合ったんですが、二人の結婚には私らの親も私も強く反対したんです」

「ご両親はご健在なんですか？」

長池がカルテの家族構成の頁を開いて切り返すように言った。

「ええ。二人とももう七十を過ぎてますが、親父はつい二、三年前まで鉄工所を切り盛りしていました。お袋も経理を担当していたんですが、さすがに目が悪くなり、物忘れもひどくなったと言うんで、引退しましたが……」

「ご覧下さい」

長池がカルテをさし示した。

「ウチの主任がご本人から病歴や家族歴その他を伺ったんですが、何も教えて下さらなくて空白になってます。そういうご事情だったんですね」

長兄はそれには答えず当麻に向き直った。

「先生は、雄琴をご存知ですか？」

「ええ、名前だけは」

「島崎さんは最初、雄琴の病院にかかったんですよね？」

長池がカルテの「現病歴」に目をやって言った。

「歓楽街のホステスや客を目当てに建てた病院のようです。あの娘《こ》は、その歓楽街のいかがわしいクラブかキャバレーなんかで働いてたんですよ」

「あの女《ひと》と一緒ですね」

長池が当麻をつついた。

「えっ……？」

「ほら、人工肛門を取ってくれと言ってきた、えーと……」

「水森……」

「あ、そうそう。いかにもホステス、といった感じの……」

「何か……？」

長兄が二人のやり取りに小首をかしげながら口を挟んだ。

「あ、いえ……前にこちらへ来られた患者さんも雄琴の病院からいらしたんで……」

男は腑に落ちたという顔を返した。

「弟は真面目な人間で、高校を出て地元の農協に勤めたんですが、成人式の後、悪い連中に誘われて雄琴の歓楽街に足を踏み入れたんです。そこで今の女房に出会って……二つばかり年上で、大阪くんだりから流れてきたらしいんですがね。初《うぶ》な光生にとっては初めての女だったんで、ひとたまりもなく彼女の手練手管に骨抜きにされたんでしょう。二、三年も通った末に、女から子供ができたと告げられたそうで、結婚する、て言い出したんです。ああいう手合いの女は他に何人もの男と交わってるから、お前の子と限らんだろう、放っといて手を切れ、と、親父も含め、私達も散々言い聞かせたんですが、彼女はそんな女じゃない、俺としか付き合っとらん、と言い張って、頑としていうことを聞かないんで、到頭親父は光生を勘当しちまったんです」

「でも、男らしいじゃありませんか。ねえ？」

長池が当麻の同意を求めるように振り向いた。

「普通の男だったら逃げますよ。それこそ、今お兄さんが仰ったような口実をもうけて。それに、ああいうところで働いてる女性は、そんなに簡単に妊娠しませんでしょ？　奥さんも純情な方だったんじゃないですか？　弟さんを、本当に愛してらして……。結婚を、認めてあげればよろしかったのに」

長兄は苦笑して傍らの弟を見返った。

「堅気な娘さんだったら」

次兄が身を乗り出した。

「子供ができたからと言って勘当はしなかったと思います。多分、仕様がないと、結婚も許したでしょう。ですが、水商売の女と一緒になるとなれば、親父やお袋より僕らの方が近所界隈に肩身の狭い思いをしなければなりませんから」

「商売の方も、一応堅い仕事なんで……」

長兄が弟に続けた。

「ご兄弟は、皆さん、お近くに住んでおられるんですか？」

「ええ、今津です」

当麻の問いかけに長兄が答えたところで、長池がカルテに目を落とした。

「光生さんは、違いますよね？　坂本の、これは、アパートですか？　そちらにお住まいですよね？」

「光生は両親と一緒に住んでたんですが、女とできちゃって家を飛び出したんです。女の住んでる所ですよ」

「でも、お勤めは、今津の農協ですよね？　通っておられたんですか？」

「ええ、他に就職口はないですから」

「奥さんの方は、仕事はもうしてないんですよね？」

「子供を産んだ時点でやめたようです」

「籍は、入れておられるんですよね？」

「どうなってますか？　何せ、親父が勘当して以来、我々とも音信不通なので……」

次兄が相槌を打った。

「籍は入っておられますよ。保険証に、奥さんとお子さん二人の名前が記名されてますから」

長池はカルテを繰って島崎光生の保険証のコピーが張られてある頁を当麻に示した。

「ちゃんと結婚しておられるんだ」

当麻は頷いた。

「もう許してあげたらどうですか？　お父さんの勘当も解いて頂いて」

長兄は唇をかみしめた。

「奥さんにはまだそこまで言ってありませんが、弟さんは、もう時間の問題です。癌の末期で」

当麻はカルテの手術記録を二人に見せて説明した。

「あと、どれくらいで？」

神妙に聞き入っていた長兄が顔を上げた。

「残念ながら、年は越せないでしょうね」

長兄は肩を落とし、唇をかみしめた。

「お会いになりますか？」

当麻の問いかけに、長兄は戸惑い気味に弟を見やった。

「親父も俺達も恨んどるで、光生の方が会いたくないやろな」

次兄が声をひそめて長兄を見返した。

「お二人が面会に来られたこと、ご本人に、お話ししてみましょうか？」

腕を抱えて考え込んでいる長兄の顔を下から見上げるようにして長池が言った。次兄も長池と視線を合わせるように長兄を見やった。

「今日は――」

やっと口が開いた。

「会わないで帰ります。親父やお袋とも相談してみます。私どもが今日来たことだけ、光生に伝えてやって下さい」

　長池はもう一つ納得いかないという面持ちだったが、当麻は頷き返した。

　島崎の食欲が落ちて来た。三分粥までは綺麗に平らげていたが、五分から七分、更に全粥と進むにつれて残す量が目立ってきた。三食のうち一食は全く手をつけていないこともある。

「三分粥に戻そうか？」

　見かねた当麻が打診すると、島崎は弱々しく頷いた。

　妻は判で押したように夕食時に来て、お粥や副食をスプーンで夫の口に含ませてやっていた。その夕食も島崎は半分程で厭がるようになった。

「このままでは痩せ衰えて行くばかりですよね。点滴でもっと栄養をつけてもらえませんか？」

　確かに二週間で体重が三キロも落ちている。口を尖らせる島崎の妻をなだめるのに当麻は四苦八苦した。

「点滴を入れてもご本人の栄養分として取り込まれる一方で癌細胞も成長させてしまうんです。それに、水分のほとんどがお腹の中に行ってしまってまた腹水がたまり出し、患者さんは余計苦しくなります」

妻は解せないといった顔で当麻を見返した。

(夫の病気の何たるかが分かっていないのだ)

口にしたい言葉をこちらは呑み込んだ。

島崎の容態は日を追って下降の一途を辿り始めた。口からはほとんど物が入らなくなった。止むなく当麻はIVHに踏み切った。十二時間毎に取り替えて一日二本、一本は一〇〇〇cc、六〇〇カロリーあるから二本で一二〇〇カロリー、四十キロを切っている島崎の体には必要充分量だ。

しかし、危惧した通り、十日もすると腹水がたまり始めた。命が尽きるのが早いか、〝蛙腹〟になって苦しいと訴え出すのが早いか、どっこいどっこいだろうと当麻は踏んだ。

手術を終えてナースセンターに戻ってくると、島崎の長兄から病状打診の電話があった旨、長池のメモ書きがカルテに付されてあった。

その夜、外科医五人は、三件の手術の記録と手術患者の点滴の指示等に追われ、午後九時過ぎになってもナースセンターに詰めていた。

準夜勤のナースが二人、忙し気に出入りしている。一人は主任の尾島で、もう一人は最近になってやっと夜勤に入った独身の菊地《きくち》則子《のりこ》だ。

「則ちゃん、消灯の確認に行ってくるから頼むわね」

病棟の消灯時間は九時になっている。個室は大目に見ているが、相部屋では規則厳守となっているから、違反者は注意して回る。

「はい、ご苦労様です」

当麻達の指示を受けていた菊地は、懐中電灯を手にセンターを出て行く尾島の背に言った。

研修医の二人は特に用はないが、当麻達が書き終えた手術記録を丹念に読んでいる。その実二人は、当麻の手が空くのを今や遅しと待ち構えている。三人で地下の食堂へ遅まきの夕食を摂りに行くためだ。矢野は自宅に帰って食べる。大塩は、手術の後片付けでまだ残っている浪子と示し合わせ、ドライブがてら国道沿いのファミリーレストランで食事を摂る算段だ。

尾島は大部屋の点検を終え、明かりがついていても、「早目にお寝《やす》みを」と告げる程度の個室を最後に回っていた。

個室にはボンボンベッドがあって家人が寝泊まりできるようになっている。

最初の個室には三十五歳、長身瘦軀《そうく》の男性中島が十日前から入っている。草野球のさ中、自然気胸を起こして救急車で運ばれて来た。二年前にも起こしている。かなりの量の空気が胸腔に漏れ出て呼吸苦も相当だったため、直ちに脱気の処置が施された。しかし、大きなブラが右肺の上葉に見出されたために、再発であることにも鑑み、再々発を防ぐ意味でも根治術をした方がよいと勧め、本人も納得した。右の腋窩に切開を入れて開胸し、ブラの切除を行った。経過は順調で、既に退院許可が出ている。

中島は床頭台の灯りで本を読んでいた。そっとドアを開いてそれと見て取った尾島は、足音を忍ばせて中に入った。

中島が本をのけてガバと身を起こした。

「一応、消灯の時間ですよ」

尾島は二、三歩踏み込んで睨む仕草を見せた。

「九時なんて、宵の口だもの。普段寝るのは十二時だから、眠れませんよ」

尾島は更に一歩踏み込んだ。比較的年配の患者が多い中で、中島は格別若い。癌患者が多数を占める外科病棟では稀な良性疾患患者だ。色が浅黒く、脚が長い。いかにもスポーツマンといった体形で、なかなかハンサムでもあるから若いナース達に人気がある。しかも独身と知って秋波を送っているナースもあると聞きつけており、尾島は内心穏やかでない。看護婦と患者ができてしまうことがままあるからだ。自分ももう十年若かったら中島を異性として意識していたかもしれない。

「個室だから大目に見ますけど、でもまあ、早く寝んでね」

「あ、尾島さん」

踵を返しかけたところを呼び止められ、尾島は半身になった姿勢を元に戻した。

「あさってくらいに退院したいと思ってるんだけど、僕に、退院祝いをくれないかな？」

「えっ……？」

戸惑った尾島を尻目に、

「ここに」

と中島は床頭台から手帖のようなものを取り上げ、白紙の頁を広げると、ボールペンを揃えて突き出した。

「主任さんの家の住所と電話番号を書いてくれませんか。携帯を持っておられるならそちらの番号も」

尾島は唖然として中島を見返した。

「主任さんに意中の人がいるんなら何をか言わんやだけど、そうでないなら、僕と付き合ってくれませんか？」

「じょ、冗談でしょ？」

尾島は混乱しかかった頭をひと振りした。

「こんな小母さんと付き合ってどうするの？　中島さんなら、幾らでも若い娘にもてるでしように……」

「僕は、年下の女性には余り興味がないんだよ。尾島さんのようなポッチャリした姉御肌の人に惹かれるんだ」

「そんな、母性愛をくすぐるようなことを言って……」

「付き合っている人、いるの？」

「いませんよ、そんな……」

床頭台の乏しい明かりだけで部屋は薄暗いが、中島の顔がパッと輝くのを見て尾島はたじろいた。

「だったら、お願いします」

中島が宙に浮かせたままの手帖とペンを改めて尾島の胸先に突き出した。

「変わった人……」

尾島は呟くように言って懐中電灯をベッドに置き、手帖とペンを受け取った。

「ウチのスタッフには、絶対内緒よ」

「ああ、勿論」

ペンを持った指先がふるえ出すのを忌々《いまいま》しく思いながら、尾島は郵便番号まで添えて住所を書き、自宅と携帯の電話番号を連ねた。

「はい、退院祝い」

強いてつっけんどんに言って、これもぞんざいな仕草で手帖とペンを突き返した。

「いやあ、嬉しいな！」

中島が一オクターブも声を跳ね上げた時には、尾島は逸早く踵を返していた。

部屋を出て、すぐには隣の個室へ行けなかった。心臓が躍っている。胸に手をあてがった時、背後でドアが開いて背をつつかれ、胸がドキンと鳴った。

「忘れ物」

中島が懐中電灯を突き出していた。

「あ、どうも……」

受け取ろうと突き出した手を男の強い力に引かれた。おずおずと見上げた目に、男の晴れやかな顔と、夜目にも白い歯が飛び込んだ。男は尾島の手首を捉えたまま、その手に懐中電灯を握らせた。

「ありがとう。おやすみ」

さすがに声をくぐもらせて男はまた白い歯を見せた。

「おやすみ……」

尾島も囁くように返した。

隣二つの個室から明かりらしきは漏れていない。尾島は飛ばして四つ目の島崎光生の個室の前で足を止めた。かすかな明かりが漏れている。気のせいか、呻《うめ》き声らしきものが聞き取れる。

そっとドアを押した。異臭が鼻をついた。やはり床頭台の明かりだったと気づいたが、異様な気配を感じ取って更にドアを押し開いた。

ドアに近いボンボンベッドに子供が二人折り重なるようにして寝ている。明日は土曜で学校は休みなのだと思い至った。

呻き声は島崎の口から出ているもので、魚の腐臭のような臭いもそこから放たれているものと知れた。思わず、鼻と口を空いた手で掩いながら島崎を見た。

細い首に喉仏がひときわくっきりと浮き出ている。島崎は喘《あえ》いでいる。目を閉じたままの顔は苦痛に歪んでいるようだ。

ドアを一杯に開いて踏み込みかけて、尾島は思わず立ちすくんだ。島崎の腰の辺りにうずくまっている人の影に気付いたからである。腰を丸椅子に落とし、うつ伏せになって妻が眠り込んでいるのかと思った。が、その上体は頭と共に、いや、いつものポニーテールに束ねた髪ではなく、肩先に妖《あや》しく広がった髪と共に激しく前後左右に揺らいでいる。

女は眠っているのではなく、下半身がはだけた男の股間に顔を押し付けているのだ。

「あなた、出して、出してっ」

こちらの存在などまるで素知らぬ気に、女は病人のペニスを口に含みながら叫んだ。

「あああっ……出るっ……出るよお……！」

島崎の呻き声が、のけぞった喉の奥から絞り出された。

尾島は息を殺したまま凍りついた体を必死に立て直し、逃げるように部屋を飛び出した。


翌朝、回診のため病棟に上がるや否や、当麻は婦長の長池に袖を引かれた。

「島崎さん、意識が無くなって、下顎《かがく》呼吸になりかけてます」

当麻はすかさず踵を返した。研修医の塩見が後を追った。

部屋に入るなり、腐臭が鼻をついた。髑髏《どくろ》に皮が一枚張りついただけの顔は、もはや死人のそれを思わせる。

弛緩《しかん》した口から歯ばかりがむき出しになっている。長池の指摘通りの下顎呼吸だが、顎はまだ規則正しく上下している。呼びかけても返答はない。瞳孔は縮小気味で対光反射はほとんどない。永遠の眠りに就く前の微候だ。息が止まれば瞳孔は散大し切る。

「奥さんと子供は？」

塩見が入れ代わって島崎のバイタルサインをチェックしている間に当麻は長池に問いかける。

「地下の売店に行ってるようです」

「呼んでくれるかな。それと、兄さんに連絡を入れて」

「はい」

長池はセンターに走った。

「蘇生は、しなくていいんですね？」

塩見が当麻に尋ねた。

「ああ。このまま、静かに眠らせてあげよう」

顎の動きが緩慢になった。

「下顎呼吸は数時間続くことがあるが、意外に早く終わることもある」

横でじっと島崎を見すえている塩見に当麻は言った。

「はい」

「癌の末期も末期だからね。この人は、早いよ」

「はあ……でも、おとついの時点ではまだ一週間やそこらは持ちそうでしたのにね」

塩見が解せぬといった面持ちで小首をかしげた。

島崎の息遣いの間隔が長くなった。

「十秒に一度くらいになりましたね。今にも止まりそうですね」

塩見が腕の時計の秒針を追っている。

「うん、チェーンストークス呼吸に変わってきたね」

当麻が返したところへ、背後に慌ただしい足音が響いて長池が駆け込んで来た。額に汗がにじんでいる。

「売店には来たようですが見当たらないので、館内放送で呼び出します」

「もう、数分だが……」

と当麻が呟いた時、賑やかな声と足音が廊下に響いた。咄嗟に長池が身を翻して廊下に飛び出した。

「奥さん、早く、早く！　どこに行ってたの？」

「あ、子供がウンチをしたいと言うので、トイレに……」

女二人のやり取りを当麻と塩見が背後に捉えた時、島崎は長い無呼吸の果てに大きな息をついた。

当麻は少し後ずさって島崎の妻に言った。

「もうすぐ、ご臨終です」

女はびっくりしたような目を当麻に向けた。

「最後の一呼吸、二呼吸をついておられます」

「イヤーーッ！」

一瞬顔を手で覆《おお》った次の瞬間、女は当麻と塩見を突き飛ばさんばかりに間に割って入り、ベッドに身を投げ出した。

「あんたっ……！　あんたっ……！」

叫ぶなり彼女は、最後の息を懸命に吐き出そうとしている夫に覆いかぶさり、死臭を放つその口に自分のそれを激しく押しつけた。

「お父ちゃん……！」

「お母ちゃん……！」

二人の子が泣き出して母親の腰に取り縋った。

当麻は塩見と長池に目配せし、二人を押し出すようにして病室を出た。

腎移植医

十月末、当麻は大塩と福岡に赴いた。日本外科学会に出席するのが主な目的だが、他に二、三意図するところがあった。

会場の福岡国際ホテルのロビーは、既に大勢の人間が集い、三々五々行き交っている。

行列を成しているのは参加費を支払う者達で、当麻と大塩もまずその列に加わった。

学会は前日の金曜日の午後から始まっているが、大塩の演題発表は今日の午後三時からのセッションに組み込まれているから、その一時間前の到着を期して朝早く出かけて来た。前日も手術を三例こなしているが、矢野と研修医の二人に後事を託している。

参加費の支払いを済ませてから、当麻と大塩は二手に分かれた。大塩は「演題発表者受付」のコーナーに用意したCD‐ROMの提出に赴き、当麻はメインホールに急いだ。

「生体移植か脳死移植か？」なるテーマで、メインスピーカーの四十分ずつの講演が行われている。

壇上には台湾の陳肇隆が立っている。「台湾に於ける脳死肝移植の実例」と大書された横に「高雄医科大学外科教授陳肇隆先生」と肩書きが付されている。長庚紀念医院の小児外科医長であった陳は、その後着々と、主に先天性胆道閉鎖症《CBA》の小児に脳死肝移植を行って成功させ、押しも押されもせぬその分野の第一人者として、栄進を遂げていた。

台湾で見た時よりも肥えて顔もふっくらしている。

スピーチは英語であったから出席者には同時通訳のイヤホンが手渡されているが、陳の英語は聞き取りやすいからだろう、ほとんどの者は耳にあてがっていない。

「今回は脳死肝移植に絞りましたが、次演者の西日本大尾澤和恵教授に触発されて自分も生体肝移植を始めており、近い将来、その実例を報告できる機会があればと念じています」

と陳は締めくくった。

当麻は威儀を正し、座長席に目を転じた。そこでマイクを引き寄せたのは、相変わらずの白頭が一際目立つ実川剛《ごう》だ。

実川はその後、二例の生体肝移植を成功させていた。

実川は英語で陳に礼を述べると、「少々お時間を頂戴して」と前置いてから自験例二例をざっと五分ばかりで供覧した。

日本では依然として脳死移植が認められないために自分はCBAの幼児に父親をドナーとして生体肝移植を敢行したが、ご存知のように成功とは言えない結果に終わり、ドナーの父親の親心に報いられなかったことは忸怩たる思いである。その意味で、ドクター陳の脳死肝移植成功を快挙と讃《たた》え、まず医師会が動き、それに触発されて政府も早々と脳死を個体死と認めたことは羨《うらや》ましい限りである、やはりドナーに多少とも負担を強いる生体肝移植よりは脳死者からのそれの方が執刀する者にとっても精神的ストレスは軽いのではないか、我が国もいっときも早く脳死を死と認めてもらいたい、と締めて実川は、陳ほど流暢《りゅうちょう》ではないが、それだけに聞き取りやすい英語で語り終えた。

次いで実川は会場に目を転じ
「フロアの方から何かご質問はありませんか？」

と、会場をねめ回した。

実川がマイクに顔を寄せた。

「では、会場においで頂いていると思いますが、当麻鉄彦先生、一言コメントを頂けますか？　当麻先生、おいでになっておられませんか？」

前方に凝らされていた出席者の目が実川の視線の先を追った。

当麻はゆっくりと立ち上がった。

“He is there.”

陳が当麻を指さして実川の注意を喚起した。

「あ、いらした」

実川が額にかざしていた手を払いのけた。

席と席の間の通路にマイクが何本も立ててある。係員が当麻の席に最も近いマイクを真横へ移動した。

会場にはほぼ一千人の聴衆が集っている。その大半の者の視線がマイクに近づく当麻を追った。陳も当麻を見すえてから音を立てない程度に手を叩いた。

「フロアの方は既にご存知と思いますが」

実川が続けた。

「当麻先生は私が初めて手がけた生体肝移植を手伝って下さり、その後、本邦初の脳死肝移植を成功に導かれた方です。つまり、ドクター・チェンと同じ状況下でやられたわけですが、ドクター・チェンは一躍台湾の英雄とされたが、当麻先生は不本意なバッシングを受け、恐らく日本の医学会の頑迷な体質に厭気がさされて、台湾に安住の地を求められました」

場内がざわついた。陳が壇上で笑いながら小首をかしげ、「彼はもう日本へ帰っているよ」と英語でつぶやいたが、会場のざわめきに消された。実川が続けた。

「台湾ではドクター・チェンと交遊を深められ、先程供覧して頂いたＣＢＡ患児なども目の当たりにされたと伺っておりますが、いまだ脳死を個体死と認めていない本邦の現状について、いかがお考えでしょうか？」

当麻は英語で語り出した。よもや指名されるとは思っていなかったので戸惑っていますが、と切り出してから、陳の功績を讃えた。

「ドクター・チェンが東洋で初の脳死肝移植を成功させたことを、私は台湾の知人のさる病院長から聞かされ、耳を疑いました。台湾では脳死が個体死と認められているのかと問いただすと、認められているよ、と当たり前のように言うのです。尤も、ドクター・チェンが肝移植をやってのけた段階ではまだ認められていなかったが、手術が大成功を収めたので、これはもう起死回生の素晴らしい手術法だ、普及させねばと、先程実川教授が述べられたように、すぐに医師会が動き、更に政府も同調して脳死を死と定めた、と。

　台湾はアメリカナイズされており、日本のような、〝建て前論〟ばかりが優先される国柄ではなく、善いものは善い、悪いものは悪いとする是々非々論がまかり通る社会のようです。ドクター・チェンの勇気が、それに火をつけたと言えましょう。

　ドクター・チェンの最初の肝移植の報告例を読んで、私は深く納得しました。先天性銅代謝異常症のウィルソン病を持ち、肝硬変となるのを運命付けられたいたいけな少女が、何とか十八年生きたものの、食道静脈瘤破裂で大吐血を起こし、心不全も併発して瀕死の状態に陥ったのを見て、助けたい、僅か十八年の生涯では余りに報われない、生まれて来た甲斐が無い、と思わない医者がいるでしょうか？　助ける方法が唯一ある、その手だてを知っているのは自分しかいない、と切羽詰まった思いに駆られた時、法がどうのこうのという思いは念頭から失せていたと思われます。

　私が手がけたケースはやはり肝硬変から食道静脈瘤破裂を起こし、肝不全状態でもあり、当人が町のＶＩＰでもあったこと、たまたまドナーを申し出てくれる篤志の人が居合わせ、脳死に陥っているならば息子をドナーにという彼女のたっての希望もあって、移植に踏み切ったものですが、ドクター・チェンの患者さんは、もう数時間遅れたら確実に死に至るという、もっと切迫した状況下にありました。私がドクター・チェンの立場だったら、窮余の一策として、やはり移植に踏み切ったと思います。

アメリカに二十年、台湾に十年以上遅れを取っていますが、本邦でも一刻も早く脳死が個体死と認められる日の来ることを祈って止みません」

陳が壇上で今度ははっきりと音を立てて拍手をした。会場でもひときわ大きな拍手が鳴った。大塩が手を叩いて当麻を迎えた。

二人目の演者は鉄心会坂出病院の泌尿器科部長千波誠一だ。座長は学会の主宰者九州医科大学泌尿器科教授吉田《よしだ》邦光《くにみつ》で、助教授であった西日本大から二年前に着任している。

型通りの履歴紹介で、千波もアメリカに留学し、彼の地で腎移植を学んで来たことを知った。寡黙《かもく》な人で、東京の鉄心会本部で初めて会った時も、さり気ない挨拶を交わした程度に終わった。別れ際、一度先生の手術を拝見に伺わせて下さい、と言ったのが、唯一、会話らしい会話だった。

千波の演題は「腎移植医の立場から」のサブタイトルで、メインテーマの「生体移植か脳死移植か」の是非を考察するものだったが、のっけから人を食ったような発言で会場を沸かせた。

「オファーを頂いて私はすぐにお断りをしました。第一に、学会なるものが虫が好かないからで、その証拠に私は移植学会にも入っておりません」

ここで最初のどよめきが起こった。

「第二に、腎移植の場合、脳死問題は、心臓や肝臓移植ほど切羽詰まった問題ではないからです」

「なるほど、そういわれればそうですね」

大塩が笑いを引きながら当麻に耳打ちするように言った。

「幸か不幸か、あるいは天の配剤か、腎臓は二つあります。そして、片方取っても生きられるようにできています。無論、その時点でドナーはレシピエントと共に健常者ではなく自動的にCKD、つまり慢性腎不全患者となるわけです。しかし、同じく二つある肺の片方を取られる程のダメージはなく、余程のことがない限り、片腎で天寿を全《まっと》うして頂けます。

しかし、この生体腎移植よりは、亡くなられた方から腎臓を提供して頂く死体腎移植、我々はこれを献腎移植と呼び習わしていますが、そちらの方がレシピエントにとっても、我々移植医にとっても気が楽なことは言うまでもありません。勝手な憶測ながら、ドナーのお身内にしても同様の思いでありましょう。そして、有り難いことに、献腎移植による生着率は、生体腎移植のそれにさ程劣るわけではなく、かなりの率で成功をみるのです。無論、脳死腎移植は、まだ未経験なので何とも申し上げられませんが、献腎移植よりは優れた生着率をもたらし、恐らく生体腎移植に匹敵するものと思われますが、all or nothingではない点で、是が非でも脳死腎移植をという切迫感には駆られないのです」

淡々として飄々《ひょうひょう》たる語り口だが不思議な説得力がある。広い額が細面の顔を殊更面長に見せているが、どちらかと言えば平凡で風采は上がらない。細身の体形も恰幅の良さにはおよそ程遠い。ネクタイもつけず、チェックのシャツにジャケットを羽織っただけのラフないでたちは、鉄心会の理事長室で見かけたカジュアルなスタイルそのままだ。

「私は今日まで約六百例の腎移植を手がけて来て、結構忙しくさせて頂いてますが、でも年間三十件そこそこで、週に一例にもなりません。月に二件か精々三件です。それでも全国の医療施設中三番目になっています。断トツの関東医科大で年間百件程度です。因みに年間の移植件数は全国で約八百です」

場内がまた少しざわついた。

「関東医科大がそんなにやってたんですか？　先生はご存知でしたか？」

大塩がまた耳もとに囁いた。

「いや、知らなかった。灯台下暗しだったね」

無論、消化器病センターの方ではない、六年間の修練士時代に一、二度しか足を踏み入れたことのない本学の方だ。

「死体腎でも可能な腎移植が何故そんなにやられていないのか、理由は明白です。透析というもう一つの選択肢があるからです。人工透析――以下ＨＤと略しますが、それを受けている患者さんは、全国で約二十五万人を数えます。百パーセントとは申しませんが、実はこれらのＨＤ患者の大多数が腎移植のキャンディデート、つまり候補者であっていいのです」

場内がまたどよめいた。壇上のスクリーンには千波が演壇で操作しているパワーポイントから投影された図表が次々と映し出されている。ここ十年の腎移植数、ＨＤ患者の推移をグラフ化したものだ。

「腎不全に陥った患者さんを目の前にした時、医師はまずＨＤに踏み切るでしょう。腎移植という、二者択一の選択肢があるにも拘らず、どちらを選びますか、とは尋ねないのです。ＨＤの設備のある病院なら、有無を言わさずＨＤの必要性を説き、リストカットならぬ、その実正にリストカットそのものですが、手首にメスを入れて橈骨《とうこつ》動静脈間のシャントを作りにかかります」

スクリーンにはシャント術の動画が映し出された。造設後怒張した前腕の血管が次に映し出され、そこにエラスタ針が刺入され、血液がドッと流れ出てフィルターをめぐって行く。

「ＨＤを、私は否定する者ではありません」

動画が切れたところで千波は会場に視線を転じた。

「現に、私の病院でもHDセンターが設けられ、三日ずつ二交代で、延べ約百人の患者がHDを受けています。私が手がけて来た腎移植は、実は半分がこのセンターの患者、残り半分が他のHDセンターからの患者です。つまり、HDを受けて何年も経って、それに耐えられなくなった患者が、もっと多くの自由な時間と、フルタイムで働けることを求めて移植に踏み切るのです。

本来は、スタート地点で二者択一、どちらも選べる状況にありながら、医師が一方的に、一つの道を通行止めにしてしまっているのです。

こちらに行ったらどうなるか、そのメリット、デメリットは？　あちらはどうなのか？　そのメリット、デメリットは、等を充分説明せずに、です。

その理由は何か？　一つには、医師の腎移植に対する無知です。もう一つは、経営的配慮からです。

私どもがその例外だなどとおこがましいことは申しません、私のおります坂出病院を含めてどこの病院でも、HDセンターは病院の大きな収入源、ドル箱的存在です」

半分失笑の混じった哄笑が起こった。大塩がまた口を寄せた。

「僕のいた静岡の病院もそうでした」

坂出病院の透析室の光景がスクリーンに映し出された。

「鉄心会グループでは現在三千人程の患者さんがＨＤを受けています。しかし、これは誇れる数字でしょうか？　否、と言わざるを得ません。その三十分の一の患者さんを当院で診ている勘定になりますが、中には、野越え山越え、あるいは海を渡って片道二時間もかけて来られる患者さんがいます。大雪や台風の時は通院できない事態も生じます。たとえば、骨以外の軟部組織にＨＤに伴う合併症に日々苦しんでいる患者さんもいます。痛風に似た大変な痛みをもたらす石灰が沈着する〝異所性石灰沈着症〟と呼ばれる合併症は、痛風に似た大変な痛みをもたらします。

それでなくても、ＨＤを受けた後は患者さんはその度にガックリと疲れます。

ですから、腎不全に陥った患者さんに遭遇した場合、ＨＤが唯一の治療法ではなく、腎移植というもう一つの、根本的な治療法があるということを伝えて頂きたいのです。

現時点では、何年もＨＤをやって来ていい加減疲れた患者さんが、もっとＱＯＬ、ここ数年来言われて来ているQuality Of Lifeですね、これを高めたいと願って腎移植を求めて来られます。ＨＤから解放されて何年振りかにおシッコが本来の出口であるおチンチンから出るのを見た時の感激は計り知れないものがあるようです。

しかし、移植はバラ色の夢ばかりではありません。免疫抑制剤を飲み続けなければなりませんし、それによる合併症、最も重篤なのはサイトメガロウイルスやアデノウイルス、細菌による肺炎や尿路感染症ですが、真菌等による感染症も油断なりません。拒絶反応のために移植腎が機能不全に陥り、再びHDに戻らなければならない患者さんもままあります」

スクリーンには腎移植後の主だった合併症が列記されている。

「ですから、HDで満足しておられる方や移植に懐疑的な患者さんに、何が何でも移植を、と強要するつもりは毛頭ありません。あくまで選択権は患者さんにあります」

当麻の中である殻が弾け、新たな芽がふき出した。

講演を終えると、一旦演者席には戻ったものの、次の演者の西日本大尾澤教授が壇上に上がり、場内の照明が消されて演者だけにスポットライトが当てられ、スクリーンにパワーポイントの映像が映し出されるや、闇に紛れるように千波は背を屈めて場内を抜け出した。それと見届けて当麻も腰を上げた。

「ちょっと、千波先生に挨拶してくるよ」

「あ、はい……」

大塩が返した時には当麻はもう通路に出ていた。

果たせるかな、二、三秒遅れれば見失うところだった。まだ五十歳そこそこだろうが、それにしても細身の体をしゃんと立ててスタスタとロビーをよぎり玄関口に向かっている。タクシーを拾うつもりだろう。

「千波先生」

玄関に出る二、三歩手前で呼びかけた。

「あ……これはこれは……」

一瞬訝った目が明るく見開かれ、千波は足を止めた。

「先程は良いコメントを拝聴しました。私の言いたいことを代弁して頂けた思いです」

東京の鉄心会本部での初対面のことを口にしようとした出端を挫《くじ》かれた。さながら旧知の人間に対するような物言いに安堵した。

「私の方こそ、先生のご講演に感銘を受けました。新しい展望が開けた思いです」

「えっ……？」

千波の目が明るいまま訝った。

「僕も、腎移植を手がけてみたい、と思ったのです」

「ああ、それはいい！」

千波が細面の顔を大きく揺らした。

「ぜひ、おやり下さい。肝移植の方はまだまだ一山二山ありそうだし、鉄心会でおやりになるのは無理でしょうからね。鎌倉湘南や、今度あの、心臓外科の、何とか言われましたな」

「雨野厚……？」

「あ、そう。彼の行く千葉西あたりだったら、うるさく言っている施設規準もクリアできるかもしれないが……先生も、都会はお厭なんでしょ？」

「ええ。医者のあり余っている所に僕のような者がいても仕方がないですから」

「いや、そんなことはない。都会だって肝移植までやってのける技量の持主はそうそうザラにはいませんから、稀少価値は充分あると思いますが……」

「嬉しいお言葉ですが、肝移植は日常の診療の一端として手がけたまでで、移植の専門医になるつもりは毛頭ありませんから」

千波はコクコクと頷いた。

「それで、早速ですが」

当麻は急き込んだ。

「あさっての月曜に、腎移植のご予定はありませんか？」

「ありますよ」

千波は即座に返した。

「生体腎移植で、奥さんからご亭主への移植です」

「拝見、できるでしょうか？」

「勿論、結構です」

「同行して来ている大塩君という男と一緒にお邪魔してよろしいでしょうか？」

「どうぞどうぞ。坂出へいらしたことはおありですか？」

「いえ、初めてです」

「こちらには、いつまで……？」

　学会の用事は今日の午後で終わるが、明日は別の用事があるので昼過ぎまではこちらにいる、その後はフリーなので、明日中に坂出まで足を延ばし、あさってのオペに備えたい、と当麻は大まかなスケジュールを述べた。

　月曜の手術は午前九時から始める、スタッフは自分の他にもう二人中堅の泌尿器科医がいる、一人は外来に出、残った二人でスタートし、外来を終えたもう一人が後で加わる段取りだが、傍で見ているだけではつまらないだろうから、何なら手洗いをしてお手伝いして頂けたら、と千波は屈託のない顔で答えた。

「そのオペ患の準備がありますので、私はもうこれで失礼します」

　手術見学の手続きを説明し終えると、千波は当麻に飄々たる後姿を見せて立ち去った。

　会場に戻ると、西日本大の尾澤教授の講演が終わりかけていた。

　尾澤は着々と生体肝移植の症例を積み上げていた。当麻が医学生時代、尾澤はまだ助手で、教授の講義の折には脇に立って黙々と黒板消しをしていた。教授が白墨で書き連ねた講義内容を、頃合いを見計らって消して行く。

（こんなことは教授が自分でやればよいのに）と思ったものだ。教授の権威付けでしかないと内心義憤を覚えたが、ひょっとしたら助手も学生になった心持ちで講義を聴いているのかもしれないし、万が一自分が教授になった時の手本になると、それなりのメリットを見出しているのかもしれない、と思い直した。

尾澤は、実川が杉田《すぎた》空也《くうや》への父親からの生体肝移植に失敗した後、本邦で二例目の生体肝移植を成功させ、その後も他学を引き離す実績を積んでいる。

座長席には第三例目の生体肝移植を成功させた東日本大の幕間《まくま》教授が座っている。東日本大の教授に着任したのはつい最近で、それまでは傍系の北陸大の教授であった。

当麻はポール・モーリアを手術時のＢＧＭに流しているが、幕間は演歌を流しているとの噂だ。

尾澤の講演が終わったところで、当麻は実川と陳肇隆の動きを追った。

「じゃ、僕は先に行ってます」

当麻の意図するところを悟って大塩が先に席を立った。

講演を終えたばかりの尾澤と幕間、それに陳と実川が輪を作って立ち話を始めているのが、退席して一斉に入口に向かって行く人の間に見え隠れする。

退席者の群が殆どホールから消えるまで席に座ったままでいたが、前方の四人はまだ輪を作って立ち話に興じている。

当麻は諦めて席を立ち、入口に向かった。

ロビーに出ると、人の群は三々五々散って左右の小ホールに足を向けている。分科会に臨むためだ。

当麻は足を止めて鞄《かばん》からプログラムを取り出し、大塩が発表する会場を確認した。

「ドクター、トーマ」

プログラムを収めて左方に向かおうとした端、背後で聞き覚えのある声が響いた。振り返ると、陳肇隆が破顔一笑して手を差し出していた。

“Nice to meet you again.”

当麻も陳の手を強く握り返した。

陳とは台湾を去る前に矢野と一緒に基隆《キールン》の長庚紀念医院を訪ねて別れを告げて以来だ。その時点で陳は、先刻発表したCBAの患児に対する脳死肝移植の数例目を手がけていた。まだ黄胆の消えやらぬ術後間もない患児を誇らしげに見せた。

日本に戻った年の暮れ、陳からクリスマスカード兼年賀状が届いた。驚いたことに、ウェディングドレスの新妻と並んだ白のタキシード姿の写真が中央にあった。自分も翔子と結婚したことを賀状に認めていたから、偶然の一致にある種の感慨を覚えた。

陳の翌年のクリスマスカードには、乳呑み子を交じえた親子三人の写真がプリントされていた。そして翌々年には更に子供が一人増えていた。翔子は羨ましそうにそれを眺めていた。

それから間もなく翔子はこの世を去った。喪中に付き年賀は欠礼する旨の葉書を陳にも送ったが、それ以来音沙汰がなかった。

「これから、先生はどちらへ？」

陳が尋ねた。分科会で部下の大塩が発表するのでそちらへ、と答えると、

「ああ、そうでしたね。共同演者に先生の名前を見出したので、ひょっとしたらお会いできるかな、と思っていたんですよ。今夜の懇親会には出られませんか？」

今日のスケジュールは五時で一斉に終わる。五時半から懇親の立食パーティーが階上の大広間で開かれることになっている。予めの申し込みが必要だったが、当麻は最初から出席するつもりはなかった。

「ええ。次に行かなければならないところがあるので。先生は出られるんですね？」

「僕は、今夜はゆっくりして、明朝一番の飛行機で台湾に帰ります。ご一緒できなくて、残念ですね。折角、久し振りにお会いできたのに」

「去年は、賀状を出さずじまいで、失礼しました」

「あ、そうそう」

陳はハタと思い至った風な表情を作った。

「奥さんを、亡くされたんでしたね？」

当麻が答えようとした時、ポンと肩を叩かれた。頭をめぐらすと、実川が立っている。離れた所を尾澤と幕間が並んで歩いている。

「突然の指名で済まなかったね」

日本語だから通じていないはずだが、陳はにこやかに実川を見ている。先刻の立ち話を済ませているから、二人はもう改めて挨拶を交わす必要はないし、この後の懇親会でも顔を合わせるだろう。

「いえ、お心遣い頂いて恐縮です」

「大川さん、元気でいますか？」

さすがに実川だ。手がけた患者のことを忘れていない。

突然実川は陳に向き直って英語で大川松男《おおかわまつお》の再移植の顚末《てんまつ》を説明し出した。

当麻は幾らか困惑した。何故自分を助っ人に呼んでくれなかったのかと陳が訝りはしないかと案じたのだ。しかし、杞憂《きゆう》に過ぎた。陳は眉を曇らすことなく、終始感嘆の面持ちで聴き入っていた。

「その節はお世話になりました。大川さんは元気でいます」

実川が一息入れたところで当麻は言葉をさし挟んだ。

「日本でも早く脳死移植ができるといいですね」

陳が屈託なく言った。

「でも僕は、生体肝移植にも興味を持ちました。台湾でも脳死ドナーは不足していますからね」

実川と当麻は頷き合った。

職人芸

二時間後、当麻と大塩は福岡の亀山総合病院にタクシーを乗りつけていた。

土曜の夕暮れ時で、院内はヒッソリとしている。ロビーの待合室に並べられた長椅子に、点滴台を傍らに置いた患者と見舞いの家族が数組、並んでヒソヒソ話を交わしている程度だ。

二人はエレベーターで最上階に上がった。

「似てますね、うちの病院と」

エレベーターを降り立ったところで大塩が言った。

「あれっ、ピアノが聴こえる。〝アメイジング・グレイス〟だ」

廊下に二、三歩足を踏み出した大塩が耳をそば立てた。

「デイルームだね。行ってみよう」

ナースセンターに向きかけた足を戻して当麻は左手の廊下の奥を指さした。

病室が途切れ、視野が開けた。

「あっ……！」

当麻は思わず小さく声を上げた。デイルームには五、六人群していて、車椅子の者が半ばを占めているが、皆、ピアノの方を向いて演奏に聴き入っている。その光景が物珍しかったからではない。似た光景は甦生記念病院のホスピス病棟へたまに上がった時に見かける。

当麻が立ちすくんだのは、ピアノを弾いているのが松原富士子で、車椅子の一人が江森京子だったからだ。

富士子には数日前、学会の後訪ねること、大塩も多分同行することを電話で告げてある。

ホスピス病棟のコーディネーター室に詰めていますからお着きになったらお電話を下さい、と富士子は答えた。

予定より十五分程早く着いたので、そのままコーディネーター室に直行し、少し富士子を驚かせてやろうと思ったのだ。まさかデイルームにいるとは思わなかったし、富士子がピアノを弾けることも知らなかったから驚いたのだ。

京子は一段と顔が小さくなったように見えたが、表情にかげりはない。が、涙ぐんでいる。他の者達もすすり泣いている。〝アメイジング・グレイス〟のせいだろう。だが、湿っぽい感じはなく、ロビーの薄暗さが印象に残っていることもあって、デイルームはひときわ明るく輝いて見えた。それは、煌々《こうこう》たる明かりのせいばかりでなく、松原富士子の演奏姿があってこそのものと思われた。

京子が最初に目を上げた。当麻は顔の前で小さく手を振った。京子の相好が崩れ、目だけでなく、顔全体で泣き出した。

富士子が演奏を終えた。そのしなやかな手の動きに見とれていた当麻は、我に返って患者と共に拍手した。大塩も合わせた。

富士子が一瞬驚いた表情を見せてから、立ち上がって一礼し、こもごも涙を拭っている同席者に向かった。

「趣味程度にしか弾いて来なかったので、下手な演奏でごめんなさい」

(趣味で？)

当麻は訝った。

(いつ習っていたのだろう?)

翔子からも当の本人からも聞いていない。富士子も翔子と同じで〝能ある鷹〟だ。爪を隠していただけなのだろう。

「お客様がお見えになりました」

富士子が少し間を置いてから続けた。

「こちらにおられる江森京子さんをここへご紹介下さった当麻鉄彦先生と……」

「あ、弟子の大塩です」

富士子が問いた気に視線を向けたのへ、大塩が自ら名乗って一礼した。会釈を返し、富士子に礼を言って患者達はデイルームを出た。

入れ代わるように、当麻と大塩は残った富士子と京子の前へ進み出た。

「ここで、よろしいですよね?」

富士子が椅子を勧めながら当麻に言った。

「ええ、勿論」

大塩にも椅子に座るよう促して当麻は二人の前に座った。

京子はまだ涙が乾き切らない目でおずおずと当麻を見すえた。

「お陰様で、まだ、生きてます。秋には学会でおいでになると、松原さんから伺っていたので、それまでは生きていたいと……」

語尾がかすれた。膝に置いた手を、京子は目もとにやった。

「来年の春にでもまたこちらで学会があればいいけれど、ないですか？」

富士子が京子から逸らした目を当麻と、次いで大塩に向けた。

「外科学会はないけれど、何か他の学会を探してみましょう」

当麻が富士子の目に返した。大塩が胸のポケットから手帳を取り出し、後の方の頁を繰った。製薬会社のＭＲが年度代わりに持ってきてくれるものだ。二年間のミニカレンダーに住所録のスペースが付いており、最後に主だった学会の開催日が付されてある。

「大分で、三月末に、これが……」

大塩は手帳の一頁を当麻に示した。

「内視鏡学会……うん、今度は矢野君と来ることになるかな？」

「僕は留守番ですね？」

「ああ……ま、そういうことになるかな」

「良かった！　大分なら、ここへも寄って頂けますね？」

富士子が呼応し、同意を求めるように当麻を見た。

「寄りますよ。墓参りも兼ねて……」

「あ、そう言えば先生は、熊本の北里が郷里でしたね？　今回は、寄られないんですか？」

大塩の言葉に、京子が目もとをもう一度ひと拭いしてから当麻を見た。富士子も問いた気な目を当麻に注いだ。

「寄りたかったが、明日の夕方までに坂出へ行かなければならなくなったから……」

大塩に答えながら、富士子にも聞かせる意図があった。しかと約束したわけではないが、富士子と共に北里へ赴く計画も以前の手紙に匂わせていたからである。

「坂出へ……？」

富士子が少し目をかげらせた。

当麻は千波の手術のことを話した。

「強行軍ですが、今日これから熊本まで行き、明日午前中に北里へ行って、午後から坂出へ向かう手もありますよ」

大塩が言った。当麻がためらいを見せると、富士子が上体を当麻の方へ乗り出した。

「お耳に入れなければならないことがあります。あるいは、お聞き及びかもしれませんけれど……」

当麻は富士子を訝り見た。

「上野さんの奥様、今日、お昼前に亡くなられました」

「えっ……!?」

数日前の電話で、上野の妻の容態を富士子に問い質している。悪いなりに小康状態を保っている、との返事だった。

「また、急ですね？」

「ええ。朝食も少しですけど摂られたようでしたが……」

「それで、上野は間に合ったんでしょうか？」

「ご臨終には間に合いませんでした。でも、お別れの会には、両家のご両親とも出て頂けました。江森さんもお見送りをして下さったんですよ」

京子が大きく相槌を打った。〝お別れの会〟は富士子が甦生記念病院に倣って始めたものだ。入院患者が亡くなった時、取り敢えず病室で、ホスピス病棟長、コーディネーター、最後を看取ったナース、家族代表が簡単な弔辞を述べるもので、他に病棟の患者やその家族の有志に集ってもらう。長くても半時間のセレモニーだ。

「今夜がお通夜で、明日が葬儀でしょうか？」

「急なことなので、お通夜は明日、お葬式はあさってになる、と仰ってました。当麻さんがいらっしゃることをご存知でしたから、よろしく伝えてほしいとのことでした」

夕刻になるが亀山病院へ行く、もし落ち合えたら嬉しいと、四、五日前、上野宛てに葉書を認めてあった。都合が悪ければ電話の一つも寄越したであろうが、事前の連絡がなかったということは、今頃の時間に上野は来るつもりでいたのだ。週末には子供を連れて熊本から出て来る習わしだと聞いている。今日は妻の急変で急遽時間が早まったのだ。

〝アメイジング・グレイス〟は、上野の妻がこの曲を愛し、幾度かデイルームで弾いてくれとせがまれていたから、霊柩車《れいきゆうしや》を見送った後、弔いの意味をこめて弾いていた、京子や、先刻まで居合わせた患者達は、たまたまそれを聴きつけて集まったのだ、という。

「私もそうですけど、上野さんも、松原さんをとても頼りにしておられました。平家物語の朗読も一緒に楽しみにしてましたし……」

別れ際、京子がそっと当麻に言った。

病院を後にすると、当麻は富士子を宿泊先のホテルに誘い、大塩と三人でレストランに入った。

食事が終わったところで、当麻は富士子をラウンジに誘った。大塩は気を利かせたのだろう、「浪子に電話を入れますので」と言って自分の部屋に戻った。

「上野さんに、お電話しなくていいんですか？」

ラウンジで相対するなり、富士子が言った。

「気持が少し落ち着いたところで、彼の方からかけてくれるでしょう。今頃は、通夜や葬儀の段取りにバタバタしてるでしょうから」

「そうですね。上野さん、これから大変ですね。小さなお子さんを二人抱えて……。ご両親が健在でいらっしゃるので、日頃はみてもらってるということですけど」

「彼はネアカな人間だから、いつまでも落ち込んではいないでしょう」

「そうだといいですけど……」

富士子はティーカップを口に運んだ。有るか無しかにルージュの入った形のいい唇に、今更のように当麻は見入った。翔子程目鼻立ちはくっきりしていないが、全体にまとまって愛くるしい。一度限り見《まみ》えた父親に似ているなと改めて思い至った。

「江森京子さんのことですけど――」

富士子が指先でそっと縁を拭ってからカップを置いて顔を上げた。

「当麻さんに命を救われたんですね？」

「えっ……？」

「聞きました。大学病院で偶然当麻さんとお会いしていなかったら、こちらへ来ることもなかったかもしれないって……」

「彼女は、いつ、そんなことを話したんですか？」

「来られて一カ月程経った頃かしら。親しくお話しするようになって……心を開いて下さったんですね。当麻さん、ご存知だったんでしょ？」

「ええ、後で、手紙をくれまして……」

「京子さん、ずっと当麻さんのことをお慕いしておられたんですね」

「いや、そんなことは……」

当麻は富士子の視線を避けてコーヒーカップを手に取った。

「しきりに、翔子の最期のことや、その間当麻さんはどうしておられたのかを聞きたがるんです。当麻さんがホスピスに寝泊まりして付き添っていた、土曜日だけ私が代わっていたことをお話ししたら、当麻先生は私が思っていた通りの方でした、翔子さんは本当にお幸せだったんですね、て……。その時、分かったんです。京子さんの当麻さんへの思いがどんなものであるかが……」

当麻は目の遣り場に困り、視線を落とした。

「もうこのままお会いすることがなくってもいい、て仰りながら、今度当麻先生がいらっしゃるわよ、て言ったら、顔がパッと輝きました。生気が戻って来たように。今日、彼女、お化粧してましたでしょ？　気付かれました？」

「そう、でしたかね？」

当麻はやっと顔を上げた。

「口紅は勿論、頬紅もつけてましたよ。綺麗だったでしょ？」

「確かに、西日本大の病棟で出会った時よりは明るい顔をしてましたね。でも、あの時も、口紅はつけていたような記憶があるなあ……」

「最後のお化粧のつもりだったんでしょうね、きっと……」

当麻は、屋上から身投げして地上に落下して行く京子を想像してぞくっと身を震わせたことを思い出していた。

「また、来てあげて下さいね」

絶句の体でいる当麻に、富士子が微笑みかけた。

「私との約束を、果たして下さるためにも」

「富士子さんとの……？」

「北里へ連れて行って下さること。今度もお預けですものね？」

「ああ、そうでしたね」

「その代わり――」

富士子が少しためらいがちに言った。

「明日、熊本までは行って来ようかと思います」

「熊本へ……？」

「上野さんのお通夜に、当麻さんの代理で出て来ようかと思って……」

「そうですか……それは、有り難う」

「当麻さんが翔子と結婚式を挙げられた教会でされる、ということですから、迷わず行けると思います」

富士子の目を確《しか》と見返してから当麻は頷いた。

一時間後に二人は別れた。別れ際に当麻は香典用の金一封を富士子に託した。

部屋に戻ってバスで汗を流し、今頃富士子は博多の家に着いただろうかと思いめぐらしたところで携帯が鳴った。上野からだった。

「急変とは言ってもずっと入院してたからな、覚悟はできていた」

当麻の悔みに、上野は案外元気な声で返した。

「通夜も葬儀も、俺やお前が結婚式を挙げた教会でするよ。女房が通っていたしね」

「松原さんから聞いたよ。生憎僕は出られないんだ」

明日の夜までに坂出へ行かなければならないことを告げた。

「お前、今度は腎移植をやるつもりね？」

了解の旨返してから上野が問いかけた。

「ああ、何故もっと早く気づかんかったかと思ってね」

「俺は門外漢でよく分からんが、肝移植よりは楽なんだろ？」

「多分、ね」

「そりゃいい。肝移植までやってのけたお前の腕を錆《さび》つかせると勿体なか。大いにやれよ」

「ああ、ありがとと。ところで、明日のお通夜だが、松原さんが僕の代理で行ってくれるらしか」

「え、ホントか？」

上野の声が弾んだ。

「彼女には親切にしてもらった。さすが翔子さんの親友だっただけあって、素晴らしか人だ」

「ああ……」

「お前……」

「うん……？」

「あ、いや……またの話にするけん」

上野が何を言いかけたのか気になったが、敢えて追及しなかった。

来春に学会が大分である、その時会えたら会おうと言って電話を切った。

翌日、当麻と大塩は午後二時の閉会まで学会に出て、その後福岡国際空港に赴いた。一日一便しか出ていない日航の高松行きの便に乗った。

高松からはレンタカーを借り、大塩が運転して坂出に向かった。

陽の落ちる頃、千波が宿泊の予約を入れてくれていた民宿に辿り着いた。そこから病院へは歩いても五分の道のりだ。

「吉野家に似てますね」

八畳の和室に落ち着くなり大塩が言った。なるほどと思った。

一時間程して、千波が大塩と同じ年配の男と、もう一人、四、五歳若いかと思われる青年と共に現れた。

「松山《まつやま》君と琴平《ことひら》君です。日頃この三人でやってます」

千波がさり気なく二人を紹介した。

「こちらがかの有名な当麻先生。そしてこちらは……？」

千波はこめかみの辺りに右の人さし指をあてた。

「大塩です。当麻先生の一番弟子、と言いたいですが、二番弟子です」

「ほー、じゃ、先生の所もお三人で……？」

大塩の返事に頷いてから千波が当麻に言った。

「いえ、他に研修医が二人おります」

「五人ですか、いいですな」

襖《ふすま》が開いて宿の女将が顔を出した。

「千波先生、お食事の用意ができましたので、〝鯛の間〟へお越し下さい」

「あいよ」

屈託の無いやり取りから、千波がもうこの地になじんで久しいことが窺い取れた。

「こっちの市民病院にいたんですがね、どうも公務員という立場は窮屈で、技量も人間も駄目なナースを辞めさせたいと思っても私の一存ではどうにもならない。欲しい医療機器《ME》も予算枠を超えるので今年は駄目とか、思うに任せない。土、日は休みで、緊急手術にナースを召集すると、不平たらたら、どこか他の救急病院に回して下さいと言う。モチベーションの低さに呆れ、いい加減うんざりしていたところへ、徳岡さんに声をかけられましてね。渡りに船と移っちゃいました」

千波は意外に冗舌に喋った。水を得た魚という感じだ。千波にはやはり、東京よりも坂出が似つかわしい。

「鉄心会も縛りがあるし、いつぞやのように突如召集をかけられたりしますが、欲しいものはまず買ってくれるし、何よりも理事長にはハートがある。独立採算のプライベートホスピタルだから、経営もそれなりに大変だろうと思うし、鉄心会を起こした当初の理念が現実の壁にぶち当って綺麗事ばかりで済まされない点も多々あるでしょうが、徳岡さんの根底にある医療理念には揺るがないものがある。それだけに、彼が心筋梗塞に見舞われたという情報にはショックを受けています」

「でも、すっかり元気になられてましたね。医科大学の構想にも驚かされました」

「そう。止まるところを知らない。ブルドーザーのような人だ」

「でも、一県一医大のプロジェクトが行き渡って、医師不足を補うためのものが、逆に飽和状態になってるようですから、文部省も簡単には設立許可を出さないんじゃないでしょうか？」

　大塩が口を挟んだ。

「当麻先生から徳岡理事長の構想を聞いて僕も感動したんですが、よくよく考えてみると、杓子定規《しゃくし》な文部省という大きな壁が立ちはだかっていて、エベレストの頂上を極めるような至難なことじゃないか、て思えて来たんです」

「私もそう思いますよ。遥かなる峰だ、てね」

　千波が徳利を取りながら言った。松山が慌てて徳利に手を添えたが、「あ、いいよ、いいよ、手酌で行くから」と千波はそのまま徳利を傾けた。

「でもね、その点は、理事長も充分わきまえていると思いますよ。彼が政界に打って出たのも、詰まるところ、一筋縄では行かない法の世界を動かすには政治の力を以《もっ》てしか手だてがない、との思わくがあったからじゃないかな？」

「ああ、なるほど」

千波の隣で松山が感心したように言った。

「医科大学の構想は、もうそんな頃から描いておられたんですね」

「いや、もっと前だろう」

千波が銚子を一気に空にしてから言った。

「恐らく、浪人中に思いついたんだと思うよ。こんなに医者になりたいと願い、かつ、絶対医者に向いていると自負している人間を、何故大学は入試だけでふるい落とすのか、という義憤、それが原点じゃないかな」

「ホントですよね。僕も二浪した時にはつくづくそう思い、煮えくり返りましたよ。数学や物理が得意、偏差値が高いというだけで医学部を志望し、また苦もなくスイスイと現役で医学部に入って行く連中を羨み、憎みました」

当麻は松山に好感を抱いた。風貌も爽やかだ。

山海の珍味に舌鼓を打ちながらの語らいは午後の十時過ぎまで続いた。明朝の段取りを伝えて千波は「おやすみ」を言った。

翌朝、当麻と大塩は朝食を終えてから歩いて病院に向かった。

琴平が外来に出て、千波と松山が手術室に入っている。移植のレシピエントは、糖尿病から腎不全に陥り、週三回の透析を五年前から受けている五十代半ばの男性で、ドナーは男の妻だった。中間管理職になった時点で腎不全に陥り、透析を余儀なくされ、無念の退職となった。妻はカルチャーセンターに通ってケーキ作りを習い覚え、評判のコーヒー店にも足を運んでコーヒーの淹れ方のノウハウも覚え、夫の退職金で小さな喫茶店を開いた。夫も透析に通わない日は店を手伝い、大学生になったばかりの一人娘も週末は店に出た。

生活はかつかつだったが、妻と娘は喫茶店経営を結構エンジョイし、やがて娘も就職先は自営の店と決め込み、実際、大学を卒業すると自宅にベッタリとなった。器量もまずまずだったから、若い客層も増え、店は軌道に乗り出した。

夫は左うちわの身分となったが、今度は男としての矜持《きょうじ》が許さなくなった。五十面を下げてホステスさながら店に出るのが億劫になった。妻と娘も私達で充分だから無理にお店に出なくていいのよ、と言い出すようになった。

透析から逃れたい、自由を得たい、できればもう一度社会に復帰したい、との思いが堰《せき》を切ったように溢れ出し、居ても立ってもおられなくなった。

逃れる道は腎移植しかないと考えていた。妻に悶々たる胸の裡を打ち明けた。妻も腎移植の勉強を始めてくれた。挙げ句、私の腎臓を一つあげてもいいわよ、と言ってくれた。娘も、お母さんのより若いあたしの腎臓の方が活きがいいから使ってくれていいわ、と言った。随喜の涙をこぼしながら、嫁入り前の娘の体にメスが入るのは忍びない、お母さんからもらうよ、と男は言った。

手術のこの日は、男の誕生日と聞いている。前夜に千波は、患者の病歴、腎移植医に至った経緯を語り、妻からの極上のプレゼントとして自分の誕生日に手術を受けたいと男が申し出たエピソードを最後につけ加えた。

月曜は本来手術日ではない、自分も午前は外来に出る日だが男のたっての希望を聞き入れた。たまたまお二人のスケジュールと合ってよかったですよ、とも。

ドナーの麻酔が始まっていた。千波の母校四国中央大学から手術日に駆けつけているという中堅の医者がドナーに酸素マスクを当てている。後輩の氷室《ひむろ》だと千波が当麻と大塩に紹介した。

気管内挿管が終わったところで松山と大塩が手洗いに向かった。ドナーの執刀は最近では専ら松山君に任せ、私は途中でレシピエントの方に回ります、麻酔医も両方をかけ持ってくれます、ドナーのオペはすぐに終わりますからね、と千波は言っていた。

大塩は喜々として松山のアシストの位置に立った。

腎臓は後腹膜腔、腰に近い部分にある。だから大方の泌尿器外科医は患者を側臥位にして腸骨と第十二肋骨の間に皮膚切開を入れる〝イスラエル・ベルグマン法〟を採り、筋層をかき分けて腎臓にアプローチする。しかし当麻は、武者修行時代に最初に赴いた癌研究会附属病院の泌尿器外科医がこの切開法を採らず極く普通に患者を仰臥位とし、正中切開で腹膜を開いて前面から腎臓に到達する方法を専らとしていたことに瞠目させられ、以来腎臓癌に対する腎摘術はこの〝経腹的〟アプローチによっている。

ドナーは仰向きではなく右側臥位になっている。完全な横向きではなく左側腹部を伸展させた半側臥位だ。原則として腎静脈の長い左の腎臓を採取すると千波に教えられたし、ドナーにはできるだけ負担をかけないため、切開創も肋骨下に小さく、腹部には精々七センチ程度、腹膜は開かずに後腹膜腔に達する、との説明にも納得できた。ドナー自身は病的腎の持主ではないし、術前に腹部臓器の検査は行ってどこにも異常は認められていないのだから当然の方策であろう。ドナーが術後の合併症に悩むようなことがあっては本末転倒だからだ。

松山は慣れた手つきでスイスイと手術を進めている。大塩も後れを取らない。前夜も眠るまで大塩は携えてきた泌尿器系の手術書を繙《ひもと》いており、当麻の方が先に眠りに就いた。

腎臓が露出され、尿管にヴェッセルズテープがかかったところで、

「氷室先生、そろそろお隣の麻酔、お願いできますか」

と千波が言った。

氷室は頷き、ドナーのバイタルが安定しているのを再確認してから隣の部屋に赴いた。

二十分程で腎臓は摘出され、生理食塩水で作られたアイススラッシュ中に浸された。それを見届けると、「じゃ、当麻先生、手洗いをお願いします」と言って千波が先立った。

レシピエントの肌は、透析《HD》患者特有のどす黒さを呈している。

千波は右の下腹部に弓状にメスを走らせ、腹直筋の直下に現れた下腹壁動静脈を慎重に結紮切断してから腹膜を正中側へ圧排し、腸腰筋前面を露出させた。腸骨窩を展開し、開創器をかける。この腸骨窩のスペースに移植腎を据えるのだ。

「はい、用意オーライ」

誰にともなく千波が言った。外回りのナースが隣の部屋に小走った。

腎動脈から冷却したユーロコリンズ液で繰り返し灌流《かんりゅう》され洗浄されたドナー腎が運び込まれた。器械出しのナースが膿盆に受け取った。

千波はドナーの腎動静脈を吻合する内腸骨動脈と外腸骨静脈の剝離を終えてドナー腎を腸骨窩に収めた。

血管吻合は静脈から始まり、次いで動脈同士、最後に尿管をレシピエントの膀胱に吻合する。

　千波は流れるように一連の吻合を進めて行ったが、当麻にとってそれらは格別新奇な驚きをもたらすものではなかった。血管吻合は基本的に肝移植時のそれと同じであり、尿管膀胱吻合も幾度か手がけていたからである。

　吻合が終わり、腎静脈、内腸骨動脈のクランプをはずすと、紫色を呈していたドナー腎が鮮紅色に色づいて来た。血管吻合を終えたドナー肝の総胆管から胆汁が流れ出て来るように、レシピエントの膀胱に留置されたバルーンカテーテルから尿が採尿パックに流れ落ちて来て手術の成功を物語った。

　千波が閉じた腹壁の最後の糸を切り、一礼して手術台に取りつけられた採尿パックに満ちて来る黄金色の尿を見据えながら、この患者に新しい門出が訪れたように、自分にも〝腎移植〟という思いも寄らなかった舞台の幕が上がった喜びを当麻はかみしめていた。

新　生

　年が明け、一月も十日を過ぎたが、恩師羽島富雄からの賀状が届いていないことが当麻は気になった。

「俺は弟子達には彼らの賀状を見てから正月にゆっくり書くんだよ」

と羽島はかつてそんなことを言っていたし、事実、羽島の賀状は三箇日が過ぎてから届くのが通例だった。

大塩も中途で修練士を抜け出して当麻の所へ来たが、いっときは世話になった羽島への賀状は欠かさないし、正月明けの四日か五日には羽島から賀状が届いていると言っていた。

「僕の所へも来ていません」

予測した通りだったが、念のため問い質すと、案の定の返事が返って来た。

青木隆三からは正月二日に賀状が届いていたが、恩師のことには何も触れておらず、修練士卒業後の進路をあれこれ考えています、いつかまた先生とご一緒できる日を夢見ています、との添え書きがあった程度だ。

以前の青木の手紙で羽島の新たな癌に触れた件がしきりに思い出されて来た。

一月の半ば、当麻は青木に電話を入れ、恩師の安否を尋ねた。受話器の向こうで、青木が一瞬絶句したのが分かった。

「羽島先生は年末までずっと入院しておられたんですよ」

危惧した通りの情報だ。当麻は息を呑んだ。

「前に書きましたが、結局肝転移は大腸癌からのものと分かりました。それで、浜田《はまだ》教授に結腸右半切除術を受けられ、術後暫くして抗癌剤治療を三クール程続けられました。肝臓の転移巣もかなり小さくなったということで一旦退院されてます。そんなわけで、年賀状どころじゃなかったんでしょうね」

　腑に落ちたが、羽島のこれからが思いやられた。

「先生に、何か変わったことがあったら知らせてほしい」

　茫然自失の体から我に返って当麻は言った。

「分かりました」

「ところで、卒後の進路は決まったのかな？」

「ええ、概《おおむ》ね」

「賀状ではまだ暗中模索中と書いてあったが……」

「賀状の文面は去年の十一月末頃に作ったものなので、その時点ではまだ……。あれから、冬休みに奄美大島へ行ってきました」

「ほー……」

「先生もいらっしゃったそうですね？　乳癌のオペをなさりに……。部長の佐倉先生から伺いました」

「ああ……佐倉先生に手伝って頂いたよ。立派な方だ」

「ええ、オペにつかせて頂いて、僕もそう思いました。それで、弟子入りをお願いしたんです」

奄美大島病院の手術室が瞼に浮かんだ。今は何事もなかったかのように白衣をつけて身近にいる長池幸与の一件で相対した佐倉の精悍《せいかん》な顔、くるっとした賢そうな明眸《めいぼう》を術野に凝らしててきぱきと器械出しをこなしていたナースの顔と共に。

（ナカジョーミホ、ていったっけな？）

器械出しの若いナースの名がすんなり思い出された。と同時に、彼女を見詰めている青木の顔が浮かんで来たことに我ながら驚いた。

「それで、佐倉先生は？　承諾して下さったのかな？」

「二つ返事でＯＫでした」

声が弾んでいる。

「そうか、よかったね」

今度はナカジョーミホが青木の横顔を見すえている光景が浮かんだ。

「希望の春になりそうだね。おめでとう」

「有り難うございます」

青木は更に一段と弾んだ声で返した。

「でも僕は」

「うん？」

「いつかはまた先生の許で働きたいです。佐倉先生の所で修業して、先生の足手まといにならないだけの力を蓄えて、腎臓移植のお手伝いができたらと……」

「腎臓移植……？」

「最新の鉄心会報で知りました。大塩さんとお二人で千波先生のおられる坂出に行かれたんですよね？」

「ああ……」

「その見聞記を大塩先生が書いておられましたよ。先生の校閲なしで彼が勝手に投稿したんですか？」

「そうだね。まだ読んでないよ」

「当麻先生が新たに腎移植を手がけることになりそうだ。いずれ、西の千波、東の当麻と、鉄心会の腎移植の二本柱が立つだろう、なんて書いてましたよ」

「やれやれ、大先輩の千波先生に失礼だよね、そんなこと書いちゃ」

「でも、僕なんかも鼓舞されるいい文章でしたよ。千波先生のことも、〝正に職人芸を見る思いであった〟云々と大層な惚《ほ》れ込みようでしたから、千波先生が読まれても気を悪くされることはないと思います」

青木とのやり取りを終えると、当麻は医局へ赴いて雑誌立てに鉄心会会報を探った。病院で購入してくれる日々の新聞や月々の各科の専門誌と共に並べられてある。忙しさに紛れ、きちんと目を通してはいないが、大体は読んでいる。

だが、見当たらない。はたと思い至って、大塩の机に足を向けた。果たせるかな、最新号の会報が置いてある。

当麻は会報を手に、ソファに戻って頁を繰った。「腎移植を考える――学会報告及び坂出病院訪問記」とタイトルが付されている。福岡の学会に演者として出向いたことから書き出し、それに先立つメインホールでの講演で座長を務めていたのが実川剛で、当麻が指名を受けてコメントを求められたこと、自分のセッションで座長の席に座っていたのは実川の部下の高島《たかしま》助教授であったことなど、簡潔要領よくまとめてある。

千波の講演の要旨も具体的な数字を交じえて説得力あるものに仕立てていたし、腎移植なる思ってもみなかった領域に目が開かれたこと、ドナー腎の摘出に前立ちとしてつかせてもらったこと、レシピエントのオペは見学に終始したが、初めての手合わせなのに、千波と当麻が〝あ・うん〟の呼吸ですいすいと吻合術をこなして行く手際に瞠目の限りであったこと、尿が流れ出すのを見た時、台湾の病院で当麻の肝移植の手術につき、血管吻合が終わった時に吻合前のレシピエントの胆管から胆汁がチョロチョロと流れ出て来た時の感動を思い出したこと、等が臨場感溢れる筆致で書き綴られていた。台湾の高雄博愛医院と当麻の関係、そこでの肝移植は大川松男の再移植術で、台湾なればこそ当麻は腕を振るえたこと、日本から近江大の実川教授も応援に駆けつけたこと、当麻の腕を惜しんで「早く日本でも脳死肝移植ができるようになるといいね」と実川が言ったことまで付記されている。

読み終えたところへ当直の塩見が入って来た。

「あ、それ、僕も読ませてもらいました」

当麻に気付いて塩見が隣に腰を下ろして言った。

「先生、今度は腎移植に取り組まれるんですね？」

当麻は頷いた。

「僕がここにお世話になっている間に、第一例をやって下さいね」

「そうだね。大塩君がここまで書いちゃったから、もう後には引けないね」

「その辺が、大塩先生の目論見らしいですよ」

「君に、そんなことを、言ったの？」

「ええ。外科はもう、癌のオペしかなくなってきているが、予後は必ずしも芳しくないし、臓器をごっそり取られた患者は、延命は得られてもQOLはいたく損なわれる、その点腎移植は、週の半ばの自由を奪われる透析患者のQOLに飛躍的な改善をもたらし、外科医冥利に尽きることこの上ない、心臓のバイパス術にも匹敵する、て、さっきまで熱弁を振るっていかれました。腹部外科より心臓外科の方がやり甲斐があるかもしれんぞ、て、雨野厚という先生の文章も見せられました」

塩見が当麻の膝の鉄心会報を指さした。

「これに載ってるの？」

「はい、ちょっと、すみません」

塩見は当麻の膝から会報を取り上げると、パラパラと頁を繰った。

「ここです。先生のことも書いておられますよ」

東京の鉄心会本部で出会った心臓外科医の顔写真が載っている。

「出会いと別れ――人生の妙」

のタイトルに惹かれ、一気に読んだが、内容は、東京で滔々《とうとう》と語って聞かせてくれた、そのままであった。

「一度、この先生のオペも見に行ったらいいね」

「はあ……」

塩見は浮かぬ顔をした。

「確かに、同じバイパス術でも消化器は姑息《こそく》術で心臓は根治術になり天地の相違があるという説には頷けますが、バラエティに富んで面白味があるという点では断然消化器ですよね。それに、心臓のバイパス術って、要するに血管吻合ですよね。それも細い細い血管同士の」

「そうだね。それなりの忍耐と器用さを要するだろうね」

「僕はやっぱり胃と腸、腸と腸をつなぐラフなオペが性に合ってますね」

「でも分からないよ。やってみたら案外壺にはまるかも。君は結構器用だから」

「えっ、そうですか！」

塩見の顔がパッと輝いた。

「ここだけの話だが、高橋君よりは外科医としての見込みがありそうだ」

「ウワァー、嬉しくって今夜は眠れませんよ。その一言、テープに取っておきたかったなあ。今度はボイスレコーダーを用意して来ますから、もう一度同じことを仰って下さい」

当麻は笑った。

テーブルの上の電話が鳴った。塩見が受話器を取り上げた。

「えっ、昏睡？　五十三歳の男性？　分かった。すぐ行く。先生、一緒にお願いできますか？」

血相を変えて塩見が受話器を置きながら言った。

「アポでしょうか？」

「ウーン、頭とは限らないよ」

当麻は塩見と共に医局を走り出た。

赤ら顔で太った患者が仰向けになって目を剝いている。傍らで妻とおぼしき中年の女性と息子と思われる若者がおろおろし、しきりに患者に呼びかけている。

当直の外来ナースがバイタルを報告した。

「血圧は一六〇に七〇です。脈に不整はありません」

当麻はカルテの氏名を見て吃驚の声を上げた。

「あれっ、島田さん……!?」

「はい、その節はお世話になりました」

乱れた髪を手櫛《てぐし》でかき上げて付き添いの女が言った。若者も一礼した。

塩見が瞳孔を探っている。

「対光反射はありますが、でも、昏睡状態《コーマ》ですね。CTを撮りますか？」

「その前に、血糖を測ってみて」

当麻は患者に顔を近付け、四、五年前とは様変わりしているが、紛れもなく以前の事務長島田三郎その人であることを見て取った。妻とおぼしき女性には、たとえばホスピス病棟の披露宴で一度くらい顔を合わせているはずだが、見覚えはない。

「血糖値、測れません」

ナースが怪訝な面持ちで告げた。

「メチャクチャ高いんだ！　糖尿病性昏睡ですか⁉」

塩見が唖然として言った。

「この息を嗅いでごらん。独特の甘酸っぱい匂いがするよ」

当麻の言葉に塩見が再び患者に顔を近付け、納得したように頷いた。

「ノボリンを一〇単位静注しよう。ともかくＩＣＵへ。点滴は生食水で。バルーンも用意して」

「はいっ！」

塩見とナースが慌ただしく動いた。

当麻は病棟に連絡を入れ、島田三郎の妻と息子に病状を説明した。

「夕食を摂っていたんですが、急に倒れて意識がなくなったもので……脳卒中でも起こしたものかと思って……慌てて息子の手を借りて連れて来ました。救急車を呼ぶより早いと思ったものですから」

「糖尿病の薬は？　飲んでいなかったんですか？」

「それが……」

妻は口ごもって息子をちらりと見た。二十二、三だろうか、セーターの上に無雑作にジャケットを羽織っている。母親の視線は受け止めたが、戸惑った様子で無言のままだ。

「主人は、こちらを退職しましてから気が抜けたようになってしまいまして」

息子の助太刀は得られないと悟ったかのように、三郎の妻がか細い声でつづけた。

「畑仕事に出るくらいで、暇があればパチンコに出かけておりました。お医者さんにはまるでかかっておりませんでした。お恥ずかしい限りです」

病棟から夜勤のナースがストレッチャーを運び入れた。

「意識が回復したら内科病棟に移ってもらいますが、今夜は我々が診させてもらいますから、取り敢えず外科のＩＣＵへ入ってもらいます。できれば奥さんか息子さん、どちらかお一人、付き添ってもらえますか？」

「私が付き添います」

妻がすかさず返した。息子はおろおろしたままである。

ＩＣＵに運び込むと、ひと晩かけてノボリンを加えた生理食塩水の点滴静注を島田に施した。血糖値は順調に下がって、明け方には意識も回復した。血糖値は一五〇まで下がった。

そこまで見届けてから当麻は宿舎に帰り、三時間程度の睡眠を取って病院に戻った。

当麻が午前中の回診に赴いた頃には、三郎はすっかり正気に戻り、顔面の紅潮も薄らいでいた。

「いやあ、面目ありません」

当麻と分かって、三郎は恐縮の体でしきりに頭を下げた。

「兄貴が健在で、先生が来られた頃が、自分の一番いい時代でした」

「まだこれからじゃないですか。しっかり治療して、また元気になって下さいよ」

島田は五十そこそこのはずだ。

「私、糖尿病だったんですか？」

夢から覚めたような顔で三郎は言った。

「そうですよ。健診も受けておられなかったようですね？」

「先生が辞められて、兄貴もおかしくなって、そこにつけ込んで、先生の後任に来た荒井という医者が病院を乗っ取ろうとして、挙げ句、医療訴訟や倒産騒ぎになり、私も保証人の一人だったから全財産を押さえられるかと思って、ノイローゼになりました。鉄心会が全部肩代わりしてくれて命拾いしましたが、病院と名の付く所がもう恐くなって……兄貴のようにいっそ呆けちまいたいと思いましたよ」

湖西に戻って来てから、当麻は一度島田を訪ねたが、応対に出た頼子《よりこ》の話に驚いた。東京の医学校を出た息子の伝《つて》で、さる老人病院に入院した、自分も近く家を畳んで上京し、息子と一緒に暮らす予定で、今は後片付けに余念が無い、という。

「息子さんは確か、外科医志望でしたね？」

島田光治が健在の時、嬉しそうにそんなことを言っていた記憶が蘇った。

「ええ。でも、主人があんな風になってしまって、病院を継ぐ気でもいたでしょうから、ショックを受けたようで、メスでは父親のような病気は治せないからと申しまして、神経内科とやらに志望を変更したと言っております。主人が入院しましたのも、その方面の研究で有名な病院らしくて、息子は研修を終えたらそちらへ勤めたいと申しております」

当麻は有為転変を思った。自分の人生も波乱ずくめだが、島田一族も山あり谷ありの人生を送っている。

「僕も、責任の一端を感じます。自分の信念に則ったこととは言え、結局は院長や事務長さんを不幸な事態に追いやってしまったんですから」

「いえ、そんなことは……」

三郎はかぶりを振った。

「先生は少しも悪くないですよ。病院の後ろ楯だった大川町長の命を救って下さったんですから。さもなければ、兄の春次《しゅんじ》が町長になっていたかもしれませんし、町立病院を建てて甦生記念を潰しにかかっていたかもしれないんですから」

「春次さんは、まだ役場におられるんですよね？」

「と、思いますが……ここ数年は没交渉なので、よく知りません。もう兄弟とも思っておりませんし……」

自分がいた頃は島田春次も時々顔を見せ、兄の光治や弟の三郎と軽口を叩きながら談笑していた。それが僅か数年でバラバラになっている。

「島田さん」

当麻の胸に言い知れぬ感情がこみ上げた。

「しっかり病気を治して、新たな生甲斐を見つけて下さいよ」

三郎は唇をかみしめてうなだれた。

回診を終えてナースセンターに戻ったところへ、大塩が息せき切って駆け込んで来た。

「先生、これを見て下さい」

手にしていた検査伝票を差し出した。島田三郎の血液のデータだ。

「$HbA_{1}c$が一五・五？　いやあ、凄いねえ。肝機能も良くないなあ」

「それより、腎機能です」

大塩が待ちきれぬとばかり伝票の一点を指さした。

「BUN九〇、クレアチニン六・三です。もう糖尿病性腎症になってますね」

周囲のナース達が二人のやり取りに耳をそばだてている。

「このままだと血液透析《HD》ですよね？」

大塩が性急にたたみかける。

「島田さん、明日にでも内科に移ってもらう予定ですよね？」

長池幸与が横から口を出した。

「いや、内科に移ってもここでは透析ができないから意味ないよ」

「じゃ、湖東日赤に紹介ですか？」

「いや……」

語尾を濁らせて、大塩は当麻に顔を寄せ、耳もとに囁いた。

「先生、腎移植をやりましょう。心臓に問題なければ、絶対的な適応例じゃないですか？」

「うん、確かにね。考えてみよう」

大塩は親指を突き出してにんまりと頷き返した。

インスリンの持続注入で島田三郎の血糖値はほぼ落ち着いた。だが、クレアチニンの値は下がらず、週を追う毎に〇・一mgずつ上昇し、一カ月後には七・〇mg／dℓまでに達した。C

Tで見ると両腎とも萎縮し、機能の回復は望めそうにない。

当麻は三郎の妻和子《かずこ》と息子の隆《たかし》に、HDに踏み切るか腎移植をする他ないことを伝えた。

「僕の腎臓をあげてもいいよ」

と息子は言った。妻は言下に否定した。

「とんでもない。あんたはこれから結婚して家庭も持たなきゃならないのに！」

HDができるのは一番近い所で湖東日赤だが、車で最低一時間はかかる。生憎妻は夫が失職してから地元の郵便局に非常勤で働きに出ている。息子の隆は就職したばかりで、車で片道一時間の県庁に通っている。

「透析には到底通えませんから、私の腎臓を使って頂けるなら、移植をお願いします」

妻の和子は四十五歳でこれといった病気もない。病院の問題で夫の三郎が苦悶している姿を見て自分もノイローゼ気味となり不眠にも陥ったが、鉄心会の介入で夫が債務を負うことはなくなったと知ってストレスから解放された。

「父さんはいわゆる心的外傷後ストレス障害《PTSD》だよ。意欲を取り戻すには暫く時間がかかりそうだな」

隆が、マスメディアで得た知識を和子にもたらした。

「Tはトラウマで外傷のことだけど、肉体的な傷ではなくて主に精神的なショックのことをさすらしい」

PTSDを扱うのは精神科か心理療法科と知って、和子は夫に受診を勧めたが、

「暫くそっとしておいてくれ」

の一点張りで、耳を貸さなかった。債務は免れたが、一円たりと退職金は出なかったから、僅かな預貯金を切り崩しての生活となった。隆はまだ近江大学の経済学部に学んでいて、私学だけに学費も安くない。このままでは二、三年で預貯金も底をつくとみなした和子は伝を頼りパート勤務に出た。かつかつの生活だったが、隆が就職して給料も入れてくれるようになり、多少のゆとりができた。夫の病気の発覚は、やっと息をつけるようになった、そんな矢先に起きた青天の霹靂だった。

血液型は三郎がBで和子はAだからいわゆるABO不適合だが、他は問題なく、腎移植は可能であること、一般にはHD後に行われるが、HD前に施行する先行的腎移植の方が生着率も良いこと、などを当麻は説明した。

「後はご本人次第ですね。僕からもお話ししますが、取り敢えずご家族で話し合ってくれませんか」

「必ず、主人を説得してみせます」

下駄を預けられた和子は、隆と共に三郎の説得にかかった。

「透析も厭だし、移植なんて、お前の体を傷つけてまでやりたくないよ。俺の人生はもうおしまいだ。隆も社会人になれたんだし、このまま終わらせてくれ」

三郎は自暴自棄なことを口走って手を焼かせた。

「何を言ってるのよ。人生五十年の昔ならともかく、今は七十、八十年の時代よ。もうひと踏んばりして頂戴。せめて隆がお嫁さんをもらって私達に孫の顔を見せてくれるまでは」

和子は涙ながらに訴えた。

「そうだよ。僕の結婚式に母さんだけじゃ寂しいよ」

隆も口を揃えた。

「それに、このまま父さんが駄目になったら、父さんと二人三脚で病院を支えて来た光治伯父さんに申し訳ないよ。光治伯父さんや父さんを裏切った春次伯父に仕返しをしてやらなければ……。もう一度元気になって、当麻先生に頼んで、事務長は無理でも、病院に勤めさせてもらおうよ。湖西にこだわる必要はないよ。鉄心会は全国に病院や診療所を持ってるから、父さんの経験を生かせるポストがどこかにあるはずだよ。俺は行けないけど、母さんはついて行くだろ？」

「勿論よ。頼子姉さんの苦労に比べれば何でもないわ」

三郎は次第におとなしくなった。

「お前、本当に、大事な腎臓を俺にくれるのかい？」

数日後、明日にはもう当麻先生にご返事しないと、と和子が迫ると、三郎は思い詰めた目を返して言った。和子は頷いて夫の手を握りしめた。

「でも、一つしかあげないわよ。あなたも一つ、私も一つ、二人で一人前」

「そりゃ、そうだよな。二つもくれちゃ、お前が死んじゃうもんな」

二人は泣き笑った。


「やっと、前向きになってくれました。私の腎臓を、夫に移植して下さい」

HDか移植か、二者択一を迫ってから一週間後、和子から三郎の決意を告げられた当麻は、早速腎移植のシミュレーションに取りかかった。千波から借り受けて来た腎移植のビデオをスタッフ一同に見せることから始めた。手術室のナース達は、当麻の肝移植を経験しているだけに、さして動揺も緊張もなかった。病棟のナースの顔ぶれは半分程変わっていたが、婦長の長池と主任の尾島が並々ならぬ意欲を見せて「頑張ります」と言い切ってくれた。

「久々に興奮しますよ。僕もこの日を待ってました」

麻酔医の白鳥がビデオを見終わったところで声を弾ませた。

「成功すれば、これからもどんどん患者が来ますよ。白鳥先生、忙しくなりますよ」

大塩が白鳥にも増して声を弾ませた。

「そうだね。君達のどっちか、麻酔医になってくれよ。来春以降もここにいてさ」

白鳥は研修医の二人に言った。

「はあ、そうですね」

白鳥には日頃麻酔の手ほどきを受けているから二人は逆らえない。

二月に入り、湖西に大雪が降った日、島田三郎と妻の和子は隣り合わせて手術室に入った。

和子の左腎の摘出には当麻が執刀し、矢野が第一助手に、研修医の高橋が第二助手に就いた。

腹壁の縫合を二人に任せ、当麻と大塩が三郎の手術にかかった。塩見が第二助手に就いた。

器械出しは、ドナーの方は丘が、レシピエントは浪子が就いた。浪子はもうつわりもおさまり、安定期に入っていたから、紺野の指名にも「十時間くらい立っていても平気ですよ」と快く応じた。

移植術はその半分もかからなかった。午前九時半に和子の腎摘出術が始まり、三郎への移植術が終わったのは午後三時だった。

スタッフ以外に手術に立ち会った人間が数名いた。地元の滋賀日日新聞の記者と、京阪新聞の斎藤、それに、鉄心会の関西支部の広報担当者だ。いずれも数日前に大塩が予告したもので、鉄心会会報への寄稿文同様、事後承諾の形となって当麻を苦笑させた。

「腎移植は近江大でも数年前からやってますから、さほどのビッグニュースというのでもないですよね」

滋賀日日の記者は大塩の売り込みにさ程乗り気を示さなかった。

「いや、日本で最初に脳死肝移植を手がけた当麻先生が腎移植に活路を見出したことに意義があると思いませんか？」

大塩の食らいつきに、

「あの時は、ウチなどは完全に蚊屋《かや》の外に置かれましたよ。京阪新聞はどういうわけか嗅ぎつけたようですが、そもそもは極秘裏のおつもりだったようで……それが今度は事前通告ですか」

と、電話に出たデスクは厭味な皮肉たっぷりに返した。大塩は気を損じて余程受話器を置こうかと思ったが、何とかこらえた。

「どういう方か、私は直接会ったことがないので分かりませんが、当麻さんてドクター、何かと人騒がせな方ですな」

この二の句にも切れかかったが、何とかもう一度こらえた。

「百聞は一見に如かずですから、一度、ご覧になって下さい」

「ま、検討はしておきます」

デスクは煮え切らぬ返事をして電話を切った。

消化不良で胸がつかえたが、次にかけた斎藤の明るい声に八分程つかえが下りた。

「よく知らせてくれました。さすがは当麻先生、転んでもただでは起きませんね。必ず伺います」

渋々来てやったという表情だったから、すぐにも中座すると思われた滋賀日日新聞の若い記者も、食い入るように手術に見入って、当麻が手を下ろすと矢継ぎ早の質問を放って来た。

「デスクがよくあなたに許可を出しましたね」

今度は大塩が皮肉混じりに言うと、若い記者は頭をかいた。

「行っても行かなくてもいいぞ、て言われたんですが、実は僕の伯父が湖東日赤で透析を受けていて、前にそこを取材したことがあって、腎不全という病気に関心を抱いていたんです。伯父もその一人ですが、透析患者の多くが、できれば腎移植を受けて面倒な透析から解放されたいと願っていることも知りました。だから一度、腎移植というものを見てみたかったんです」

「伯父さんはお幾つ？」

当麻が尋ねた。

「父の兄で六十二、三です」

「透析はいつから？」

「もうかれこれ七、八年になります」

「お仕事は？」

「自動車の修理工場を経営していて、父も一緒に働いているんですが……」

「肉体労働だから、きついいんじゃないかな？」

「ええ、だから伯父はもう事務的なことしかやっていません。修理の方は大方父と若い人に任せて」

「ぜひ腎移植を勧めてみて下さいよ。ね、先生？」

大塩は傍らの当麻を振り返って言った。

「そうだね。どなたかドナーになってくれる人がいればいいが」

「今日の患者さんは、奥さんが腎臓を提供したんですよね？」

若い記者はメモ帳を見直して言った。

「もっと大層なことかと思っていたんですが、先生方が事も無げにスイスイと手術を進められるんで、瞠目の限りでした。伺ってよかったです。伯父にも話してみます」

来た時とは打って変わって、目を輝かせ、丁重な挨拶をして青年記者は帰って行った。

斎藤と鉄心会広報部の職員も最後まで手術に立ち会い、斎藤には当麻が、広報担当者には、鉄心会会報に投稿したいきさつもあって大塩が取材に応じた。

「シリーズものが書けそうです。企画を立ててみます」

と斎藤は言った。

「暫くまた、お邪魔していいですか？」

「ああ。でも、一例くらいでは何だから、二、三例続いたところでどうですか？」

「その予定は、あるんですか？」

「目下は無いです。でも、そのうちポツポツ出て来るでしょう」

「当麻先生の、新たな挑戦が始まったんですね？」

「ま、そんなところかもしれませんね。ところで、上坂《かみさか》さんはどうしてます？」

「あ……」

斎藤の目から微笑が消えた。

「デスクは今、入院しております。正確には、入退院を繰り返しています」

「ひょっとして、転移でも……？」

「ええ。今年の春、肝臓に数カ所、見つかりまして……TAE、と言うんですか？　動脈塞栓術を受けております」

「そう？　どちらで？」

「阪南市立大学です。当麻先生に相談したら、て勧めたんですけど、どの面下げて行けるんだ、と言われまして……」

「そんなことはないが……阪南市立大はTAEの草分けだから、そこでしっかりやってもらったらいいでしょう」

「はい。一つ消えたと思ったらまた別の所に出て来て、主治医から〝モグラ叩き〟のようなもんだ、なんて言われてショックを受けてますが……脳死問題が解決したら、肝移植を受けたい、その時は当麻先生に頼むかもしれん、て言ってます」

「ほー。上坂さんも脳死を容認する立場になりましたか。でも、脳死が個体死と認められても、施設限定があるから、ここではできませんよ。

本気で肝移植を希望するなら、近江大の実川教授の所がいいかな。近くだし、僕も手伝いに行けるかも」

「それはまた、トピック記事になりますね」

斎藤の眉間の皺が消えた。

「今のお言葉を伝えたら、上坂は感激しますよ。自分のスクープ記事が、いっときにせよ先生を日本から追い出す結果になったことに、負い目を感じているようですから」

「病気になって、上坂さんも丸くなったかな？」

「ええ、大分。体の方は益々痩せ細りましたが」

　斎藤はその後も足繁く通って来て、島田三郎の退院の日、玄関先でスタッフ一同が三郎を見送る光景もカメラに収めた。

生前葬

　慌ただしく日が過ぎて行った。中旬に入って腎移植の症例が加わった。大塩の寄稿文を読んだという鉄心会の他施設の医師からの紹介患者や、HDを受けていた滋賀日日新聞の記者の伯父も甥の書いた記事を読んで意を決したということで、三十代後半でまだ独身の長女がドナーになりますと申し出て、当麻を訪ねて来た。

　この父娘の手術を終えてほっとひと息ついたのは二月も下旬にさしかかった頃だったが、夜遅く帰宅した当麻は、ポストに見慣れぬ封書を見出した。「関東医科大学消化器病センター藤城俊雄《ふじしろとしお》」とワープロ打ちされている。

　開けてみて驚いた。横書きにワープロ打ちされた一枚の紙と藤城宛の葉書が出て来た。

「羽島富雄先生生前葬へのご案内」と頭書されてある。葉書はその出欠席の如何を記すためのもののようだ。

以前に青木から聞き知った恩師のその後の病態を藤城は告げていた。大腸癌は浜田教授の執刀で無事切除し得たが、肝臓の転移巣に対しては消化器内科チームがTAEを専らとして対処している。正直なところ一進一退であるが、羽島先生は達観されていて、もういつでも死ぬ覚悟はできている、ついては、まだ足腰が立つうちに全国に散っている門下生の顔を見、歓談のひとときを過ごしたい、それには〝生前葬〟とでも銘打つのがよろしかろう、と思い立たれた由、ついては以下の要項で先生ご所望の集いを催したく、同封の葉書にてご返事を賜りたい云々と記されてある。「君が欠けては羽島先生も寂しかろうから、万障繰り合わせてご出席を」と、これは藤城の手書きで添え書きされている。

一進一退とあるが、多分、〝退〟の方が勝っているのだろう。

期日は三月中旬の土曜日の夜七時から、場所は品川プリンスホテルとなっている。空路羽田経由でも新幹線でも品川は手頃な地ということで選んだのだろう。

無論出席に○を打ち、「再会を楽しみにしている」と一筆入れた。

三週間は瞬く間に過ぎた。湖西は数日降り続いた雪で一面銀世界だったが、羽島の生前葬の日は幸いにして晴天となった。

午前の回診を終え、矢野と大塩に後事を託して当麻は出発した。

「修練士を途中で脱け出したんで僕に案内状が来ないのは当然ですが、羽島先生にはせめてもう一度お目に掛かりたかったです」

当麻の上京の理由を知ると、大塩はこう言って口惜しがった。

品川駅に着いたのは午後六時過ぎだった。長いコンコースを抜けて高輪口に出た所で信号待ちとなった。

「当麻君」

不意に背後で女の声がして肩を叩かれた。振り返ると久野《くの》章子《あきこ》だった。食道班の教授になって久しい。手術衣か白衣をまとった姿しか見たことがなかったから、コートに身を包んでマフラーを首に巻いた私服姿に一瞬戸惑った。

「お久し振りです。先生も今夜の会に出られるんですか？」

久野が横に並ぶのを待って当麻は言った。

「お言葉ね。私も羽島先生の直弟子よ」

相変らず大きな目で当麻を見すえて久野が返した。

「須藤《すどう》教授が途中で食道班のチーフになって私もそちらに移ったけど、それまでは専ら羽島先生に食道のオペの手ほどきを受けていたのよ。羽島先生は膵臓《パンクレアス》専門になって班を異にしたけど、でも、膵頭十二指腸切除術《PD》なんかは羽島先生の手ほどきを受けて何とかこなせるようになったのよ。直弟子の藤城君やあなたのようにはいかないけれどね」

信号が青に転じて久野はお喋りを止めた。二人は肩を並べて歩き出した。

「当麻君、再婚はしたの？」

恰幅はいいが上背はないから、久野の頭は当麻の肩先の位置だ。髪をアップにまとめた頭を振り向けて久野が問いかけた。

意表を衝かれて咄嗟に言葉を返せない。

「よく知ってるでしょ？」

久野がほくそ笑んだ。

「青木君から、あなたのことは折に触れ聞いていたから。才色兼備の町長の娘さんと結婚したこと、美人薄命を地で行って、二年程前かな、その奥さんがあっさり他界されてしまったこと、全部、知ってるわよ」

「そうですか……」

修練士を卒業する直前に久野章子は食道班に来ないかと誘ってくれた。自分はここには残らないつもりだから、と謝辞した時、「この裏切り者！」と久野は鉗子《ペアン》で当麻の手首をピシリと打ちすえた。さ程痛くはなかったが、久野が自分に目をかけてくれていたことを思って胸の方が痛んだ。

久野の吐く息が白く頬に立ち昇ってくる。夕方になって冷えて来た。

「あなた、幾つになったのかしら？」

信号を渡り切ったところで、久野がまた白い息を吐きかけた。

「四十二、です」

「子供さんは、いないのよね？」

「ええ……妻の予後が、知れてましたから」

「ご病気は、確か、神経系の……？　青木君から聞いたけど……」

「パラガングリオーマです」

「ああ、そうそう。私達消化器外科医にはなじみのない病気よね。さすがの当麻大先生の手にも負えなかったわね」

「はあ……」

「それで、再婚は？」

「まだ、です」

久野は相変わらず短いフレーズでズケズケと切り込んでくる。

「もう、喪は明けたんでしょ？」

「ええ……」

「男の人が独りでは何かと不便でしょうに」

「特にそうは感じませんが……」

「そうかな？　でも、そろそろ考えたら？　て、余計なお節介か？　意中の人、いるんでしょ？」

「いえ……」

「ほんとに？」

久野が一瞬足を止めてひときわ大きく目を見開いた。当麻も立ち止まったが、先に歩き出した。

「本当なら」

久野の声が半歩先んじた当麻の背を追いかけた。

「私が奥さんになってあげてもいいわよ。子供は、もう産めないけどね」

彼女はお前が好みのタイプなんだよ——久野章子がペアンで当麻の手を打つのを見ていた修練士仲間が耳打ちした言葉が蘇った。

「冗談、冗談」

一驚の体で振り返った当麻に、久野はツイと肩を並べて来て言った。

「私はオッパイを含ませたことがないから乳癌になるかもしれない。その時は羽島先生のように生前葬をしてもらうわ。当麻君、来てね」

「あ……勿論ですが……そんなことのないよう祈ります」

「と、社交辞令を頂いたところで、到着ね」

ホテルの玄関前に来ていた。二人は思わず立ち止まった。藤城を真ん中に、十人程の男達が整列してタクシーの出入りを見すえているのに気付いたからだ。見知った顔が幾つかある。

客を降ろして走り去ったタクシーの後に入って来た車が止まった。

藤城が列から一歩踏み出し、車をのぞき込んだ。

「あ、羽島先生の奥様だわ」

久野章子が、タクシーの後部席から先に降り立った和服姿の女性を顎で示して言った。

「そうですね」

羽島の肝移植の時、病室で初対面して以来だが、ふくよかな色白の顔にえんじ色の眼鏡がよく似合った顔に見覚えがある。

「奥様はお元気そうなのにね」

久野が二の句を継いだ時、やはり和装の羽島が妻に手を取られるようにして車から降り立った。面やつれはしているが、堂々の風格で病人風情には見えない。

「やあやあ」

羽島は列を崩して駆け寄った弟子達に満面の笑顔を振り向けた。

会場のホールにはざっと百人程の人間が集っている。九割方は男だが、女性の姿もチラホラ見受ける。立食パーティー形式だから皆立っている。羽島夫妻には正面に椅子が設けられている。

左のコーナーに立った司会の藤城が冒頭の挨拶を述べた。遠くは九州、北海道からも来ている遠来の仲間をねぎらってから、

「羽島先生はご覧の通りまだかくしゃくとして生きておられますが……」

と言って哄笑を誘った。

「〝葬〟と銘打った以上、本来はお棺《かん》も用意して一旦は先生にお入り頂くパフォーマンスも考えていたのですが、そこまでやるのはヤクザくらいよ、と奥様にたしなめられ、思い止まりました」

再びドッと沸いた。

「なかなか言うわね」

当麻の隣で久野章子が囁いた。

「お葬式ですから本来なら皆様方にも喪服でおいで頂くわけですが、それもホテル側から〝縁起でもないからできればご遠慮下さい〟と言われたので、案内状に書きました通り、カジュアルではない、せめてフォーマルな私服でとお願いした次第です。中には一人くらい、生真面目に喪服でおいでになる方もおられるのではと心配しましたが、見渡す限りそのような方はおいでにならないようで安堵しました。羽島先生も白装束はお召しになっておられません。颯爽《さっそう》たる和服姿でお越し頂いております」

ここでまた哄笑が起こった。

「と、いう次第で、表向きは関東医科大学消化器病センター、羽島富雄教授門下生の同窓会兼、先生への感謝の集い、という形で推し進めたいと思います。ホテルにご無理を言って横断幕にはこのように〝生前葬〟の文言を入れさせて頂きましたが……先生からは、〝お別れ会に〟とのご意向を頂いております」

会場のざわめきが静まった。

藤城の前口上に続いて羽島がマイクを握った。

「胆管癌のオペを門下生の藤城、当麻君にしてもらい、これは大成功を収め、手塩にかけた弟子達の優秀さを内外に知らしめて私も鼻が高かった。教授仲間に、あんたがもし胆管癌になったら弟子に膵頭十二指腸切除《PD》を頼めるかね、と聞いて回ったが、誰も首を縦に振らなかった。羽島さん、あんたにしてもらうよ、と言ってね。

　師匠の体に果敢にメスを入れたということで、藤城君の評価は上がり、私でなくて彼宛に、PDをよろしくと紹介状を認めて来る他学の医者も増えた。

　お陰で私は定年までメスを執り続けることができ、有終の美を飾り得た。

　いや、退官後も私を指名して来てくれる患者の手術を手がけていたが、去年の今頃、下痢と便秘を繰り返すようになって、腫瘍マーカーのCEAが二五ng／dℓと出て、これはもう大腸癌に違いなかろうと判断し、ウチの消化器内科で検査を受けたところ、案の定盲腸から上行結腸にかかる癌が発見された。肝機能も上昇していたのでおかしいと思ったら、肝の転移巣も発見された。当初は胆管癌の転移を疑う向きもあったようだが、結腸右半切除《ヘミコレ》を行ってもらった時の肝生検で、原発は大腸癌と判明した。つまり、藤城君と当麻君がしてくれたPDは後顧の憂いを残すものではなかったわけだ。

　肝転移巣は残念ながら両葉に大小十個程あり、根治には移植しかない。当麻君に頼もうかと思ったが、いまだ脳死が個体死と認められていない段階で、彼がまたバッシングを受けるのを見るのは忍び難く、さりとて生体肝移植も、娘が四人いるが皆妻たり母たりで多忙を極めており、小児への移植と違って大人はドナー肝の切除量も大きく、絶対に安全とは言えないことに鑑みて、次善の策として動脈塞栓術《TAE》を選んで今日に至っている。

さる筋から、北陸大で生体肝移植をやってのけた幕間教授は得意のエコーを駆使して肝転移巣を何十個でもえぐり取っているから当ってみたらどうかと勧められたが、所詮はモグラ叩きになるだろうし、何より、他学の外科医のメスを受ける気はしないから断った。あ、子供達の名誉のために言っておくが、娘達は四人とも優しい子で、お父さんのためなら肝臓を半分あげてもいいよ、と言ってくれました」

ここで羽島は声を詰まらせた。隣で夫人もいつしか手巾を取り出して目にあてがっている。

会場は更にシンと静まり返った。

羽島は眼鏡を外して夫人の手から手巾を奪い、瞼にあてがってまた夫人に戻し、マイクを握り直した。

「CEAは残念ながら三桁に上昇しており、転移巣もジワジワと大きくなっている。もう半年もしたら黄疸も出て、肝不全に陥るだろう。そうなってからでは遅いので、元気なうちに諸君の顔をもう一度見たい、大体は把握しているが、どこでどう活躍しているかしっかり聞いておきたい、そう思って藤城君に相談したところ、〝羽島富雄退官記念会〟ではどうかという。退官はもう疾《と》うにしており、今更という感じだ、わしとしては今生の別れのつもりだから〝お別れの会〟とでもするか、と提案すると、それなら〝生前葬〟という手がありますよ、と言ってくれた。ピッタリだ、それで行こうと即決して、今日の段取りに至った次第です。

私はもう死ぬ覚悟はできている、癌患者の手本になるような死に方をして見せるから、まあ静かに見ていてくれ、と、家内や娘達に言いくるめてあります」

夫人がまた手巾で目頭を押さえたが、羽島は微笑を浮かべている。

「お父さんのお葬式を二度もするのは厭だから遠慮すると、娘達は今日は誰も来ておりません。家内も当初は腰が引けていましたが、先生が育てられた弟子達を奥さんもご覧になって下さい、それに、先生お一人では場が華やぎませんからと、藤城君のおだてに乗って家内は渋々ついて来ました」

どこかで拍手がパラパラと起きた。それに全員が和して会場に響き渡った。

久野章子が当麻の袖を引いて耳打ちした。

「羽島先生も舌足らずよね。ここにも花を添えるたおやかな女性がましますのにね」

当麻は笑いをこらえた。

藤城が乾盃を告げ、久野を名指した。

「このような集いは、まだ十年先のことと思っておりました」

羽島夫妻に慇懃に一礼してから、数呼吸置いて久野は前口上を切り出した。

「正直に申し上げて、重い足を引き摺ってここまで来ました。後の方で、足じゃなくて体だろうという声が聞こえますが……」

どっと哄笑が起こった。久野は実際、当麻が羽島の手術に出かけてチラと垣間見た時より一段とふくよかになっている。

「お世話になるばかりで、何も羽島先生にご恩返しができないことを口惜しく思います。せめて、お痩せになった分、私のこのあり余る肉体の一部なり削って差し上げられればと念ずる次第です」

久野が乳房を持ち上げるゼスチャーをしたので、また哄笑が起こった。羽島は苦笑し、夫人はチラと久野を流し見てから、手巾を口もとへやった。今度は笑いをこらえているようだ。

久野は大きな目で会場をねめ回しながらざわめきが引くのを待って続けた。

「もう四半世紀前になりますが、羽島先生が山中重四郎先生に連れられて颯爽と関東医科大に現れた日のことがまざまざと蘇ります。本当にこの方は生まれながらの外科医だ、と思いました。

私は卒業してインターンになったばかりで、丁度外科をラウンドしておりました。進路を決めかねていた矢先でした。漠然と、産婦人科を専攻しようかな、なんて考えておりましたが、羽島先生のあまりの恰好良さと、同じ外科系《メッサーザイテ》なら、扱うものは子宮と卵巣ばかりで同性の我が身を切り割かれる思いをするだろう婦人科より、多彩で変化に富む外科に行こうと、先生の水際立ったオペを拝見しているうちに、方向が定まりました。

それで早速、インターンを終えるや、山中先生がお創りになったばかりの〝修練士制度〟に志願しました。つまり、第一期生になったわけです。

勿論、当時は、専ら食道のオペに明け暮れていました。羽島先生は間もなく膵臓を手がけられるようになり、そちらの第一人者になって行かれたのですが、当初は山中先生共々、食道のオペをなさり、ご承知の通り、〝漿膜筋層切開術《しょうまくきんそう》〟という、胃管を数センチ伸ばす方法も編み出されました。

そういう次第ですから、司会の藤城君は羽島先生の一番弟子のような顔をしていますが、本当の一番弟子はこの私だったわけです」

またドッと沸いた。藤城は苦笑している。

「しかも――」

と久野は絶妙な間合いを入れてから続けた。

「今日は二、三、若いお嬢さん方も見受けますが、当時は私が紅一点でした。今よりはもう少しスマートで、初々しい女性でもありました」

哄笑と共に拍手が起きた。

「両親は心配しました。女だてらにメスなど振り回して、お嫁のもらい手が無くなるよ、と。二人の心配は、残念ながら杞憂に終わりませんでした。私はいまだに、花も恥じらう乙女のままでございます」

尾を引いていた哄笑は爆笑とやんやの喝采に取って代わった。羽島夫妻も椅子の上で転げんばかりに体をよじらせ、声をたてて笑っている。


その夜久野章子は会が引けるまで当麻にべったりだった。さては、ちょっと時間をくれない？　話したいことがあるの、と言った。

「どうせ今夜はここかどこかに泊るんでしょ？」

抗えなかった。散会の後ラウンジで落ち合うことを約した。

立食のさ中から、参会者全員に藤城は一分間スピーチを課した。尤もこれは藤城の立案ではない。出席者の名簿を見せに赴いた時に羽島が求めたものだった。

「顔は覚えているが、ここを出てからどうしているかは全員把握しているわけじゃないからな。皆のその後の消息を知りたい」

「一人一分としても百分、一時間半余かかりますが……」

藤城の懸念に、

「構わんよ」

と羽島はすかさず返した。

「葬儀なら一人一人焼香するだろう。焼香なみに十秒二十秒で済ます奴もいるだろうからな」

しかし、そうはならなかった。第何期生の誰々と名乗り、羽島への簡単な謝辞と現在の勤務先を述べるだけで三十秒は要したし、中には優に一分を超えて二分、三分に及ぶ者もいたから、目論みより三十分以上オーバーした。

最後に、羽島夫人が立った。

「娘達を無理にでも連れてくればよかったと後悔しております」

何度も涙を拭った手巾を手にしたままだった。

「何故と申しまして、皆さんも重々ご承知と存じますが、主人は短気で、家でもすぐに怒鳴り、娘達は桑原桑原と逃げ回っておりまして、恐いパパとの印象が強く、つけた渾名《あだな》が〝ドナルドダック〟でした」

久野章子にひけを取らない絶妙の間を夫人は置いた。咄嗟に〝ドナル〟が〝怒鳴る〟を掛けていると思い至った者は少なかった。当麻も分からなかったが、隣で久野章子がケラケラと笑い出したのでハタと閃いた。

「意外に頓知が働かないのね、当麻先生は」

爆笑の渦が広がる中で久野が呆れたように見返った。当麻は遅ればせながら笑い転げた。

「そんなわけで」

苦笑の体の夫を流し見ながら自分もまた笑い出しながら夫人は続けた。

「すぐに雷を落とすからパパは職場できっと嫌われてるわよ、て娘達はよく言ってたんです。ですから、私も今日の会は皆さんの冷たい視線を浴びそうだからご遠慮したい、て申し上げたんですが、藤城さんは、駄目です、何としても出て下さいと仰るし、主人も、途中で何かあったら困るから来てくれと申しますんで、久野さん同様、渋々重い体と足を引き摺って参ったのですが……」

夫人は久野程ではないがふくよかな体形で色白の顔もまろやかでふくぶくしい。

「悔しい。一本取られたわ」

久野章子が当麻の手をそれとなくつねった。

「でも、思い切って腰を上げてよかったです」

夫人が続けた。

「皆さんのお話を伺っていて、主人を少し見直しました。娘達にはドナルドダックの羽島富雄も、恐いだけの存在ではなかったんだな、てことを知り得て、娘達にもいいみやげ話ができそうです。それが、何なんですよ」

急に砕けた調子になった。何を言い出すんだ？　とばかり羽島が牽制《けんせい》するような目を夫人に振り向けた。

夫人は豊かな頰を綻ばせ、「改めて」という感じでマイクを握り直した。

「主人は、自分ではすぐ雷を落とす癖に、実際の雷は恐くて仕方がないんですよ。ゴルフをしていても、雷が鳴り出すと、何もかも打っちゃっていの一番にスタコラサッサ逃げ出すようです。ご一緒にプレーして頂いた方はご存知と思いますが……」

また哄笑が湧いた。

「当麻君、知ってた？」

久野章子が袖を引いた。

「初耳です。僕はゴルフをしたことがないので……」

「私も。ゴルフ場だけでなく、お宅でもきっとそうなんでしょうね。真っ先にトイレに逃げ込むとか……」

「男らしくないですよね？」

「ほんと。意外な一面を知ったわ。男の中の男だと思ってたのに、百年の恋が冷める思いだわ」

無論冗談だろうが、久野は本気に見せて頰をふくらませた。

十分後に会はお開きとなった。羽島は夫人と出口に立って一人一人と別れの握手を交わした。藤城が少し離れて付き人のように立っている。

羽島の手は、痩せ細ってはいたがまだ温もりがあった。

「世話になったな、当麻君。後を頼むよ」

握りしめた手に力がこもって痛い程だ。

「いえ、こちらこそ、お世話になりました。色々、有り難うございました」

当麻は深々と一礼し、羽島の手がほどけるのを待った。

藤城が歩み出て手を差し出し、羽島夫妻から少し離れた所へ当麻を誘った。

「今度は腎移植だって？」

当麻の訝った目に、藤城はにやりとうすら笑いを返した。

「鉄心会の会報で、大塩君の書いたものを読んどる」

「会報を、どこで見たんだい？」

「毎号、ウチの医局に送られて来るからね。陸に読みもしなかったが、君がいると知ってからは欠かさず読んでるよ。

千葉西にまた大病院を建てたようだな。心臓のオペも始めるというじゃないか」

暫く前に会った雨野厚の顔が浮かんだ。

「その心臓外科医が副院長で着任するようだが、院長は未定、て書いてあったぜ。ひょっとして君に白羽の矢が立つんじゃないか？」

「まさか」

「そうかい？　五百床の大病院らしいからな。院長にしてくれるなら行ってもいいな、て、俺は食指が動いたぜ」

「君は羽島先生の跡を継ぐんだろう？」

「うん、ま、そのつもりだが……俺は房総大でも関東医科大の出身でもない、いわば外様の人間だからな。どんでん返しもなきにしもあらずだ」

一旦相好を崩してから藤城はわざとらしく眉根を曇らせた。


「藤城君、点数を稼いだわね」

ラウンジで相対するなり久野章子が言った。

「どういう意味ですか？」

「羽島先生の後釜よ。教授を退官しているのに院政を敷いて教授のポストをそのままでしょ。でももう先が見えて来たからいつまでも空位のままにはしておけない。公募もしないとね。藤城君は当然名乗りを上げるだろうけど」

「彼でいいんじゃないんですか？　順番から言えば中村先生だったけど、呆気なく逝かれてしまいましたものね」

　中村はいっとき命をとりとめたが、当麻が日本に帰ってきた年に、ゴルフのさ中、二度目の心筋梗塞で倒れ、そのまま不帰の人になっていた。羽島は、「片腕をもがれたようだよ、中村君」と遺影に向かって叫び慟哭《どうこく》した。

「そう。羽島御大のオペだって、中村先生が指名されるはずだったわね。で、藤城君にお鉢が回って来たんだけど、羽島先生、本当はあなたにしてもらいたかったんでしょ？」

「いえ、そんなことは……。ＰＤは彼の方が経験豊富でしたし……」

「でも、御大はあなたも呼んだ。藤城君だけでは不安だったからよ」

「それは、もし僕が執刀を託されたとしても同じだったと思いますよ。藤城君にアシストを頼んだと思います」

「うん、もう……」

　久野は駄々をこねるように体をくねらせた。

「大塩君から聞いたのよ。藤城君がドジを踏んだのをあなたがうまくカバーしたから事なきを得たって」

　そういえば大塩は第二助手についていたっけ、と当麻は彼《か》の日のことを思い出した。

（さすがに見ているところは見ていたな）

「当麻君、私はね」

初めて見るルージュの入った唇を舌の先で潤してから、改った面持ちで久野が言った。

「できればあなたに、関東医科大に戻って来てほしいのよ」

当麻は喉に入れたばかりのコーヒーを危うく噴き出すところだったが、少しむせておしぼりを汚しただけに止まった。

「そんなにビックリすることなの？」

久野が拗ねたように言った。

「驚きました。夢にも考えたことがなかったので」

「夢にも!?」

久野が目を見開いた。自分こそ驚いたという風情だ。

「それに、僕は前科者ですから、大学が受け容れるはずがありません」

「そんなことないわよ」

久野は首を振った。

「ウチは私学だから、話題性に富んだ人を歓迎するのよ。その点、理事長の吉岡《よしおか》さんは太っ腹な人よ。そもそも、泣く子も黙る勢いだった山中重四郎先生を引き抜いた人だから。山中先生だって、ご自分は潔白だったけど、部下の犯した不祥事の責任を取って房総大を辞められた方よ。ある意味ではあなたの言う前科一犯よ。それに、心臓移植で世間を騒がせた和田《わだ》さんもいっときウチへ来られたのよ。成功はしなかったかもしれないけど、でも、先見性のある骨のある奴だって、理事長が引っ張ったのよ。世間の批判などどこ吹く風で、十年程教授を務められたわよ。心臓学会の会長もなさったみたい」

「久野先生のお気持ちは身にしみて嬉しいんですが……」

「社交辞令は要らないわよ」

スパッと切るように久野が言った。

「あなたらしくない」

「弱ったな。じゃ、率直に申します」

「うん、聞かせて」

「実は、最近僕は腎臓移植を始めたんです」

久野の目がかげった。

「泌尿器科医に鞍代《くらが》えしたと言うわけ？」

「いえ、そういうわけでは……腎移植などたまにしかありませんから」

「でも、そちらが面白くなったのね？」

「ええ、まあ……」

「腎移植はウチの本学の泌尿器科が精力的にやってるわね」

「日本で一番症例数が多いようです」

「だからウチへ来たら腎移植はやれないわね。でも、当麻君、脳死が個体死と認められるのはもう時間の問題よ。そうしたら、ウチで肝移植を始めたらいいじゃない。生体肝移植も含めて。それこそ本来あなたが目指していたものでしょ？」

「えっ？」

「そうでもありません」

「僕が目指して来たのは、あくまでオールラウンドプレーヤーなのです。肝移植は、いや、最近手がけている腎移植も、その一環でしかないのです。ですから、大学にはおよそ不向きな人間で、野にあってこそ生甲斐を感じられるのです」

「あー、じれったい」

久野は頭をひと振りした。

「あなたと話してるとイライラしてくるばかりだから、もういいわ。でも、脳死が死と認められて臓器移植法が成立したら、理事長はあなたに白羽の矢を立てるかもしれなくってよ」

「その頃はもう藤城君がプロフェッサーになってるでしょ」

「そんなの構わないわよ。和田さんにだって、わざわざその名前を冠した〝和田寿郎心臓肺研究所〝を作らせた人よ。〝肝臓移植センター〟を作るからトップになってくれとあなたにオファーが来るかも。その時は、今夜の私とのデートを思い出してね」

当麻はやっと解放された思いでカップのコーヒーを飲み干した。

「お名残り惜しいけど、暫く会えないわね？」

久野章子もさっぱりした顔で言った。

「これはもう過ぎたことで、どうでもいいんですが」

傍らに置いたハンドバッグに手を伸ばしかけた久野を制するように当麻は言った。

久野は「何？」とばかり小首を傾げて手を引っ込めた。

「昭和天皇のことです」

「うん？」

今度ははっきり聞き取れる声を放って久野が居ずまいを正した。

「僕は台湾に行っていて、知人宅の衛星テレビで天皇が手術を受けられたことを知ったんですが、膵臓癌ということでしたよね？」

「ええ、十二指腸乳頭部癌だったんじゃないかしら？」

「だったら、宮内庁の医者はＰＤの第一人者である羽島先生に執刀を依頼するものと思ったんです。それは、なかったんでしょうか？」

「羽島先生には聞かなかったの？」

「ええ……タイミングを逸してしまって……」

「候補には、上ったみたいよ」

「やっぱり、そうですか？」

「でも、宮内庁の医者は東日本大の出身じゃない房総大出の俺などに白羽の矢を立てるはずはない、て、羽島先生は自嘲気味に言ってらした。執刀された盛岡先生は、東日本大の外科教授にしては珍しくオペのうまい方なんですって。羽島先生のゴルフと麻雀仲間らしくて、よく知ってらっしゃるみたいで、オペの前後のことも詳しくお聞きになったみたい。侍従医に呼ばれてかしこまって行くと、ＰＤはやらないでバイパスに止めるようにと、最初から釘を刺されたみたいね」

「羽島先生に頼んだらＰＤをやりかねない、と思ったんですかね？」

「仰ってたわよ。後でマスコミなどから、先生ならＰＤをやられたんじゃないか、てよく聞かれたけど、陛下も八十七歳のご老体だ、俺だってバイパスに止めただろう、て。

　ま、盛岡先生もホッとされたんじゃない？　バイパス術なら術中死は免れるだろうから、右翼にドスンとやられることもないだろう、て。でも、万が一に備えて、暫く盛岡教授にＳＰがはりついてたみたいよ。術後は侍従医達の管理下に置かれて、盛岡さんは蚊屋の外に置かれたみたい。種馬みたいな扱いよね。玉体にメスを入れた最初の外科医としての名は残るでしょうけど」

どこまでも久野は歯切れよく辛辣《しんらつ》だ。

「バイパス術にしても、本来は羽島先生が拝命すべきでしたよね」

「そうね。それだったら、冥土の旅立ちのいいみやげになったでしょうね。でも、今上天皇は平民の美智子様をお妃にされたから、少しは変わるでしょうよ」

「陛下に食道癌が見つかったら、久野先生がご指名を受けるかもしれませんね」

「おやおや、またあなたらしくない社交辞令を！」

久野は睨みつけたが、満更でもないという顔だった。

旅立ち

東京から帰って間もない日の早朝、松原富士子から電話がかかった。起床して洗面を終えたところだ。こんな時間に富士子が電話をかけて寄越したことはない。

咄嗟に閃くものがあった。

から、
富士子は申し訳なげに言って、「いや、いいですよ」と返した当麻に、一瞬の間を置いて
「すみません、朝早くから」
「江森京子さん、明け方、五時五十分に、亡くなられました」
と二の句を継いだ。予感通りだ。
「有り難う。色々……。苦しまずに、逝きましたか？」
「ええ。前日まで、お話しできたんですよ。当麻先生や松原さんとまた天国で会いたいです、
て、それが最後の言葉でした」
「身内はやはり、誰も、来ませんでしたか？」
「どなたも。これから病室でささやかなお別れ会をします」
「何か遺言のようなものは……？」
「遺言、と言っていいかどうか――ゆうべ、病室を離れる間際に、私宛の封書を渡されまし
た。自分が亡くなってから読んで下さいと仰って……。さっき、開封したところです。私宛
ですけど、当麻さん宛でもあるような気がして……。一度お会いしてご相談したいのですが
……今日、お時間が空いた時にでも、お電話を頂けますか。夜遅くでも構いません」
「分かりました」

午前は外来で、午後は手術が三件入っている、夜十時には体が空くと思うから、と告げて当麻は受話器を置いた。

早暁にホスピス病棟からコールを受けて病院に赴いたので、昼食を終えると富士子は睡魔に襲われ、コーディネーター室を兼ねている〝会堂〟でウトウトしてしまった。

が、十分も経たない間に携帯に起こされた。

「熊本の上野です」

と名乗られたが、咄嗟には思い出せなかった。

当麻の親友の整形外科医だと思い至った時には二の句が継がれていた。

「女房が色々お世話になりました」

「あ、いえ……行き届きませんで……お変わりございませんか？」

口走ってから、何を気の利かないことをと自嘲した。妻を若くして失ったばかりだ。生活も人生も一変してしまったに違いないではないか。

まだぼんやりとしている頭を富士子はひと振りした。

「今夜、そちらへ行く用事があるので、ちょっとお寄りしていいですか？」

（福岡に？　何の用事かしら？）

自問を胸に落とした分、返事が遅れた。

「ご都合、悪いですか？」

懸念を含んだ上野の声が続いた。

「あ……今朝程お一人亡くなられて、身寄りの無い方なものですから、事後の段取りにバタバタしておりますが……何時頃に、お越しでしょうか？」

やっと少し頭のぼんやりが取れ、尤もらしい言い訳が口を衝いて出た。

「僕の方は、少し早目にエスケープして、六時頃にはそちらへ伺えるとですが、松原さんは、五時にはお仕事の方、引けるんですよね？」

「ええ……でも、五時に帰ることはありませんので、お待ちします」

「えっ？　ホントですか！」

声のかげりが取れている。

「では、六時前に伺います。ホスピス病棟の方でいいですか？」

「ええ。コーディネーター室かデイルームにおります」

「分かりました。福岡に着いたところで一度電話を入れます」

受話器を置いたところで、今日は金曜日だったと改めて思い至った。明日は土曜日、確か大学病院の講師と聞いた上野は公務員だから休みなのだ、とも。

しかし、自分は忙しい。生憎今日は〝友引〟で火葬場は休みのため、江森京子を荼毘《だび》に付するのは明朝になった。案の定身内は誰も来ないから、霊柩車の手配も富士子が午前中に済ませた。火葬後の〝お骨〟の引き取りも自分がするつもりでいる。

「お骨は、取り敢えず、会堂に安置しておいていいですよ。院長にも許可をもらいましたから」

とホスピス病棟長の坂上が言ってくれた。

「僕も霊柩車の後をついて行きます。ナースも二、三連れて行きますよ。行きたいと言ってますから。火葬場はね、身内の死に目に遭っていないナース達の何よりの教育の場になるんです」

富士子は頷いた。遠い日、祖父母の骨を父母と共に涙ながらに骨壺に入れた記憶が蘇った。慣れ親しんだ姿が跡形も無く消え、こんな数片の白い骨になってしまうのかと、中学生だった富士子は初めて人間というもののはかなさに思い至った。十数年を経て、親友の翔子の骨を当麻と共に拾った時は、その数倍もの哀しさと虚しさを覚えた。

江森京子の入院要約をまとめる作業に一時間ばかり費やした。午後三時からは病棟長を囲んでカンファレンスが行われる。それが四時半まで続いて今日の日程は終わりだ。

江森京子の逝去は朝の申し送りで深夜勤のナースから日勤のナースに伝えられ、カルテは精算のために医事課に下ろされている。

富士子は前日京子からキャッシュカードと通帳を預かった。三月分の入院費と火葬場の支払いをこれでお願いします、残りはホスピスに寄付させて頂きます、と京子は言った。支払いの件はいいとしても、ホスピスへの寄付の件は京子の自筆でその旨認め捺印もしておいてほしい、と富士子は言った。京子は床頭台の引き出しから一通の封書を取り出して富士子に差し出した。「松原富士子様」と表書きしてある。

「ここに入れてあります。他に、お願いしたいことも」

当麻に電話で相談を持ちかけたのはその〝お願い〟に関してだった。

カンファレンスを終えて自室に戻った富士子は、専用の本立てから岩波版「平家物語」を取り出した。

翔子の代役を務めたホスピスでの朗読を地元博多に近い亀山総合病院に申し出た時、病棟長の坂上は二つ返事で了承してくれた。さては、「無理な相談かもしれませんが」と言って、コーディネーターもやってくれませんか、と切り出した。

「僕がここの責を担った時、病棟のクラークに相当するコーディネーターを入れてくれるよう病院に要求しました。募集に応じて、こちらの短大を出てから病院の医事課に勤めていたという女性が来てくれました。二十代後半で既婚者だったんで、子供ができて産休にでも入られたら困るな、と思ったんですが、他に応募者もなかったんで彼女を採用しました。気立てのいい娘さんでよくやってくれ、しかも、子供はなかなかできず、到頭三十代半ば近くになって、もう諦めてます、と言ってたんですが、その矢先に妊娠したんです。出産までには十カ月そこそこあるから、ゆっくりピンチヒッターを探せばいいと思っていたんですが、半年程して妊娠中毒症を併発してしまって入院、このまま出産まで退院できそうにないし、お産の後も育児に専念したいから代わりの人を探して下さいと、先日退職届を持って来たんです。弱ったな、何にしても募集をかけないといけないな、と思っていた矢先でした」

「医療の仕事をズブの素人の私ができますでしょうか？」

富士子が尻込みを見せると、坂上はすかさず畳みかけた。

「高校の先生をなさっておられるんでしょ？　短大出の娘さんにできたんだから問題ないですよ。もっとも、結婚のご予定がすぐにおありなら、今のコーディネーターの辞表を預かっておいて、いざという時に備えておきますが……」

〝いざという時〟とは妊娠、出産を示唆しているのだろう。

「結婚の予定はありませんが、長くは勤められないかも……。ご期待に沿えないかもしれませんので、今の方はキープしておいて頂く、という条件でなら、考えさせて頂きます」

「それで、充分です」

少しの間を置いてから、坂上は破顔一笑した。

「でも、学校の方は、すぐに辞める、というわけにはいかないんでしょうね？」

「ええ。それこそ後任の方を当たらなければならないので」

「どれくらいお待ちすれば？」

「少くとも一カ月、できれば二カ月程頂けたら」

「分かりました。待ちます」

富士子の父母は娘の転職に反対したが、亡き親友翔子の志を継ぐのにうってつけの職場であり、何より、喫緊《きっきん》に求められていて転職の甲斐がある、と説得を重ねて何とか説き伏せた。

二カ月後、富士子は教師を辞め、亀山総合病院のホスピス病棟二代目のコーディネーターになった。

初代の女性は妊娠中毒症を乗り越えて無事出産に漕ぎつけたが、生まれて来た子はダウン症だった。向後色々手がかかるというので職場への復帰を断念した旨伝えてきた。富士子はそのまま居残ってくれるようにと坂上から懇願を受けた。父母からは妹達のためにも早く結婚をと急かされる以外、身辺に格別の変化はなく、コーディネーターの仕事にもそれなりの手応えを覚えつつあったから、引き続きやらせて頂きます、と答えた。

「平家物語」の朗読は毎週土曜の午後三時から一時間行っている。明日は時間に間に合うかギリギリのところだ。江森京子の火葬が午前中に終わってくれるかどうかにかかっている。

しかし、念のために朗読予定の箇所をおさらいしておく。

上巻はもう読み終え、下巻も三分の一にさしかかって、「瀬尾最期《せおのさいご》」の件《くだり》に来ている。

「平家物語」の中では余り取り上げられない地味な箇所だが、「これだけで一篇の小説になるよ。僕はかねがね、『平家』の中で最も読まれるべき秀逸のエピソードだ、と訴えているんだが……」

と、大学院の担当教授が口にした言葉が忘れられない。

「清盛は毀誉褒貶《きよほうへん》に富んだ人物だが、才能に溢れ、一種のカリスマ性があったと思う。何よりの証拠は、子供達が皆男女を問わず一角《ひとかど》の人物であったこと、忠誠を誓う勇猛果敢な股肱《ここう》の臣《しん》に恵まれていたことだ。忠臣の中でもこの瀬尾太郎は最たる人物で、木曾義仲の乳母子《めのとご》今井四郎よりも異彩を放っており、もっと日の目を見ていい人物だ」

瀬尾太郎兼康は平家が都落ちした際木曽義仲に捕えられ、信濃の山中に幽閉された。その一子小太郎は図体が大きいばかりの不肖の息子だったが、運良く西国に逃れ、いつの日か父の怨念を晴らそうと目論む。

義仲が瀬尾太郎を斬首しなかったのは、その豪勇無双振りを惜しんだからだ。

西国に逃れた平家を追った義仲配下の者たちは、態勢を整えて巻き返しを狙う平家軍に手を焼いていた。何よりの弱味は、兵士や馬の糧食の欠乏だった。

瀬尾太郎は義仲への忠誠の証として、息子小太郎を説得して源氏に寝返りさせること、己が故郷備中は馬草の豊富な所故、そこにご案内奉りたい、と申し出た。義仲は心を動かした。瀬尾太郎を案内人に立て、義仲は忠臣倉光三郎成氏に三十騎の部下をつけて西国播磨《はりま》に向かわせる。

父からの伝言を早馬で受け取った息子小太郎は家の子郎等五十騎をかり集めて迎えに出ると、自ら先頭に立って馬を進め、備前国三石《みついし》の宿に一行を導く。

父子のたばかりであった。止宿した倉光三郎の一行のために酒宴を張った小太郎は、散々酒をついで兵士達を酔いつぶれさせた。自分達も酔ったふりをして畳にひっくり返っていたが、やがて、瀬尾の合図と共にガバと跳ね起き、倉光三郎他三十名の首を次々と刎《は》ねた。

この惨事を伝え聞いた義仲は地団太踏んで悔しがり、自ら兵を率いて瀬尾親子の征伐に向かう――。

ここまで読み返した時、バッグの中で携帯が鳴った。五時半になっている。

上野からだった。福岡に入っている、あと十五分程で着く、との連絡だった。

富士子は「平家物語」に戻った。

追討の義仲軍に徹底抗戦するも虚しく、砦《とりで》を崩され瀬尾太郎は息子小太郎と共に敗走に敗走を重ねる。親子はその途次互いを見失うが、瀬尾太郎は従者二、三人と馬を疾駆《しっく》させる途中で、足を引き摺って一人歩いている小太郎をやり過ごしたことに気付き馬を引き返す。

小太郎はもはや歩いていなかった。草地に大きな図体を投げ出し、荒い息遣いをしている。小太郎は瀬尾に嘆願する。自分はもう歩けない、足手まといになるだけ、自分に関わっていたら父上も敵に討たれるのを待つばかり、父上は逃げおおせてほしい、しかしその前にこの首を刎ねて頂きたい、敵に首を掻かれるよりは、と。瀬尾太郎は息子の乞いを入れ、涙ながらにその首を掻く。

間髪を容れず、今井四郎兼平と備前国三石の宿で弟を騙《だま》し討たれ復讐に燃える倉光次郎成澄、その部下の楯六郎親忠他十数名が瀬尾に迫る。瀬尾はさんざ矢をつがえて追手の兵を落馬させ、矢が尽きるや騎上の人となり代わって太刀をかざし、兼平らに突き進み、形相凄まじく刀を振り回した。

血しぶきを上げて降り下ろされた瀬尾の太刀を兼平が危うく自らの太刀で受け止めた次の刹那、轡《くつわ》を並べていた楯六郎が無我夢中で突き出した太刀が瀬尾の首を刺し貫いた——。

富士子の胸に熱いものがこみ上げた。自分を裏切り、翔子に心移した男の顔が蘇った。

(あなたに、瀬尾太郎兼康の爪の垢でも飲ませたかった)

男のその後の消息は知らない。失恋の傷はもう癒えている。今富士子の心を占め続けているのは、別の男の面影だ。

静まり返った廊下に靴音が響いた。富士子は目尻の涙を拭った。

足音が止み、ドアがノックされた。

「どうぞ、お入り下さい」

ノブが回ってドアが開くのと、富士子が腰を上げるのがほとんど同時だった。

「今晩は」

上野が半分開いたドアから顔を出した。この部屋を訪れるのは初めてではない。入院させるために妻を伴って来た日、主治医の坂上と共にここで面談している。その後週末毎に妻を見舞いに来ると、帰りには必ず寄って行った。大抵子供を伴っていた。時にはそのまま妻の部屋で一泊したこともある。

「今日はこれから家内の実家に寄って、子供を引き取りに行くんです」

型通りの挨拶を交わし、富士子がコーヒーを差し出したところで、上野が言った。

「子供さんを？　上野さんのご両親がみて下さっているんじゃないんですか？」

確かそう聞いていた。

「それが、二人共今頃インフルエンザにかかってしまったんで、急遽義父母に預かってもらったんですよ。母親がおらんと不便です。こんな時は、子供のいない当麻君を羨みますよ」

いきなり当麻の名が出て富士子はドキリと胸を弾ませた。たった今し方、瀬尾太郎兼康を想い、自分を捨てて行った男のそれと共に当麻の顔を思い浮かべていたからである。

「でも、子供さんはきっとかすがいになりますよ。暫くは大変でしょうけど……いずれ、新しいお母さんができますでしょうし」

敢えて当麻を話題に乗せず富士子は返した。

「いずれ、ですか……」

コーヒーを二口三口、音を立ててすすってから上野がぼそっと呟いた。

(この辺の不作法さは義仲に似ている)

富士子は「平家」の『鼓判官《つづみほうがん》』の件を思い出しながらおかしさをこらえた。

「奥さんを亡くされたばかりですのに、すみません、不謹慎なことを申し上げました」

「いや……」

上野は首を振り、テーブルに肘をついて、やおら上体を乗り出した。

「松原さんは――」

「はい……？」

上野の問いた気な目を眩《まぶ》しいと感じた。

「松原さんは――」

上野が繰り返して、喉仏を上下させた。

「結婚のご予定は、ないんですか？」

富士子は視線を逸らし、コーヒーカップを口に持って行った。一口だけコーヒーをすすり、やおら上野に向き直った。

「そうですね。うちは後がつかえているので、早く嫁に行けと両親につつかれているんですけど……」

三人姉妹で自分が長女であること、妹達も独身であることを上野は知っているはずだ。

「意中の人は、おらんとですか？」

性急な畳みかけに富士子はたじろいだ。

上野はまた音を立ててコーヒーをすすった。すっかり飲み干したらしい。機を得たと富士子は腰を上げ、急須にポットのお湯を注いだ。

「お茶を淹れますね」

上野のコーヒーカップを取り上げ、コーナーの簡素な炊事場で洗ってからテーブルに戻し、急須を傾けた。上野がじれった気にこちらの一挙手一投足を見すえているのが分かる。二の句を継がんとする気配を察して、富士子は機先を制した。

「意中の人は、います」

「えっ！」

　失望の色が隠し様もなく男の顔に広がった。

「どちらに……？　まさか、松原さん……」

「ここです」

　富士子はテーブルの上の「平家物語」を軽く上野の前に押し出した。上野の顔が少し和らぎ、次いで怪訝な表情に変わった。

「私の座右の書です」

「あ、それは女房からも聞いて、知ってましたが……」

「ここに、私の理想の男性が何人もいて、なかなか現実に目が向かないんです」

「うーん……僕は女房から聞きかじるばかりで『平家』のことはよく知らないんですが、たとえば、誰ですか？　と言っても、平清盛か、木曽義仲くらいしか頭に浮かんで来ないんだけど……」

（義仲はもう過去の男よ）

　独白を落としてから富士子は、今しがた読み終えたばかりの〝瀬尾最期〟の件をかいつまんで話した。

「いやあ、いい話ですね」

上野はまんざら社交辞令でもない感想を漏らした。

「松原さんの理想の男性像が、何となく分かりました。要するに、愚直で、節を曲げない男ですね？」

「ええ、二心のない人……」

「じゃ、僕は失格だな」

「えっ……？」

「松原さんとは、当麻の結婚式の時、初めてお会いしましたよね？」

「はい……」

「その時、あなたを一目見て、ああなんて素敵な人なんだろう、て思ったんです。当麻にも言いました。俺は結婚を早まったようだ、て」

「まあ、そんな……」

富士子は上野を咎め見た。

「本当に、二心の方ですわね。天国の奥様に叱られますわよ」

「そうですね。無論、妻子ある身でしたから、二心は抱いても手も足も出せませんでした。でも、当麻からこちらを紹介された時、女房には申し訳ないと思いながら、ああまた松原さんに会える、て心躍ったんです」

「上野さんがそんな二心の持ち主だと知ってたら、当麻さんはここを紹介されなかったと思います」

富士子のやんわりとした切り返しに、上野は苦笑して頭を掻いた。

「そうかなあ。今にして僕には、当麻がキューピッドの役を務めてくれたように思えてならないんですが……」

（そんなはずはない）

独白を落としながら、富士子は少なからず動揺していた。もし上野のひとりよがりな思い――と決めつけたかった――が当たっているとしたら、当麻は自分のことを歯牙《しが》にもかけていないことになる。

「当麻さんに、本当にそのつもりだったかどうか、お尋ねになったらいかがですか？」

幾らか物悲しい気分のまま富士子は言った。

「そうですね」

上野は真に受けたように返したが、すぐに二の句を継いだ。

「それもまどろっこしいから、単刀直入に聞きます」

上野が乗り出した分、富士子は上体を引いた。

「松原さん、僕とお付き合いして頂くことは、できませんか？　女房を亡くしたばかりで、不謹慎と思われるでしょうが……」

　富士子は胸に重いものを覚えた。

「さっき、僕は失格だ、て仰ったばかりじゃありませんか」

「でも、今僕はもう独り身だし、あなたの嫌う二心の持ち主とは言えませんよね？　初対面であなたに抱いた思いも、二年余り封印してきましたし……」

　富士子は冷めたコーヒーをゆっくりと喉の奥に流した。

（この人も体育会系だわ。義仲張りの……）

　返す言葉をまさぐりながら、富士子はひとりごちた。

（でももう体育会系は懲《こ》り懲《ご》り……）

「どうぞ――」

　カップを置き、富士子はきっと上野を見すえた。

「もう一度、封印なさって下さい。お気持は、嬉しく頂戴しておきます」

　上野の顔にありありと失望の色が浮かんだ。


　半時後、せめてもの思い出に夕食をご一緒させて下さいと言う上野の誘いを謝辞して、富士子は重苦しい気分で家路に就いた。

父親と妹の里子はまだ帰っていなかった。

「二人とも今夜は外で食べてくるみたいよ」

と母親の佳子《よしこ》が言った。

「里子は彼とうまく行ってるのね？」

さし向かいになったところで富士子は尋ねた。

「向こうは結婚を急いでるみたいよ。でも里ちゃんはあなたに遠慮して、姉が先に行ってくれてから、て抑えてるみたい」

殊更箸が進まなくなった。

「どうしたの？　食欲ないの？」

佳子が顔色を窺い見た。

「ええ、ちょっとね。今朝、私と余り年の違わない患者さんをお見送りしたの」

上野のことは話題にしたくなかった。

「何の病気の方？」

「乳癌で、あちこちに転移してしまって……」

「ああ、当麻さんが紹介して来られた方ね？」

「ええ……」

特別なケース以外家では患者のことを話題にしないから、江森京子のことは余程強く母親の記憶に留まっていたのだろう。

「かわいそうにねえ。そんなお若い身で……確か、結婚はしておられなかったのよね？」

「そうなの。でも、こちらへ来て良かった、と言って下さったからまだしもだったわ」

「お骨は、どなたが引き取りに……？」

「火葬は明日よ。今日は友引だから」

「あ、そうかそうか。で、どなたが……？」

「それが、引き取り手がないと言うか……色々複雑で……」

「無縁仏、てわけでも……？」

「それに近いわ」

「じゃ、どうするの？」

「遺書があるの」

「遺書？」

「と言うか……そんなきちんとしたものじゃなくて、私への手紙、という形で手渡されたんだけど……」

「そこに、お骨のことが……？」

「ええ、散骨にして下さい、て」

「散骨⁉　どこへ？」

佳子の手がやっと止まった。富士子は疾うに箸を置いている。

「それは未定」

富士子は母親の茶器に急須を傾けた。

「未定……？」

「その件で、患者さんを紹介して下さった当麻さんと相談しようと思ってるの。今夜十時頃、電話を下さる予定だけど……」

佳子が部屋の時計を見上げた。九時前になっている。待ち遠しい。当麻の声を早く聞きたかった。

電話は十時を五、六分回ったところでかかってきた。佳子は自分の部屋に戻っていた。

手術は延べ八時間余に及んだというのに当麻の声はいつもと変わらない。仕事をやり遂げた充実感だろう、むしろ弾んでいるように聞き取れた。こちらは生を終えた者を看取り、当麻は死に瀕した者を生に蘇らせている。

「長い一日でしたね。あなたこそお疲れ様でした」

労をねぎらったところを、逆にねぎらわれ、熱いものが胸にこみ上げた。

かいつまんで、江森京子のことを話した。最後に託された手紙の内容についてご相談したい、と。

「今月末に、大分で学会があります。それまで待ってもらえますか？」

（まだ一週間先？）

近いようで遠いと感じた。

「今度は、お一人でおいでになるんですか？」

失望を気取られまいと、息を整えてから漸く返した。

「いや、矢野君と一緒に出かけますが、学会は彼に任せて、僕は途中で抜け出しますよ」

「大丈夫なんですか？　矢野さんお一人で」

「発表するわけではありません。内視鏡学会で、矢野君がそちらに打ち込んでいて、勉強に行きたいと言うもので、僕はまあお供のようなものです」

明るいものが富士子の胸に広がった。

「じゃ、翔子のお墓参りも、ご一緒に、させて頂けますか？」

「ええ、よろしくお願いします」

心地好く耳に響く声に、半日の疲れが吹き飛ぶ思いだった。

受話器を置いた後も、これで良かったのか？　言いそびれたことはなかったのか？　と富士子は反芻《はんすう》した。

上野のことは話せなかった。京子の手紙の内容も話さずじまいだ。

富士子は机の引き出しから京子の手紙を取り出し、改めて読み返した。指の震えが文字に伝わっているが、それでも達筆と思わせる。


お別れの時が来ました。数えれば短い間でしたが、二倍も三倍も長い、充実した、幸せな月日でした。魂まで死んでいた人間を、ここで蘇らせて頂きました。当麻先生と松原さんのお陰です。心安らかに永遠の世界へ旅立てそうです。本当に、ありがとうございました。

火葬をこちらでして頂けるということで、ご迷惑をおかけしますが、よろしくお願い致します。

わたしの骨は、当麻先生と松原さんに拾って頂きたいのですが、お忙しい当麻先生にご無理なお願いですね。どうぞ、松原さんのお手で拾い上げて下さいませ。

もうひとつ身勝手なお願いを聞いて頂けるでしょうか？　わたしの最後の我儘《わがまま》と、お聞き入れ下さいませ。

お骨は、散骨に付して頂きたいのです。当麻先生と松原さんのお手で、半分は、できましたら琵琶湖に、半分は、こちらの海に、撒いて頂けないでしょうか？　ぜひぜひ、そうして下さいませ。伏してお願い申し上げます。

この手紙を、どうぞ当麻先生にも読んで頂いて下さい。

お別れは辛く悲しいですが、またいつか、お会いできますよね？　来世が、あることを、信じています。そしてその、次の世で、お二人のお幸せを祈らせて頂きます。

かしこ

三月×日

江森京子

松原富士子様

友情と恋情

大分のホテルにチェックインを済ませて矢野と別れると、当麻は熊本に向かった。

駅の改札で福岡から出てくる富士子と待ち合わせていた。

改札に急ぐと、ベージュ色のタイトスカートにブラックのセーターと、セーターを突き上げている胸の膨らみをそっと覆い隠すように肩から腰の辺りまでかかる花柄のスカーフ姿の富士子が目についた。片手に花束を持っている。

約束の二時にまだ五分あった。

当麻に気付いて富士子が白い歯を見せ、会釈した。

「待たせてしまいましたか？」

当麻の問いかけに、

「いえ、私も五分程前に着いたところです」

と富士子はツッと肩を寄せて答えた。

遠目には捉えられなかったが、スカーフの間、セーターの中央にネックレスがかかっているのを見て、当麻は思わず息を呑んだ。V字型の鎖の先に光っているものはキャッツアイだ。かつて台湾で富士子へのみやげにと翔子に託したものに相違ない。だが、見て見ぬふりをした。

豊肥線に乗り換えた。客は八分の入りだ。春休みだからだろう、家族連れもちらほら見かける。

「こちらはさすがに暖かいですね」

窓際の席に着いた富士子の肩越しに窓外へ目をやりながら当麻は言った。

「ええ、でも桜はまだ三分咲きです」

「湖西はまだ雪が残っています」

富士子が微笑を含んだ目を返した。

「そうですね。湖西の雪景色、懐かしく思い出します。翔子が亡くなった時も、まだ雪が沢山残っていましたものね」

「でも彼女は、西行じゃないですが、〝そのきさらぎの望月《もちづき》の頃〟に逝きたいと言ってましたから、念願を叶えましたよ」

「わたしも、そのように願をかけてます」

富士子が悪戯っぽい笑みを返した。

「この世にお別れする時は、やっぱり、春がいいです。柔らかい陽の光を浴びながら。雪は残っててもいいですけど」

「じゃ、富士子さん、湖西で最後の日を迎えますか？」

「ええ」

一旦窓外に戻した目を、富士子はすぐに返した。ためらいもない返事に当麻は意表を衝かれた。

「甦生記念病院のホスピスに入れて下さい。今から予約しておきますね」

こちらは半分冗談、半分本気で口走った言葉だったが、富士子のこの返事はどこまでが本気だろうかと訝った。

「亀山病院のホスピスでなくて、いいんですか？」

これはほとんど冗句のつもりだった。

「ええ、当麻さんのお側がいいのです」

富士子はスカーフと膝の上のバッグを指先でいじりながら返した。

「翔子のように」

二の句が呟くように吐き出された。

一時間程で阿蘇駅に着いた。駅前でタクシーを拾った。

「ワー、のどかな田園風景ですね」

北里に入ったところで富士子が声を上げた。

「温泉でも湧きそう」

「温泉は、あるとですよ」

運転手がバックミラーで富士子を窺い見て笑った。

「奴留湯《ぬるゆ》温泉て名がついてますが」

「ぬるゆ？　お湯がぬるいのかしら？」

富士子が当麻を見返った。当麻は運転手と共に笑った。

当麻が答えるより先に運転手が言った。

「ぬるゆ、と言うと、大体皆さんそう質問されるんですがね」

「違うんですか？　どんな字を書きますの？」

富士子がミラーの運転手に問いかけた。

「〝ぬ〟は奴《やっこ》、〝る〟は留学の留、ゆはお湯の湯」

「想像もつきませんでした。どうしてそんな漢字なのかしら？」

当麻は小首をかしげた。知っていたが、運転手に譲った。

「何でも昔、殿様のお供をした奴たちが、この温泉を見つけて暫く留まり、旅の疲れをゆっくり癒したことから付けられたみたいです」

「ああ……」

合点が行ったとばかり富士子は大きく頷いた。

「でも、お客さんの推測も、まんざらピント外れでもないんですよ」

「えっ？」

「お湯は三十八度くらいで、確かにぬるめなんです」

富士子は笑って、したり顔の運転手のミラーの顔に頷き返した。

車は北里記念館の前で止まった。そこまでと言ってあった。

「ご存知だったんでしょ？　奴留湯温泉の由来」

歩き出したところで富士子がクルッと当麻を見返り、少し口を尖らした。胸もとでキャッツアイが揺れた。

「ええ、まあ……」

富士子の目を見返して当麻は笑った。

「運転手さんが話し好きのようだったから……」

北里柴三郎の胸像の前に立った。

「当麻さんのお兄さん、この方に憧れてお医者になろうと思ってらしたんですよね？」

「あ……よくご存知ですね？」

「翔子から、当麻さんのことは、あらかた聞きました」

「ああ……」

「この方と言い、当麻さんと言い、偉大な方をこの土地は生んだんですね」

胸像を見上げる富士子の髪が肩先で揺れた。微風が早春の息吹を運んでいる。

「僕はそんな偉人じゃありませんよ」

「そうですか？」

富士子が不服そうに言った。

「基礎医学と臨床医学、分野が違うだけで、当麻さんも前人未踏のお仕事をなさったんだから、郷土の誇りと、ここの方は皆尊敬しておられると思います」

返事の代わりに、当麻は富士子を促した。

「記念館をざっと見て、墓地に行きましょう」

翔子の墓は当麻の生家から五、六百メートル程の寺の一隅にある。「当麻家之墓」と刻まれた石碑の下に、憲吉《けんきち》、峰子《みねこ》、そして翔子の遺骨が納められている。

「お花、どなたかお供えして下さってるのかしら？」

しおれていない、まだ生気を保っている花が花立に活けられてある。当麻も驚いた。

「多分、叔母が来てくれたんだと思います」

母峰子の妹秋子《あきこ》は息災でいる。夫は少し足腰が弱り、歩くのも不自由になっている、と賀状に添え書きされてあった。従妹の律子《りつこ》は夫の松岡《まつおか》が熊本郊外の病院に赴任したため転居している。親子三人の写真がプリントされていた。

「鉄彦さんも、第二の翔子さんを得て、幸せになって下さい」

と律子らしい心遣いが添えられてあった。

「お花、まだ新しいようですけど」

富士子は、献花に顔を寄せて香りを嗅ぐ仕草をした。

「でも、折角持って来たので、取り替えますね？」

当麻の返事を待たず、富士子は手際良く花立の花を抜き、筒の水を取り替え、携えて来た花を活けた。

墓石には二人で水を注ぎ、並んで跪《ひざまず》いて合掌した。

当麻の胸に哀しみはなかった。しかし、うっすらと目をあけて隣を見ると、富士子の頬には涙が伝っている。当麻は慌てて目を閉じながら、富士子の涙は何故だろうかと考えた。無論翔子を偲んでくれてのものに違いないが、ひょっとして、江森京子のことも想い出しているのかもしれない。遺言とも言うべき手紙を託され、その件で折入ってご相談したい、と言った富士子の声が、まだつい昨日のことのように思い起こされる。富士子はその手紙を持参して来ているはずだ。いつそれを取り出すつもりなのか？

「すみません、色々なことが想い出されて……」

長い、と感ずる程の合掌を終えて、富士子は手巾を目にあてがいながら言った。

「有り難う。翔子も喜んでくれるでしょう」

「はい……念願を果たせました」

もはや隠そうともせず、手巾をあてがったまま、濡れた目を富士子は返した。

「僕の実家に、寄っていいですか？　歩いてすぐですから」

この時当麻は、富士子が既に一度自分の生家を訪ねたことがあるのを失念していた。

「ええ、ぜひ……」

富士子は手巾をバッグに収め、ひしゃくを差した水桶《みずおけ》を手にした。

「家は埃《ほこり》がたまってるだろうなあ。一年振りだから」

墓地を出たところで当麻は言った。

「お掃除しましょうか？　いつかの翔子に倣って」

はたと記憶が蘇った。父の憲吉を有無を言わさず北里から連れ出した時、翔子は憲吉が不精して取り散らかした部屋を綺麗に片付けてくれた、その時富士子も泊まりがけで応援に駆けつけてくれた、と翔子から聞いたことを。

「あ、すっかり忘れてました」

当麻は頭を拳でつついた。

「富士子さん、翔子と一緒に家を掃除して下さったんでしたね？　だから、僕の家はご存知だったんだ」

「ええ、さっき、お墓の前で、そんなことを思い出していました。あの頃の翔子は、活き活きとして、てきぱきと動いていたのに、て……」

富士子は目を逸らした。下唇をかんでいる。自分と上野以上に、この人と翔子の友情は深く並々ならぬものがあったかもしれない——今日富士子に見せねばならないと、ポケットに忍ばせて来た手紙の主を思いながら当麻は思った。

「意外に綺麗ですよ」

雨戸や窓という窓を開き切ったところで富士子が言った。

「埃もそんなにはたまってないみたい」

富士子は屈んで畳を指で払った。

「あ、スカーフが汚れますよ」

その先端が畳についているのを見て取って当麻は言った。

「はい……」

富士子はスカーフを首から取って折り畳み、手に持った。ネックレスのキャッツアイがひときわ目についた。

「お掃除道具、ありますか？」

富士子は立ち上がって尋ねた。

「えーと、掃除機があるはずです。でも、僕がざっとやりますから、あなたはこの界隈を散歩でもなさってて下さい」

「いいえ、私がします。当麻さんこそ、おくつろぎになってて下さい」

富士子は和室に続く縁側に置かれた籐椅子《とういす》の一つにバッグとスカーフを置くと、セーターを肘までまくり上げて当麻に向き直った。程良い肉付きの腕の白さの眩しさと、有無を言わさぬ構えに気圧された。

「じゃ、お言葉に甘えて。僕はちょっと病院に電話を入れさせてもらいます」

「あ、そうなさって下さい」

富士子はにっこり頷いた。

当麻は庭に出て携帯を取り出し、大塩を呼び出した。術後一週間を経ない患者が五、六名いる。今週初めには湖東日赤で長い間HDを受けていた患者の腎移植も行っている。大塩は病棟にいた。こちらがいちいち名前を挙げるまでもなく、大塩は手術患者の経過を順次要領良く報告して寄越した。

「ところで、今、先生はどちらですか？」

患者の報告を終えると、一息ついた恰好で大塩が尋ねた。北里の実家だと答えると、

「お独りですか？」

と畳みかけて来た。矢野と一緒でないことは承知の上だ。学会にチラとは顔を出すが、主たる目的は帰省であることを告げてある。

「あ……ちょっと、親戚の者とね」

富士子と一緒だとは言えなかった。幸い大塩はそれ以上追及して来ず、

「病棟はそんなわけで落ち着いてますから、どうぞごゆっくりなさってきて下さい」

と言って電話を切った。

家に戻ると、富士子は台所に立ってコップを洗っている。傍らで薬缶《やかん》が沸騰している。富士子の後ろ姿に目を凝らした当麻は、一瞬、遠い昔にタイムスリップした錯覚に捉われた。若き日の母峰子がそこに立っているような——。

「お茶っぱ、まだ大丈夫そうだったのでお湯を沸かしてます」

当麻に気付いて富士子が顔を振り向けた。弾けるような笑顔が、当麻を幸福感で満たした。

「向こうで、飲みましょうか」

台所は陽が当たらない。陽の差す縁側に富士子を誘った。

籐椅子は小さなテーブルを間に挟んで二つ置かれている。勝手知った主婦のように盆を見つけ、富士子は二つのコップをそれに載せて縁側に運んだ。

椅子にかけたところで富士子はまくり上げていたセーターを手首まで戻し、スカーフも首にかけた。

「お庭、思ったより草ぼうぼうじゃないですけど、どなたかの手が入ってるんですか？」

コップを手にしながら庭に目をやっていた富士子が尋ねた。

「叔母が、時々草取りに来てくれているようです」

「叔母様、て、当麻さんの結婚式の時、おいでになってた……？」

「ええ、母の妹です」

「お近くなんですか？」

「ここから一キロ程かな。子供達、つまり僕の従兄妹達は家を出てますから、叔父と二人暮らしです」

「お元気なんですね？」

「ええ、まあ……でも、足腰が弱くなったと嘆いています。草取りも精々半年に一度しかできないと」

「でも、ご自分の家でもないのに、親切な叔母様ですね」

「いや、近い将来、ここは娘夫婦の家になるからですよ」

「えっ？　やはり結婚式の時に来ておられた方ですか？　ご主人が内科のドクターとか仰ってた……」

「そうそう。彼は郷里で開業したいようで、よかったらこの家を譲ってくれないかと言われましてね」

「ここを、医院にされるんですか？」

「半分住まい、半分を改造して医院に、という目論みのようです」

「この地域に、お医者様はおられないんですか？」

「一軒、医院がありますが、もうかなりの年で、午前中しか診療をしてないようで、彼が来たら、この地域の人達は喜ぶでしょうね」

その老齢の医者は、かつて兄慶彦を誤診で死に追いやった張本人である——と、喉もとまで出かかった言葉を呑み込んだ。

「じゃ、当麻さんがここにお戻りになることは、もうないんですね？」

「そうですね」

当麻は小刻みに頷いた。

「鉄心会がここに病院でも建ててくれない限り」

富士子は得心したようにゆっくりと頷き、先刻手巾を取り出して開いたままのバッグから、女ものの封筒をそっとつまみ出した。

当麻は居住まいを正し、差し出された封筒を受け取った。

(そうだ。今日はこれを見るために来たんだった)

折り畳まれた便箋を取り出しながら当麻はひとりごちた。

「どうしたものか、私の一存では決められなくて……」

富士子が呟いた。

当麻は二度読み返し、便箋をそのままテーブルに置くと、腕を抱え込んだ。

「お骨は、私がお預かりしてますが、どのようにしたらよろしいでしょう？」

少時の沈黙を、富士子が先に破った。

「引き取り手は、現れそうにないですか？」

当麻は腕を抱えたまま富士子を見返した。

「ええ……多分……」

「分かりました」

当麻は腕を解いて便箋を折り畳み、封に戻した。

「このコピーを取って頂いて、僕にももらえますか？」

「はい、それは、勿論……」

富士子がやや訝った目を返した。

「何でしたら、私が書き写して、こちらは当麻さんにお送りします」

「いや、それはいけない」

「えっ？」

「この手紙はあなた宛のものだから、原文はあなたが持って頂かないと――」

「そうではない、と思います」

一瞬の絶句を置いて、富士子はきっぱりと言い放った。当麻は思わず「えっ？」と返した。

「私宛になってますけど、京子さん、本当は当麻さんに宛てて書きたかったんだと思います」

「いや、そんなことはないと思います」

当麻は封筒に収めた便箋を取り出して読み返した。

「これはやはり、僕とあなたに宛てたものですね。お二人の手で、て書いてありますから」

富士子が手を差し出した。

「そうですね、確かに……」

富士子は便箋に目を移し、ややあって言った。

「琵琶湖には当麻さんに、こちらの海には私に、ということですよね？」

富士子が目を上げた。当麻はその目を見すえた。富士子の目が、ね、そういうことですよね、と念を押している。

当麻は籐椅子から背を離した。

「琵琶湖にも、こちらの海にも、一緒に撒いてあげましょう」

「えっ……？」

「矢野君がボートを持ってます。時々それで琵琶湖の少し深い所まで漕ぎ出して泳いでいたんですよ。富士子さん、泳げますか？」

「大丈夫です。夏は子供の頃よく家族で海水浴に出かけましたから、いつの間にか、覚えました」

博多の松原家に束の間立ち寄った日のこと、上品な両親、お茶目振りを遺憾なく発揮して笑わせた潤子、対照的におとなしい里子、〝巴《ともえ》〟と名付けられた猫の顔までが懐かしく蘇った。

「じゃ、五月の連休にでも、いらして下さい。妹さんの所に寄られたら、潤子さんも喜ぶでしょ？」

潤子が寄越した手紙のことは封印してある。いつの日かこれを富士子に見せられる日があるだろうか？

「参ります」

庭から縁側にかかり始めた西陽がひときわ富士子の顔を輝かせた。

「じゃ、こちらには、当麻さんがいらして下さるんですか？　今日明日というわけには参りませんものね？」

「出直します。秋にでも」

「秋？」

富士子の目がかげった。

「秋は遠いですね。五月に湖西へ伺った後は、それまでお会いできないんですか？」

「いや、そんなことは……」

不覚にも語尾が濁った。澄み切って凝らされた富士子の目が二の句を促している。

「ただ、秋には、ご両親にご挨拶に伺いたいと思っています」

富士子の目が潤んだ。当麻は畳みかけた。

「あなたを頂きに……」

「当麻さん……」

富士子は目を伏せ、手巾を握りしめた手をツッと顔に上げた。

「いいですか？　富士子さん」

静脈の浮き出た優美な額に当麻は目を凝らした。

富士子はポロポロと涙を落とし、手巾を口に押し当てた。嗚咽を押し殺そうとするかのように。

当麻は富士子の手を手巾ごと引き寄せ、両手に握りしめた。富士子は当麻の手に顔を押し当てた。目の前に舞った黒髪から芳香が漂い、手には生温かいものがしみ込んだ。

「ひとつだけ、気掛かりなことがあります」

テーブルを払い、椅子を寄せて富士子の肩を抱いた当麻に、富士子が呟くように言った。

「察しが、つきますよ」

当麻は富士子の形のいい耳に囁いた。

「えっ……？」

富士子が顔を上げた。涙がまだ乾き切っていない。

「上野のことでしょう？　富士子さんの所謂《いわゆる》〝二心の男〟……」

「どうしてそのことを……？」

当麻は富士子の上体を起こすと、ジャケットの内ポケットを探った。

「上野が手紙を寄越しました」

当麻は取り出した封書を椅子に座り直した富士子に差し出した。

「見せて頂いて、いいんですか？」

「ええ、読んで下さい」

富士子は便箋を取り出したが、その厚さに目を丸くした。何度も読み返したから、当麻はほとんど諳《そら》んじている。富士子の目の動きを見すえながら上野の手紙を反芻した。当麻にとっても、それは思いがけなく、衝撃的な内容だった。

亀山病院のホスピスで女房が比較的安らかな最期の日々を過ごしてくれたことは、俺にとってせめてもの慰めだった。彼女の両親も近くで娘を看取れると喜んでくれた。お前のお陰だ。それに、ホスピス長の坂上先生、ナース達、格別コーディネーターの松原嬢には良くしてもらった。

当麻、笑って聞いてくれ。女房の喪がまだ明けないというのに、俺はもう別の女に心を移してしまった。

他でもない松原富士子だ。一週間前、俺は出し抜けに、と言っても俺としてはこらえてこらえたつもりだが、どうにも抑え切れなくなって彼女にプロポーズしてしまった。

彼女に心を奪われたのは、女房の入院で彼女の世話になるようになったのがキッカケではない。

覚えているかい？　お前の結婚式の時、彼女を見て、結婚を早まった、て俺が口走ったことを。子供が二人もいるのに何を今更とお前は一笑に付したよな？

俺がそのことを彼女に話すと、奥さんがおられるのに二心の人ですね、そういう方は嫌いです、とピシャリとやられた。その凛《りん》としたたたずまいに、改めて惚れ直した。

打ちのめされて帰って来て、どうしてだろう、と考えた。確かに女房を失って間もない男が別の女にうつつを抜かすなんて、女房の両親にも顔向けがならんよな。

しかし、すぐに結婚をと迫ったわけじゃない。じっくり付き合いたいと思った。

確かに俺にはハンデがある。彼女より一回りも上だし、何と言っても二人の子の父親だ。三十代半ばの未亡人くらいが相応しいのかもしれん。事実、俺が女房を亡くしたことを知った三十代半ばの独身の女やバツ一のナース達が急に色目を使ってきている（お前程じゃないかしれんが、これでも俺は案外モテとるぞ！）。

何年か前に松原富士子を見初めた時、いっときの気の迷いと、暫く付きまとった彼女の面影を吹き払って来たが、今回、思いがけず再会の時を得て、残り火が消えていなかったのだと思い知らされた。ホスピスに行くのが無性に楽しみになった。女房が死に瀕しているというのに、不謹慎もいいとこだよな。無論俺は、胸の思いを表に出すことは極力控えたつもりだ。

だから、俺のプロポーズはいかにも唐突に受け取られただろう。

彼女の拒絶に遭って、俺は考え込んだ。ハンデはあるが、そうして、早過ぎるかもしれんが、俺には再婚の資格がある。物心ついてしまったら難しいかもしれんが、幼い子供達はまだ当分の間は継母《ままはは》を受け入れてくれる年齢だ。俺の社会的ステータスや経済力もまあまあだ。だから、考えてみます、くらいは言ってくれるかと期待しとった。恐る恐る、意中の人がいるかと尋ねたが、いないと答えた。理想の男性は「平家物語」の中に何人もいますから、などと体よくはぐらかされた。器量も教養も申し分ない、それでいて、もう三十に手が届こうとしているんだから、結婚を考えないはずはない。妹が二人いると聞いている。両親も長姉の彼女が嫁に行かんと気が気でないだろうから見合いを勧めている、とも。なのに何故？とアレコレ考えた末に、ハタと思い至ったんだ。彼女には絶対に意中の男がいる。それは、当麻、お前に相違ない、と。

薄々、そうじゃないかとは思っていた。彼女は翔子さんの無二の親友だったということだし、翔子さんは子供も残せんだったから、親友がお前の再婚相手になってくれたらと願っていたかもしれない。お前だって、まんざら松原富士子に気がなかったことはないはずだ。それにしては再婚する気配が一向にないから、俺と違って、お前は翔子さんのことが余程忘れられんと思っとった。俺に松原嬢を紹介して来たのも、いかにも無防備だったよな。俺がお前の結婚式の時に口走ったことなどすっかり忘れとったが、ひょっとしたら、俺が彼女を見初めたことを覚えていてくれて、彼女に引き合わせようとしてくれたのかもしれん、などと、身勝手なことを考えていた。

確かめたかった。ピシャリとはねつけられた数日後、彼女に電話をかけた。そして、当麻のことをどう思っているのかと、単刀直入に尋ねた。彼女は口ごもった。その瞬間、俺の第六感は当たったと悟った。俺は絶望感に打ちひしがれながら彼女の答えを待った。

尊敬し、お慕いしてます、二心のない方ですから、と抜かしおった。俺はギャフンと来た。せめてもこう返すのが精一杯だった。

彼に、あなたのその思いをはっきり打ち明けたらいいですよ。で、もしも当麻が、僕に対するあなたのように素っ気ない返事をするようだったら、もう一度僕のことを考えてみてくれませんか、てな。

当麻、俺はまたしてもお前の後塵《こうじん》を拝したな。宮原武子《みやはらたけこ》に次いで。宮原武子をお前と競い合った日が懐かしか。彼女を見初めたのはほとんど同時だったと思うが、勝負は最初からついていたんだよな。畜生め！

しかし、松原富士子を見初めたのは俺が先だぞ。〝二心〟のないお前は、翔子さん一途だったからな。尤も、松原嬢の方はもうその頃からお前を好きだったんだろうな。

お前にはまた敗《ま》けたが、憎んじゃおらんぞ。先にかけがえのない伴侶《はんりょ》を亡くし、今日まで孤独に耐えて来たんだから、お前の方が幸せになる優先権がある。

しがらみだが、子供はかわいい。当分はこの子達を生甲斐に、何とかやって行くよ。

富士子さんの思いに、応えてやってくれ。二人の幸せを祈っている。じゃ、またな。

上野豊樹

親愛なる
当麻鉄彦兄
二伸
そうだ。松原家は三姉妹で、富士子さんの下に妹が二人いたっけな。すぐにとは言わんが、そのどっちかを引き合わせてくれるよう彼女に伝えといてくれないか。万が一、妹の一人が俺の嫁さんになってくれたら、俺とお前は、晴れて義兄弟になれるわけだからな。

時に笑い、時に涙ぐんで手巾を目に当てていた富士子は、最後に小さな笑い声を立てて当麻を見上げた。

「どこまでも、〝二心〟の方ですね。でも、いいお友だち……」

当麻は笑ったが、富士子はまた涙ぐんで手巾を目に押しあてた。

当麻は富士子の腕を引き寄せた。何のためらいもなく、富士子は当麻の胸に顔を埋めた。

茜色の落日が、一日の終わりの温もりに二人を包み込んだ。


（完）

あとがき

『孤高のメス』正篇六巻は思いがけずミリオンセラーとなり、俊英成島出監督によって映画化もされました。これだけ多くの読者を得たことで、編集部から続篇を、と促され、「神の手にはあらず」のサブタイトルで、更に全四巻を書き上げました。

やれやれと一息ついたのも束の間、読者の方々から「続々篇を」との熱いお声を頂き、はたと考え込んでしまいました。どうしたものかと編集部の木原いづみさんに相談に及んだところ、ぜひ書いてください、読者は当麻鉄彦を待っていますから、と有り難いエールを頂戴しました。

しかし、エッセイの連載や講演、ドイツが生んだ唯一のボクシング世界ヘビー級チャンピオンのマックス・シュメリングと、彼が微妙に絡む事になるアドルフ・ヒトラーの歴史小説に取りかかっていたこと等、雑事に追われ、〝続々篇〟の構想をゆっくり練る時間を見出せませんでした。

昨年の春、古稀を迎えたのを機に、診療日を二日減らしてもらいました。着任以来、十五年の歳月が経っていました。診療所が開設されてから半世紀の間に十五人の医者が出入りし、最も長く勤めた人で九年でしたから、私の責務はもうある程度は果たした、との思いと共に。

おかげで〝続々篇〟の構想をじっくり練る時間を得ました。

書き出してみると、思いの他スムーズに筆が運び、昔の仲間に再会しているような懐かしさを覚えつつ、半年で六百枚を書き上げることができました。

「あれで終わられてはいかにも物足りない」

と、率直な感想を続篇に寄せてくださった読者に、これで顔向けができる、との達成感に、我ながら快哉を叫んだ次第です。

シリーズ物ではありますが、この一篇だけでも独立した物語としてお読み頂けると存じます。

物語の前半に佐倉周平、中条三宝なるキャラクターが登場します。『孤高のメス』と同じく幻冬舎から文庫本（上下巻）として世に出されました拙著『緋色のメス』の主人公です。こちらも併せてお読み頂ければ、作者の些《いささ》か手の込んだエンターテインメントに首肯して頂けるかもしれません。

いま一人、雨野厚なる初出のキャラクターも登場しますが、このモデルは実在します。他でもない、今上天皇の心臓血管バイパス術を成功させて一躍脚光を浴びた天野篤氏です。

二十年前の平成六年の秋、ある方の手引きで私は天野先生にお会いしました。あなたが原作を手がけている漫画『メスよ輝け!!』を愛読し、主人公当麻鉄彦こそ自分の目指す理想の外科医だと言っている男がウチにいる、当院を見学がてらお越し頂けまいか、と唐突に電話をかけて来られたその方は、千葉県松戸市の新東京病院の故平野理事長でした。

折しも私は肝臓移植も視野に置いた新病院の責を担って五年、いざこれからという時に同志や部下の背信に遭い、石をもて追われる如く、手塩にかけた病院を去ったばかりで、失意のどん底にありました。

私より一回り年少で四十歳そこそこであった天野先生は、院内を案内しながら熱っぽく語りかけて下さったのですが、魂の抜けていた私は上の空で相対していたのでしょう、会話はおろか、風貌やお名前さえ、記憶に確と留め得ないまま帰途に就いたのでした。

故に、てっきり一期一会の邂逅と思っておりましたが、十八年後のある日、天皇陛下の手術が終わって記者会見の模様を報じるテレビを何気なく見やっていて、執刀医として紹介された人物に目を凝らした瞬間、遠いかすかな記憶が蘇って、思わず（まさか⁉）と独白を漏らしていました。

黒々としていたはずの髪はすっかり白髪に変わって風貌も様変わりしていましたし、玉体にメスを入れるのは東大教授に限られると思い込んでいたからです。それでも、十八年前出会ったかの人は確か「アマノ」という姓であったと、これもかすかにかすかに思い出されたのでした。何よりのキーワードは、経歴の中に出て来た〝新東京病院〟でした。そうして、疑念はややにして確信に傾いたのです。

いても立ってもおられないような胸騒ぎを覚えながら、私は密かにこう呟いていました。

「もしもあなたがあの時お会いした人に相違なかったなら、天野さん、あなたは到頭、私が成り得なかった〝当麻鉄彦〟になりましたね」


その昔奈落の底に在りし時我は出会いぬ天野篤と

病苦は人間が存在する限りこの世から失せることはありません。それにまつわる喜怒哀楽のドラマも尽きることはありません。長くお付き合い頂いたこの物語も、その意味で〝never ending story〟と言えるでしょう。少なくとも当麻鉄彦が生きている限り。いや、ひょっとしたら、滝壺に投げ出されたはずのシャーロック・ホームズが、蘇ってまた新たな物語を紡いだように、いつの日か当麻鉄彦もまた皆様の前に現れ出づるかもしれません。

しかし、それよりも何よりも、現実に日本のあちこちで〝当麻鉄彦〟が誕生することを祈念して、ひとまず筆を置きます。ご愛読、有り難うございました。

末筆ながら、辛抱強くこの稿を待ち続けてくださった編集の木原いづみさん、名うての悪筆と相俟って、誤字、脱字、誤認、また方言等でご苦労をおかけした諸兄姉に深甚の謝意を表す次第です。福井弁については木原さんの友人細川勝さんに、熊本弁に関しては私の畏友なほ子・クドリックさんに、遺産問題等では当地の司法書士、山本弘氏に種々ご教示を賜わりました。厚く御礼申し上げます。

二〇一四年　春好日

大鐘稔彦

この作品は書き下ろしです。原稿枚数601枚（400字詰め）。
JASRAC　出　1406247―403

孤《こ》高《こう》のメス

遥《はる》かなる峰《みね》

大鐘《おおがね》稔彦《なるひこ》

平成26年6月10日　初版発行
平成26年8月10日　3版発行

発行人———石原正康
編集人———永島賞二
発行所———株式会社幻冬舎
〒151-0051東京都渋谷区千駄ヶ谷4-9-7
電話　03(5411)6222(営業)
　　　03(5411)6211(編集)
振替00120-8-767643

印刷・製本—株式会社 光邦
装丁者———高橋雅之

検印廃止

幻冬舎文庫

ISBN978-4-344-42203-2　C0193　お-25-13

幻冬舎ホームページアドレス　http://www.gentosha.co.jp/
この本に関するご意見・ご感想をメールでお寄せいただく場合は、
comment@gentosha.co.jpまで。